笭菁作品

苓菁作品

笭菁作品54

血島獵殺

異遊鬼簿III

笭菁 著

目錄

CONTENTS

※本書人物及故事情節純屬虛構，如有雷同純屬巧合※

楔子

微弱的油燈在黑暗中搖晃，沾滿泥濘的鞋子已經看不出原本粉嫩的色澤，寒風刺骨，女孩揪著斗篷，瑟瑟發抖著往前走。

「不要再往前了吧？」身後的男孩抓著她的斗篷，顫抖著聲問。

「可是我真的有聽見！」女孩回首，她也很害怕啊！「你們大家都不相信我！」

「因為那邊根本沒有人住啊！」

「我有聽見，有人在喊救命！」女孩拽了拽自己的斗篷，「Mario……你不要拉那麼緊，我好難走路喔！」

「不要去……大家都說晚上不能一個人來這裡的！」Mario 止住了步伐，緊拉住她。「要是出了事情，我就倒楣了！」

「不會啦！」女孩使勁扯回，瞪了他一眼。「你怕就滾回去吧，我自己去看！」

「小姐……」自己去？這種話她說得出來，這明明就是猛鬼傳說的地方，那間廢棄的醫院……

「哇呀——」

淒厲的慘叫聲忽然響起，伴隨著濃密樹叢裡竄飛出一大片烏鴉，兩個孩子嚇得原地蹲下，驚恐得不知道該如何是好！

Mario 嚇得全身發抖，他簡直站不起來了！

「聽見了嗎？」女孩回過身，用氣音問著。「我就說真的有人嘛！」

「小、小姐……那是慘叫聲耶！」男孩都快哭了。

「說不定有人需要幫助呢！」女孩二話不說站了起身，居然直接往前頭奔去。

小姐啊！Mario 一個人愣在原地，失去了光源，現下周邊漆黑得伸手不見五指，不知道哪兒還發出劈啪的聲響，彷彿有人踩過了樹枝，朝他這裡走來……嗚！他帶著淚，朝著前方越來越遠的光源奔去。

兩個才八、九歲的孩子在樹叢小徑中奔跑，濃密的樹蔭幾乎蓋住天際，而仰首望去，一輪明月在夜空中綻放銀光，不知為什麼今夜看起來卻特別駭人。

眼前就是那棟禁忌的建築，大人們總耳提面命千萬不能進來，無論白天黑夜亦然，而現在，女孩子正往鐘樓走去。

這片廢棄的建築裡有一座鐘樓，總是敲著詭異的聲響，還有駭人的傳聞，述說著之前發生的不幸。

女孩站在鐘樓下，手上的蠟燭照著前方，她為什麼覺得鐘樓下方，有什麼東西在動？她踩過滿地枯葉，走到磚牆邊，小手在牆上輕觸著。

『放我出去——』一陣吼叫聲穿過她的腦子，女孩嚇得往後踉蹌！

「小姐！」Mario急忙上前攙住她，「怎麼了？我們快走吧！」

「有人被困在裡面了……」女孩歪著頭，居然無所懼的重新靠近牆面，伸手扳著一塊凸出的石磚。

Mario慌張的左顧右盼，今夜烏鴉啼叫得淒厲，這兒陰森寒冷，他嚇得雙腳都在發軟，為什麼小姐這麼從容呢？

啪，石磚被女孩剝了下來，只是一小塊落地，她的力道只能做到這樣，有些惋惜的看向鐘樓的牆，裡面關著誰？

『哈哈——』一陣狂笑伴隨著烏鴉的飛舞，孩子們幾乎無法分辨！

他們只知道刺耳，摀著耳朵蹲下來，閃過莫名其妙低飛的烏鴉群們，等到烏鴉飛離後，Mario趕緊拉著女孩起身，就要往家的地方跑。

「等等！我還沒走到前廳呢！」女孩甩開他的手，不耐煩極了。「想走你自己先走嘛！」

她惱怒的說著，幹嘛一直妨礙她啦！

女孩拉起裙子，毫不畏懼的小跑步往前，一路到其中一扇側門，那兒已經沒有門板了。

她站在已經失去門的門口，拿著光源往裡照去，燭火搖曳，裡頭只看到破敗的牆面、滿地的雜物，還有一股森寒之氣。

女孩開口了，「有人在嗎？」

回音陣陣，但是沒有人回應。

「我們……回去了好不好？」男孩哽咽的說著，近乎哀求。

女孩帶著惋惜，連著數夜她明明聽見哭泣聲，還有哀鳴聲，大人都說這兒沒有人，但黑漆漆的又這麼大，誰知道是不是有需要幫助的人？

無奈的才想轉身，屋裡忽然出現了聲響——有椅子正在拖曳，木腳刮過地板，軋——

咦？女孩立刻旋身，看見剛剛分明無人的屋裡，曾幾何時站了一位身穿白袍的醫生。

「為什麼這麼晚到這裡來？」醫生手上就拿著椅子，好端端的站在那兒。「誰生病了嗎？」

沒人……剛剛裡面明明沒人的！男孩拉住女孩的手，不讓她走入，就算那醫生從後面或是樓上走下，也該有腳步聲的啊！

「有人受傷了嗎？我聽見有人在喊救命！」女孩正首，憂心忡忡。

「喔……」醫生微微一笑，看向樓上。「放心好了，我已經在醫治他們了，他們精神都不正常……這裡是精神病院啊！」

「噢。」小女孩嘟起嘴，「可是那個人聽起來好痛！」

「是啊……」醫生戴著單邊眼鏡，揚起笑容。「妳想看看他們嗎？」

「好哇！」女孩用力點頭，天曉得她對這裡有多強烈的好奇心。

只是才往前移動一步，Mario 就緊拽著她往後。「不行進去！」

女孩皺起眉，一臉怨懟，她很想要進去看看啊！

「這裡是荒廢的地方，不可能有醫生跟病人！」Mario哭喊出聲，「那個、那個不是人！」

「胡說八道。」醫生冷冷的打斷了他，「你們都被那些人洗腦了吧？我是不是，來摸摸不就知道了。」

他張開雙臂，帶著其實不帶情感的笑容。

「你好煩！」女孩甩開他的手，一骨碌跑了進去！

「小姐——」他也跟著衝了進去。

幾乎是一踏進屋內，光景截然不同，沒有什麼漆黑的屋子、更別說斷垣殘壁，他們看見的是有些斑駁的牆，但是燈火通明的屋內；鐵窗、白牆，還有許多穿著白衣的病人在附近遊走，有幾個人用極長的袖子綁住雙手，窩在角落裡。

女孩詫異的望著這一切，內心也知道這極度不對勁。

「來啊，摸摸看。」醫生笑著。

「我……該回去了。」女孩退後著，「爸爸會找我的。」

醫生挑起笑容，藍色的眼珠冰冷得像島邊的海洋，一動也不動的只是笑著，而他們的身後開始聚集了白衣的病患。

「妳生病了，要看醫生。」人們朝她湧來，「看病才會好……才會好喔！」

一堆人伸手朝女孩抓來，Mario大喊著一把抓過她，就往門口衝，雖說他們體型小好鑽，但是這些大人隨便一抓就可以制住他們了。

「哇啊！走開！走——」女孩嚷著，斗篷卻被一把扯住！

「小姐！」Mario 慌張的幫忙解開斗篷，但更多的手抓攫而至，他哭喊著扯斷斗篷，一把將女孩給甩了出去！

女孩踉蹌的被扔出門口，絆到了石階，咚的摔上地板，地板上的石片樹枝刮得雙手雙腳都是傷。

她慌張的抬起頭來，卻看見被抓起的 Mario，騰空踢著雙腳。「放開我！放開我！」這樣看進屋裡，還是同樣的醫院，病患們拎起了 Mario，醫生緩步走了過來，從白袍裡拿出了一把剪子。

「你眼睛生病了，才會一直流淚。」醫生隻手撐開 Mario 的眼睛，「我來幫你，以後你就不會哭了！」

Mario 瞪大著雙眼，看著那如鉗子般的剪口朝眼珠而來。「不要——哇！小姐！不要——」

「住手！」女孩掙扎著爬起來，她尖叫著再往階梯上奔去。

張開的剪子毫不留情的刺進了男孩的眼窩裡，鮮血四濺，Mario 淒厲的慘叫出聲！

同一時間，女孩衝進了屋裡，試圖撞開醫生。

但是，她撲了空，二度重重的摔上了冰冷、滿佈樹枝落葉的地板。

「啊……」抬起淚眼，她看見的是漆黑廢棄的屋子，剝落的牆、頹圮的樓梯，樹葉滿地，枯枝處處。

沒有醫生、沒有燈光，也沒有除了她之外任何一位多餘的人。

但是，卻有著熟悉的聲音在迴盪。

「哇啊啊啊——」Mario 淒厲的叫聲不絕於耳，幾乎就在她身邊。「小姐——」

「Mario！」女孩大聲哭喊著，狼狽的爬起身，人呢？為什麼她只聽得見 Mario 的叫聲，卻看不到人呢！「Mario！你在哪裡！」

屋外不遠處傳來了呼喊聲，燭光點點，人們喊著她的名字焦急的尋至。

她哽咽的哭個不停，呼喚著 Mario 的名字。

一直到天花板落下了溫熱濕潤的東西，擦過她的臉頰為止。

如同畫筆般在她臉上留下一抹鮮紅，女孩低首拾起那依然保有溫度的東西，直到父親提燈趕至，方能看清掌心裡的黏膩。

那是一顆血淋淋的眼珠，瞳仁正望著她。

「哇啊啊啊——」屋子裡，傳來驚天動地的慘叫聲，女孩呆然的被抱出了屋外。

淚水模糊了她的雙眼，她只是望著那漆黑的建築，她現在終於知道，那屋子裡的哭喊聲所來何處了！

第一章

電視螢幕裡播報著最近的災禍，太平洋的小島群中，最近又發生了幾次超過七級的強震，這已經是這半年來發生的第八起七級以上地震了，三個月前有個小島直接沉入海中的新聞沸沸揚揚，緊接著就是世界各處連續不斷的災害。

強震後伴隨著海嘯，島國死傷慘重，歐洲各地早已呼籲不要前往太平洋各群島中度假，這些天災重創了東南亞的觀光產業；台灣也發生了零星的地震，但幸好都沒有造成過度慘烈的傷亡，只是颱風不斷，也摧殘著所謂的寶島。

歐洲火山爆發也引起災難，加上原本的經濟不景氣，現在全球幾乎陷入經濟浩劫，許多開發中國家已經發生暴動，天災人禍綿延不斷，民心思反、仇富心態高揚，全球秩序一直往崩壞中前進。

但是，富者益富，貧者益貧的趨勢也更加嚴重。

「早安。」季芮晨站在遊覽車邊，一一跟團員們道早。「隨身行李帶了嗎？趕快想一下有沒有什麼漏帶的喔，等等大行李就要跟我們分道揚鑣嘍！」

一群人吱吱喳喳著，檢視著手邊的行李箱，季芮晨站在一旁觀看，這一年來變化真快，看著眼前的大小行李箱清一色都是LV，曾幾何時能出國玩的人，全都是好野人了。

去年的這時，就算新婚夫妻都還付得起歐洲團費，但三百餘日過後，結婚請客能省則省，經濟蕭條加上天災不斷，誰能有那個閒錢？加上通貨膨脹嚴重，財力不夠雄厚的，根本出不了國。

更別說是一年一度的威尼斯嘉年華會。

她，季芮晨，是旅行社的領隊，帶團經驗還算勉強，但是擁有多國語言的天賦，所以會了基本的要領後，帶團出去不是問題；而之所以會講多國語言，並非家裡有人是外交官，也不是因為旅居國外，而是因為「渾然天成」的環境教育。

『要去威尼斯嗎？』耳邊傳來平常人聽不到的聲音，『噢，我愛死嘉年華了，我一定要去找一個絕美的面具！』

說話的是西班牙美女Martarita，豔麗無雙，個性算是熱情如火，人很好相處，只是她不能算是個「人」，所以她裝扮得再美，也不是每個人都看得見。

「如果都檢查OK的話，我們就先上車嘍！」季芮晨繼續敦促著團員們，現在能出團的團員都超級高貴，不能怠慢。

今天，他們要前往威尼斯島，而且行程是在島上度過兩天一夜的完美週末假期，週末假日的威尼斯島上會有著無數的活動，嘉年華會幾乎是一年一度的大盛會。

而因為威尼斯不在義大利本島，所以要坐船過去，到了島上也必須自個兒拉行李進飯店，距離倒不遠，只是拉著大行李也麻煩就是了。

威尼斯嘉年華會，源自於拉丁文「Carnival」，意思是與肉告別，通常是復活節四旬齋戒的前十天，自復活節往前推算的四十天中不能吃肉、喝酒及從事任何娛樂活動，所以在齋戒月前，就會有十天的狂歡節！

這本是宗教活動，所以其實世界各國都有嘉年華會，威尼斯之所以會特別勝出，就是因為他們還有獨特的盛裝打扮；面具與華服是最大特色，透過遮去真面目的面具與服飾，這十天中社會階級便會消失，沒有貴賤之分，人人平等享受歡樂時光。嘉年華會曾因為拿破崙的佔領而結束，因為軍方認為面具遮掩可助長間諜活動，但其實早在十四世紀初，就有許多法令限制嘉年華，還禁止居民穿著面具及斗篷在夜晚活動。

對宗教而言，嘉年華的狂歡活動根本是在顛覆宗教，篤信天主的基督徒眼中，那根本是道德墮落與對神的褻瀆；因此十七世紀初，以宗教與重整道德為名，頒佈了法令：只有在嘉年華期間與官方宴會的場合，才准許穿著面具斗篷。消失的嘉年華會一直到一九七九年才復甦，其實原因很簡單，單純只是因為威尼斯想促進冬季的觀光產業；但是這慶典充滿歷史文化又兼具觀光跟狂歡，行銷大成功的讓威尼斯成為世界三大嘉年華會之首！

團員們一一上了車，季芮晨清點著人數，而飯店裡最終走出了挺拔的身影。「人都出來了，只剩下汪老師在洗手間。」

她帶著淺笑頷首，「那你先上車吧。」

小林，算是同行，身分也是領隊、她的朋友，恐怕也是當今世界上最瞭解她，也最能包容她的人了。

『小晨，妳可以跟小林兩個人買一對面具耶！成雙成對的！』Martarita 一個人興奮的吱吱喳喳，『我就跟 Kacper 吧！』

『我不要。』低沉堅定的嗓音立即回絕，『那是糜爛的代表。』

『哎唷，幹嘛醬子，現在都什麼時代了，你還在共產思想喔？』

低沉的男聲來自於二戰時戰死沙場的波蘭軍官，Kacper，他相當紳士也很嚴謹，完全就是那個時代下嚴肅的代表。

為什麼沒跟著時代改變她也不太明白，每個人個性不同，靈魂的本質也不一吧？

這只是她身邊眾多亡魂的兩位而已，事實上她身後到底跟了多少的鬼魂，她根本不知道，多到無法一一清點。

因為她擁有特殊的體質，能吸引亡者過來，有些跟在她身邊就沒有離開過，像 Martarita、Kacper、小櫻、Tony 等等，相處久了，跟她要好的是這幾個；其他還有許多路過的浮遊靈、飄蕩的靈體，她沒有辦法一一認識，也不是每個鬼都願意與她交談，有些黏了一陣子後會離開。

所謂的特殊體質，便是負闇之力。

這是她與生俱來的命格，而非能力，而是她天生的命格就是「負闇」。

按照字面上來看，都是負面的事情，事實上，她的人生中一直沒發生過好事……應該說她的「身邊」總是災難不斷；從小到大，遇過無數次的災難橫禍，她都是唯一的生還者，過去還曾有 Lucky Girl 之稱。

小從遊覽車翻覆、大到重大車禍，永遠都是她身邊的人出事，非死即傷，只有她一個人會發生「奇蹟」！但事實上，是她的負闇命格引來重重不幸與殺機，負面力量達到巔峰，所以才會造成意外與死亡。

身為源頭的她，自然安然無恙，世人卻稱這為奇蹟……知道自己命格之後，季芮晨覺得這真是諷刺。

但是，即使知道這一切，她還是選擇繼續過她的人生。

她從事領隊工作，帶團出國，也出過好幾次意外，甚至在自己還是團員時就出過事，有個很斯文的鬼告訴她，那就是因為她的負闇之力協助厲鬼得以囂張，所以才能殺戮或是復仇。

所以，她的存在會喚起陰暗邪惡的事物……但是，她更相信人各有命。

的確，她遇上了許多事情，有團員死亡，厲鬼作祟，但凡事有因必有果，他們種的因自食惡果，她頂多只是灌溉而已——非自我意識狀態下。

她不想去考慮太多，也不想當偉人，為蒼生謀福利這種事她辦不到，她有自己的人生，人生苦短，為他人犧牲不是她的個性；她能避免、盡量閃躲，注意團員安危，但其他的事，也就不多加干涉。

拿去年的日本賞櫻團來說，那是段理應平和的旅程，但卻因為有人將帶有怨念詛咒的物品拿出來販售，團員買到後恰與其性格切合，加上她的命格導致大批怨靈找她討公道，才發生了一連串事故。

最後還發生了驚天動地的事件，完全始料未及。

可是，那並非她害的，也不是她一手造成，很多事情冥冥中自有定數，她是助力，並非始作俑者。

因此，她盡可能低調行事，不要讓別人去聯想到有她就會出事。

而事實上這點她做得還不錯，自從去年日本團出事後，她一整年帶的團完全沒有發生過事情，她甚至在想，是否負闇之力也能控制呢？還是說去年她把一整票怨氣沖天的厲鬼送回地獄，讓他們多少怕了呢？

問題是怎麼送的……她還抓不到要領呢！

「抱歉抱歉！」飯店裡小跑步出來一個中年男人，尷尬道歉。「讓大家久等了！」

「別急，是大家比較早，離我們約好的集合時間還有一分鐘呢！」季芮晨從容的笑著，「確認一下大行李後，就上車吧！」

季芮晨心情很好，已經將近一年沒有發生事情了，維持這樣的專注力，就不會再有什麼大事發生。

上了車，她跟司機講了地點，小林已經把位子喬好，將麥克風遞給她。

「先等等。」她挪了身子坐下。

遊覽車第一排通常都是領隊導遊的位子，而今小林坐左邊，季芮晨坐在右邊，幾乎都是由小林幫她處理瑣事，舉凡遞水、遞麥克風、遞零食，甚至是注意事項他都包了。

「先跟當地導遊聯繫嗎？」

「嗯，今天先參觀道奇宮，剩下的時間就能讓大家自由活動了！」所謂嘉年華會，就是要實際融入才有趣。

「妳想裝扮嗎？」小林噙著笑，「我可以配合妳喔！」

季芮晨微咬著唇，漲紅了臉卻不自知，微嗔的睨了他一眼，就知道說一些五四三！

「小晨，還說不是妳男朋友喔！」第二排的女孩探出頭來，「會不會太誇張啊，妳帶團他也跟來喔！」

「不不不不是啦！」季芮晨急忙的撇清，卻越說越結巴。「朋友！他、他、他也是領隊喔！」

「噗……」小護士們不客氣的笑了起來，「好可愛喔，她害羞了耶！」

「我沒有！」季芮晨很急了，這下子連耳朵都紅了。

小林一句話也不辯解不幫腔，這會兒悠哉悠哉的躺在椅子上頭，戴上帥氣的墨鏡，閉目養神起來了。

後面接連著出現一片笑聲，季芮晨尷尬的看著前方路況景色，也不想面對後面一票青春活潑的白衣天使；這一團由私立醫院的護士組團出來，當然來自於不同科，有放射科、內科、小兒科、外科等等的護士，還有兩對醫生夫妻一同前來。

護士們平均才二十歲，活潑開朗，難得可以從非人的護士生活中脫離，每個人都玩瘋了；而主治醫生一個是腫瘤科、一位是外科，都帶著護士妻子一塊兒出來玩。

聽說這趟旅行還是醫院補助了三分之二的旅費，畢竟是私人醫院，而且延攬不少名醫，算是生財有道，所以小護士們才有財力盡情暢遊；至於全體員工旅遊是斷不可能，醫院不可能空轉，所以每科的成員便輪流出來玩。

小護士們「幾乎」都坐在一起，吱吱喳喳個不停，對於嘉年華會自然雀躍莫名，就算租借禮服跟面具所費不貲，小女生們也沒在怕，聽說是醫院有給零用金花，唯有一個護士跟其他人坐得滿開的，一路上鮮少有交集，而且感覺其他小護士們也很討厭她的樣子。

再往後，是一對賴氏夫妻，年過五十，感覺相當恩愛，賴先生也很大氣，做事說話相當慷慨，言談間可以感覺得到他跟政治圈有關係；另外還有一對吸睛的男人，兩個都戴著毛帽，高挺的鼻梁加上花美男的臉，簡直養眼，不過行業不明，只知道很愛照相，而且相當沉默寡言，行事低調。

另一位，則是隻身出來旅遊的汪永錫，是位老師，所以尊稱他為汪老師。

能參加這團的絕對都有一定的財力，季芮晨自然小心翼翼。

「欸，你們有沒有覺得後面那個老師好面熟啊？」小護士們正在竊竊私語，「我這幾天怎麼看怎麼眼熟！」

「是妳前男友喔？」

「不是啦！」坐在季芮晨正後方的小護士說了，「好像在電視裡看過耶！」

「真的假的？名人嗎？」旁邊的也跟著問。

不會吧？又有名人？季芮晨不由得暗自皺眉，兩年前她參加過吳哥窟團，裡頭就有一位赫赫有名的名嘴，那場旅遊根本是場陰謀，死傷慘重，起因就在於名嘴支持廢死，導致更多人的死亡。

那時她還不是領隊……季芮晨偷偷瞥了走道旁的陽光男人一眼，那是她認識小林的開始。

現在回想起來，就能知道為什麼紅色高棉的亡者會從紅土中復甦，爭著一吐怨氣，為什麼濕婆神會對她咆哮，命她離開祂的土地……因為她就是負闇之力的代表，有她在，亡者得以變厲，厲者可以成魔。

可是從那開始，她似乎就跟小林結下不解之緣，世界這麼大，他們卻總是可以相遇，在波蘭、在北歐，甚至能在同一艘船上重逢，這種緣分連她都覺得不可能只是巧合。

而且跟著她的鬼魂們彷彿都知道，她厭惡這種巧合，因為如果她會帶給他人不幸的遭遇，小林就不該跟她在一起！

她斷絕聯絡、避開他，而他卻在她帶團到日本時親自前去尋她，就為了想要破解她的命格……是啊，她對世間根本是禍害般的存在，如果能夠讓她這種負闇之力的命格消失，對世人是有好處的。

只是很遺憾，她婉拒了小林的好意，他說有靈驗的廟宇或許可以試試，但是她到了門口就逃離了！不知道為什麼，看見那間「萬應宮」，她會自腳底發寒，身旁的亡者們尖聲嘶吼，誰也不願進去，她自己……也害怕。

對，她怕那間廟宇，怕所謂靈驗的高人，因為她自己心中有鬼！她既知自己會助長陰邪勢力，所謂正道之士又怎麼會輕易放過她呢？

她這可不是什麼超能力還是藉助了什麼力量，而是「命格」，天命如此，豈能輕易化解或是改變？除非命格不存在，負闇之力才會消失，這一點她不可能不明白！

她不知道小林是傻還是非常信任萬應宮，但是她從頭到腳都不相信那間宮廟！Martarita也說了，這是與生俱來的命，破解之道，唯有死路一條。

就算帶有負闇之力，她還是個人，不會主動往死裡去。

因此她此後拒絕前往萬應宮，也不打算尋法破解，因為她知道辦法只有一個，但她不願意；她要過有限的人生，不論精彩與否，這都是她的權利。

小林也沒有再逼她，取而代之的，是幾乎亦步亦趨的跟著她。

每一次帶團，他都會報名，跟著她，這次嘉年華會這麼貴的團費，他眉也不皺的支付，她就是不懂，跟她出來只是徒增危險，為什麼要這麼傻呢？

「小晨？」小林輕推了她一下，「季芮晨！」

「咦？」她嚇了一跳，有些驚愕的望著她。

「妳怎麼在發呆啊？」他皺起眉，向後瞥了一下。「趕快介紹啊！」

介紹？啊……季芮晨趕緊回首，卻發現在她發呆的時候，車子裡居然熱鬧的討論起來了。

「我們呢，現在要到碼頭搭船，直接前往威尼斯島，船程大概是四十多分鐘左右；威尼斯是個人造島，潟湖上有一百一十八座群島，由一百五十條水道交織而成，因此威尼斯島上，主要的交通便是步行與水上交通。」車上果然因為她開口而安靜下來，「但水都威尼斯有個麻煩，由於氣候問題加海平面上升，許多小島都得面臨下沉問題，威尼斯更因為幾百年的建築以及狂抽地下水，使得地面無法承受城市的重量而逐漸下沉，雖然後來人民停止抽地下水，但因為下陷跟海平面上升雙重作用，近年來下沉的速度反而加快，所以嘍，很多人都推測，威尼斯島將在百年內消失！」

大家感嘆的哇了聲，水都威尼斯，竟然會有下沉問題吶！

「但是，威尼斯還是遊客最愛的地方之一，明後兩天就是嘉年華會最熱鬧的時候，會有許多遊行，我還是要請大家注意隨身的財物安全，義大利的扒手真的相當多！」

「我們的自由時間有多少呢？」這果然是重點。

「放心，會讓大家玩得盡興！」季芮晨笑了起來，「等會兒我們一抵達後，就先去飯店，飯店在廣場附近，所以不會花大家太多時間；然後我們就參觀道奇宮，接著吃晚餐，然後晚上跟明天一整天就都是各位的時間了。」

「哇喔！」車內傳來歡呼聲。

「而且我們明天傍晚才離開威尼斯，因此大家有很充裕的時間，融入所謂的嘉年華會！」季芮晨笑容滿面，因為這也代表她有非常足夠的休息時間啊！

晚飯後、明天一整天，幾乎就是自由時間，連她都可以嘗試玩玩威尼斯的嘉年華會，這多美妙啊！

遊覽車很快抵達碼頭，季芮晨跟司機交代了後天的行程，後天他得去接他們，所以他也算放風，有一天的休息時間，只是車上的大行李必須看管好，可別弄丟了。

下車後季芮晨先去買船票，請團員們在某地集合，再率領大家前往乘船；走在碼頭上可以看見豪華遊輪，也能看見漁船遍佈，碼頭邊風很大，冬天的海風吹起來更是驚人，團員們個個縮進圍巾裡，連季芮晨都有種臉要裂開的感覺。

偏偏船班時間未到，船隻停泊處附近又沒什麼遮蔽物，只見團員們個個揣著暖暖包，唯獨季芮晨沒戴帽子、圍巾也不夠保暖，就雙手抱胸縮在牆邊發抖。

「妳的防護措施也太少了吧？」小林走她面前，搖了搖頭。「歐洲的冬天很嚇人的！」

「我、我怎麼知道……」她兩片唇直打顫。

「真是！」就見小林扯了嘴角，無奈的立刻取下頸上的圍巾，朝她脖子圍了上。

咦？季芮晨愣了住，感受到頸子上的暖意襲來，小林細心的一圈又一圈圍著，直到把她的臉頰也給包住為止。

「哇……」小護士們果然立刻起鬨，「好甜蜜喔！」

「不……不是！」她驚慌失措，卻僵在原地，「這只是……」

「她笨手笨腳的，恐怕連圍巾都不懂得怎麼圍，大家別想多了。」小林主動回首，綻出爽朗笑容。「我跟她真的只是朋友，而且我也是團員，哪有男友真的會跟著女友這樣到處飛的，哪有這麼閒啊！」

你就是啊！季芮晨在心裡吶喊著，這一年來已經跟過她三個團了，明明就有閒有錢……而且也不說自己現在在哪間旅行社，可以涼到隨時跟她的團出國。

「騙人！你們看起來好好喔！」鄭亞薇眨著一雙大眼睛說，她長得超可愛的，很像日本女孩。「氣氛不一樣厚。」

「對對對，不一樣！」這個長髮披肩的女孩是吳婉鈴，聽說是小兒科的。「還是你喜歡小晨，但是小晨一直沒給你答案啊！」

只見季芮晨圓睜雙眼，這是哪門子的推論啊？可是小林卻回眸瞥了她一眼，然後露出一臉哀傷的模樣，居然朝著她們重重嘆了一口氣。

喂！他這是什麼態度啊！這豈不是造成人家誤會了嗎？

「厚，小晨！看人家多有心啊，還花錢跟妳的團耶！」短卷髮的洪資婷嚷著，「而且人又好貼心喔！」

「對嘛，小林長得又好帥喔！」嫵媚的小狐望著小林，還紅了臉頰。「妳不要的話，我要了喔！」

「喂喂，小狐，妳也太主動了吧？」許醫生開了口，「這樣會嚇到領隊跟林先生的！」

「哎唷，許醫生，小林真的條件很好嘛！」小狐嬌媚的回首，季芮晨突然明白為什麼她的綽號叫小狐了，嫵媚如狐狸精嗎？「要不是我有男友，我一定馬力全開！」

「少來了！妳就只有那張臉會騙人！」另一個李醫生笑著搖頭，「小晨，妳別理她，盈綺長得很妖豔，但是專情得很！」

小狐本名盈綺，但大家都叫她小狐，季芮晨也跟著叫慣了，她正噘起嘴，老實說，她長得真的很媚，還有一雙狐媚般的電眼，瞧現在這種害羞的樣子，眼尾只是瞥著小林，看起來都會令人心動。

「就是啊，人不可貌相，有時候看起來乖乖的人才可怕！」鄭亞薇湊近了季芮晨，「我跟妳說，那個看起來很乖的才可怕哩。」

她在說這話時，刻意瞥向了後方，那個幾乎沒跟其他人有交流的護士；她看起來就是一臉倔強，相當強勢，俐落的短髮，用一種滿不在乎的眼神盯著鄭亞薇這邊，彷彿知道她們在談論她似的。

季芮晨當然不蹚這個渾水，都已經玩三四天了，她也看得出來那個女生跟其他人不和，記得姓陳，獨來獨往的，是個感覺很銳利的女孩，別說跟同事們閒聊了，跟其他團員也完全不相往來的樣子。

「可以準備上船了！」小林注意到船員走了出來，趕緊吆喝。

基本上不要介入團員的事，還是小林教她的呢！所以兩個人暗暗交換眼神，一切盡在不言中。

其實身為領隊，要在第一時間觀察所有的團員，醫院這邊有九個人，除了四個年輕活潑可愛的護士外，兩對醫生夫妻，還有就是那位陳馨心；相當低調的汪永錫老師、賴世杰夫婦，以及花美男，他們大多只是微笑不太交談，即使跟別人坐同桌亦然。

喀嚓喀嚓不斷的快門聲傳來，兩個花美男手持著巨砲般的攝影機，不停的以各種角度拍著照片，他們兩個一路上都在攝影拍照，非常專業的感覺，最誇張的是到某些地方有導遊講解時，還會用錄音筆耶！

怎麼看，都覺得不是部落客就是記者之類的人，整個專業級啊！

「小心腳步喔！」季芮晨貼心提醒著，就怕他們拍照失察滑進水裡。「你們是部落客嗎？」

「咦？」戴著灰色毛帽的男人笑著，「很像嗎？」

「感覺很專業啊，一路上又拍照又錄音的，而且我看你們在車上有空還在寫筆記呢！」

季芮晨觀察可是很敏銳的。

不這麼細心，怎麼能發現許多可能有的災禍呢？

另一個黑色毛帽的男人轉過來，濃密的黑色眉毛剛正不阿，其下襯著是一張漂亮的臉孔。「很有趣的猜測，但是也差不多，出來玩而已，職業倒不是什麼重點。」

「說的也是。」這話就明顯的告訴她，他們不想多說私人的事情。

這樣的乾脆季芮晨反而欣賞，這樣她就不會想一堆問題來裝熟，要不然找不到話題時太乾也不有趣。

大家陸續上船，當然小林依然陪在她身邊，而她得確定每個人都上去後，才會動身；陳馨心走到她面前，她是最後一個，完全擺明了不想跟別人走在一起。

「她們講我壞話厚？」她睨著季芮晨，嘴角挑著笑。「哼，我不在乎！」

是是是，妳不在乎，妳不在乎的話就不必特意跟我說了。

「妳不要一直笑好不好，掛那個微笑超假的，皮笑肉不笑！」陳馨心直接瞪著季芮晨說，

「明明就不快樂還要硬裝，不累喔！」

咦？季芮晨愣住了，瞪大了雙眼望著陳馨心，只見她呼了口不耐煩的氣就往船上走去，大剌剌也不管自己剛剛說了什麼話。

大手忽然摟過她的肩，永遠都是那麼自然。

她貼上了某人的胸膛，像倚上了某種屹立不搖的堅石，安全感油然而生。「別理她說的話。」

「我看起來很不快樂嗎？」她抬首望向小林，有小林在身邊，她應該比誰都快樂才對啊！

小林凝視著她，只是勸滿微笑，搖了搖頭。「妳自己覺得快樂最重要啊，管別人怎麼想！」

她笑望著他，她快不快樂？

身為一個禍害之源，能讓鬼魅變得邪惡的人，怎麼會快樂？她的生活如此戰戰兢兢，深怕觸發了路過的亡者，又怕死靈們傷害身邊的人們，鎮日提心吊膽，憂心忡忡。

但是，她必須快樂。

「冷死了，我上去一定要喝杯咖啡！」她沒有推開他，讓他摟著也比較溫暖。「看在你借我圍巾的份上，請你喝一杯。」

「欸，這條圍巾兩萬元耶，換一杯咖啡太不划算了！」小林咕噥著，「好歹要多一點福利吧？」

「福利個頭！」季芮晨動手抓著圍巾，作狀要拿起來。「不然還你！」

「好好好，妳圍著圍著，我超級自願借給妳的！」小林拍掉她的手，兩個人連袂登上船。

「但咖啡還是不能省！」

季芮晨甜甜的笑了起來，她的心是誠實的，早在很久以前就喜歡著小林，她也知道小林的心意，但是……她身邊的親朋好友都已經離開她了，就是因為她助長亡者的能力，導致意外不斷，她不會死，但是他們會。

小林跟在她身邊已經多次千鈞一髮，每一次都帶傷回國，她常在夜晚惡夢中驚醒，夢裡是渾身是血的他，以及失去脈動的他。

思及此，她就沒有辦法跟小林有任何進展，有時候愛情，真的只要對方幸福……不，只要對方活著就好！

「小晨，我們到上面去喔！」吳婉鈴嚷著，她只是代表，其他人早就先到露天的船頂去了，上頭視線毫無阻擋。

「好！」她點頭，一邊踏過船艙門檻——

『——小心啊！』彷彿是Kacper的叫聲傳來，緊接著是小櫻的驚呼。『痛。』

一股強大的壓力衝擊而來，那像是一種強勁的風、或是海浪打上身體的感覺，迎面而至，毫無防備的她直接被襲上，連站都站不穩，雙腿一軟直接咚的往地上倒去。

若不是小林摟著她才能攙住，否則她真的倒在地上了。

「小心！」一旁的人還以為她絆到了門檻，趕緊上前幫忙。

「小晨？」小林隻手就拉起了她，季芮晨全身都在發抖，她反胃又噁心想吐，另一隻手得揪著小林的衣服才能勉強站立。

靠近門邊的位子有人立刻讓座，好讓小林把她扶到椅子上坐下，季芮晨痛苦的趴上桌子，好可怕的感覺，她不但全身發寒，還有一種五臟六腑都被撞擊的疼痛感！

「小晨，季芮晨！妳別嚇我！」小林知道不對勁，但是他不知道是哪兒出了問題。

季芮晨被他硬攙扶起來，她現在只感謝團員都在樓上，沒人在下頭的船艙裡看見她這副狼狽樣！小林看著她的臉色大吃一驚，季芮晨臉色唇色泛白如紙，毫無血色！

「妳怎麼回事？」小林皺起眉，前一刻還好端端的，緋紅著雙頰啊！

「沒……沒事……」她說得有氣無力，聽著四周的關懷，努力打起精神。

然後，她注意到凌厲的視線，在十一點鐘方向，直視而來。

季芮晨緩緩坐起身子，望著那瞬也不瞬的雙眸，有個男人身著一襲黑袍，就坐在椅子上望著她。

一身全黑的斗篷裝扮，在嘉年華會中倒是不突兀，這船上的人打扮得花枝招展，不少人都是要去威尼斯參加盛會，但這位黑袍男子卻已經戴上了面具，那面具相當的經典，是勾嘴大夫。

原名Medico Della Peste，我們這兒通稱勾嘴大夫，因為面具就有個鳥嘴；它的設計源自於治療黑死病患，那時的醫生為了避免被傳染，就製造了這款面具，中空的鳥喙裡塞滿藥草以過濾空氣，頭戴黑帽，手戴白手套、身穿浸過蠟的亞麻斗篷，再手持著木棍藉以掀開患者的衣物或被單，避免直接接觸，在黑死病盛行的年代，這便是醫生的標準裝備，而後這副面具也成了醫師的象徵。

在許多電影跟漫畫裡都有出現過，不過不是每個人都覺得這很莊嚴，相反的黑斗篷搭上白色鳥嘴面具，看起來其實多少有些詭異！

因此，季芮晨覺得自腳底發寒，面具下的雙眼凌厲異常，而她身邊跟著的亡者們……似乎也都噤聲了！

「有事嗎？」身邊的小林忽然一骨碌站起，直接擋在她面前，遮去了那如刀般的視線。

「你為什麼這樣瞪著她？」

船艙內氣氛變得很僵，小林用英文質問著對方，對方卻不予回應。

『……双ちゃん！』小櫻哭了起來，『快點！快離開這裡！』

季芮晨撐著桌子吃力站起，踉踉蹌蹌的往旁跌去，小林及時回身挽住她，不敢相信都什麼情況了她還想走去哪裡？

「走……我得走……」她吃力的說著，「去上面，快點……」

小林緊皺著眉扣著她，往樓梯那邊走去。

「站住。」斗篷男人忽然站了起來，氣勢凌人。

小林攙著季芮晨回首，怒目而視，氣勢上絲毫未遜於對方。「幹嘛？」

「她是什麼？」他不客氣的直指著季芮晨。

她是什麼？小林聽了就怒火中燒，居然用 What！是什麼意思？

「不關你的事！」小林冷冷的說著，一把半抱半攙起季芮晨，直接往樓梯上走去！

季芮晨扶著扶把，也凝重的看著那勾嘴大夫，他依然凝視著她，眼神裡帶著懷疑、詭譎及一種肅殺之氣。

雖然不知道他是誰，但是季芮晨忽然有一種直覺，這個人……會對她非常非常的不利。

第二章

到了甲板二樓，所幸那個謎樣男子沒有跟上來，季芮晨才勉強覺得舒服了些，但是臉色不佳難以掩飾，她不甚舒服的坐在椅子上，任冷風刮過臉頰，希望能藉此清醒些。

坐在二樓露天的甲板上，可以看見沿岸所有島嶼群，遠遠的威尼斯的聖馬可鐘樓，磚褐色的建築佈在岸邊，襯著眾多船隻與藍天白雲。

團員們相機拍個不停，女孩子們更是搶著拍照，兩岸景色優美，可惜季芮晨卻無心觀賞，她開始有不好的預感。

「咖啡。」眼前忽然遞過一杯熱騰騰的咖啡，季芮晨愣了一下。

抬起頭，小林挨到她身邊坐下，她剛剛居然連他何時離開都沒有注意到！接過咖啡，杯裡的熱度足以讓她舒服些。

「本來說我要請你的。」她一抹苦笑。

「可以欠著生利息。」他說得自然，眼神不經意往樓梯下看。「剛剛那位妳認識嗎？」

季芮晨搖了搖頭，「怎麼可能，那個人……很可怕！連 Martarita 他們都討厭！」

連鬼都討厭？小林不由得錯愕，能夠做到連鬼都厭惡，也算不簡單了！他不是敏感的體質，但是從一個人散發出來的感覺來看，斗篷男人的確擁有讓人不愉快的磁場。

他只是坐在那兒就擁有絕對的存在感，四周的位子都沒有人靠近或坐下，戴著勾嘴大夫的面具，沒有威嚴，反而讓人恐懼；一開始就針對小晨，那眼神、語氣與態度，他也知道對方不是普通人。

為什麼問小晨是什麼「東西」？對方使用英文，不用她是誰，而用她是什麼……明明是個人，有眼睛的都看得出來，為什麼用 What？

他不認為那男人是神經病或是挑釁，畢竟連小晨身邊的鬼魅們都怕了……

「小晨！看這邊！」前方忽然有人大喊著，季芮晨跟小林不約而同抬首。

鄭亞薇拿著相機對著他們，喀嚓喀嚓的快門聲不斷，拍下他們兩個有點呆愣的模樣。

「哇，呆呆的也好可愛呢！」小狐湊了過來，看著相機。「看起來好登對喔！」

「真的嗎？」小林非常認真的起身，走向她們要看照片。

喂！季芮晨拉不住他，真是的，別人起鬨他幹嘛還攪和啦，這樣下去會越描越黑，搞得他們好像真的是男女朋友似的。

真的……不是嗎？季芮晨偷偷瞄著小林，每次想到他，思緒就亂七八糟。

「我幫你們拍！」小林主動幫醫生團拍照，季芮晨知道他領隊魂又出現了，他正在幫忙。

季芮晨覺得舒服許多，也被這些事分心，不再像剛剛那麼難受，仔細看著船上的角落，除了醫師團這麼熱絡之外……啊，汪老師在另外一頭。

她起身走向船尾，途中看見的是另外一對夫妻，正在吃點心看風景。

「會不會太冷？太冷的話可以下去喔！」既然先遇到他們了，季芮晨停下腳步。

「不會，景色宜人！」賴世杰相當爽朗，滿頭稀疏灰髮。「這樣望過去真是心曠神怡呢！」

「是啊，我們來兩次了，每次前往威尼斯時都覺得沿途風光好美，每個季節有不同的風情。」賴太太相當有氣質，挽著銀色髮髻，手上拿著相機。

「我幫你們拍張合照！」季芮晨主動伸手，賴太太笑著道謝，把相機遞給她。

她不知道賴世杰夫妻是從事哪行的，但賴世杰濃眉劍豎，看起來霸氣十足，還有說話與走路的方式，加上衣著包包，看得出來應該不是太普通的人；前幾天聽到他話題裡離不開新聞或是官員，感覺跟政經界關係密切——不能得罪。

透過螢幕對著互摟的夫妻，季芮晨綻開笑顏要他們再湊近一點，再……她的眼神，禁不住被分心了。

從這個角度望過去，是一個黑氣沖天的小島，季芮晨眼睛離開螢幕想確定是否是相機的問題，結果看見的是更加實際的黑色島嶼。

「小晨？」賴太太注意到她臉色，狐疑的問，並且跟著回首。

夫妻倆回首，看見的依然是片好風光，船經過附近小島，不明白這領隊究竟瞧見了什麼。

「來，看我這邊喔！」季芮晨趕緊喚著，夫妻倆這才回首，賴先生親暱的摟著妻子，兩個人頭靠著頭，即使年過半百，還是笑得甜蜜。

季芮晨一連拍了兩張，確定拍得完美才把相機交還給他們。

「謝謝！拍得很好看耶！」賴太太很滿意的道謝。

季芮晨無心的寒暄幾句，就說要到另一邊去看看，船正往前駛著，她走到船邊，驚異的望著遠方那座小島；在海上望去，只能看見綠樹蓊鬱，沒有像威尼斯島上特別的鐘樓、或是繁華建築。

那島嶼看起來一如其他島嶼般風光明媚，可以看見一大片磚紅色的建築物，從沿岸開始，像樓梯般越建越高，最靠近岸邊的是一層樓、後面接了兩層樓的建築、再後頭是三層樓高，旁邊有個最高聳的鐘樓。

面海的一層樓建築有著拱形長窗，三角形的屋頂錯落，其他地方都是蕭瑟的樹木，看起來樹木幾乎佔了島上大部分的面積，只怕也是個人口不多的地方。

季芮晨拿起自己的相機，移近鏡頭對著那建築——咦？鋼筋？那建築外似乎正在整修，格狀鋼筋包圍了整棟建築，還有防水布蓋在較後方的建築物上；她放下相機，擰著眉遠眺著那島，氛圍完全不同，這座島整體明顯得比較晦暗，連該是蔚藍的天空都染上一抹灰。

自從在日本解決一整票亡靈後，她知道自己變得很敏感了，Martarita 他們也一直在助長這份負闇之力，最近他們的陰氣越來越強，她不僅感受得到，而且毫無不適，這幾乎都驗證她的負闇命格。

眼前這座島上連樹、屋子、土地都散發一股陰暗氣息，現在陽光明媚之際，那島上卻有風雨欲來的陰沉。

再透過相機移近瞧著，那拱形窗子像是玻璃花窗般大小，高度幾乎與建築物相當，由裡頭看似是落地窗般，只是望過去沒有反射藍天白雲，看樣子沒有玻璃。

沒有玻璃的建築，只怕裡面也沒住人吧？不然又整修又沒玻璃，裡頭豈不是塵土遍佈了？

才想著，窗邊忽然閃過一抹白影，從最右邊的窗子往左閃過，像是有人在奔跑般的一溜煙跑離，在每道窗前留下殘影。

咦咦？有人呢！季芮晨睜大了眼睛，看著最左邊的窗戶，還有著一小片衣服在那兒。

然後，人影移動，緩緩的出現在窗子裡。

這麼遠，她只能看見那是個人影，穿著全身雪白的衣服，看起來相當單薄，在沒有玻璃的屋子裡，這樣寒冷的天，他似乎只穿著一件薄薄的棉布衫似的，袖子看起來非常的長，因為……那根本垂地了吧？

她這樣看過去，看著對方手自然擺放，但是長長的袖子一路往下直到看不見的地方，活像歌仔戲般。

接著，那窗子裡的人忽然緩緩舉起手，她就可以看見那的確是長到誇張的袖子，因為她瞧見了手的形狀，可是如水管般的袖子遮去了一切……手輕輕晃動，像是在說道別般的揮著，緩慢的左、右、左、右……

忽然，那手頓了幾秒，再舉高些，換了個動作。

『來……過來……』同時間，義大利語準確的傳進她腦子裡！

「唔！」季芮晨沒有心理準備的被嚇到，她定神看向島上的窗邊，不必相機她也可以看出那動作。

是招手，窗邊曾幾何時站滿了一樣的白衣人，他們都揮動著那長得要命的袖子，朝著她招著……『來……來……』幽咽的召喚聲不絕於耳，從一個人變成兩個人，乃至於一堆人的呼喊——來啊！

住口！季芮晨緊閉上雙眼。「Kacper！」

軍刀聲立即在耳邊響起，身為軍官的 Kacper 總是具有氣勢，還是能為她抵擋一些三流小鬼！季芮晨刻意避開眼神不看那黑氣島嶼，等著船隻趕緊經過，快點抵達熱鬧非凡的威尼斯島。

『小晨，往下看。』Martarita 的聲音淡淡的傳來，她一陣錯愕，扳著船緣往下瞧。

船隻行駛在深藍海中，破浪前進，但是在船身周圍的浪濤裡，竟藏著成千上萬的手！

咦咦？季芮晨瞪大了眼睛朝海裡望，無以計數的腐爛手臂們像是推著船身向前，又像是扯著船隻向後，泡水腐爛的頭顱載浮載沉，季芮晨慌張的往後看去，真的是整船都被包圍了！

尤有甚者，遠處可以看見海面上有著大大小小的頭顱，那個童話故事裡會這麼做的都是火辣的美人魚正妹，可不是一張張被魚啃爛的浮水屍啊！

不會吧……別告訴她這艘船會沉，然後她又是唯一生還者，這太誇張了！

季芮晨慌張的想往前衝去，確認這些葬身大海的亡靈想做什麼，一時之間沒留意同樣也在船緣的人，差一點點就撞個正著！

獨自一人站在船緣的是汪永錫，他臉色凝重的往海裡望，眉頭深鎖，面色哀淒……難道這位老師也看得見海裡的東西嗎？季芮晨戰戰兢兢的望著他，老師終於覺得身邊有人，往右瞥了眼。

「啊，領隊。」他這麼說著，抬起頭的雙眼裡泛紅，帶著殘淚。

「汪老師，您怎麼了嗎？」季芮晨小心翼翼的問著，千萬不要說是看到亡靈，拜託！

「沒什麼，真抱歉失態了。」他邊說，還在抹著淚。「只是想起了亡母。」

「啊，抱歉！」提起了人家的傷心事，季芮晨趕忙道歉，但又慶幸不是有人也瞧見了詭異現象。

「她生前一直有個願望，就是想到義大利一趟，但是……」汪永錫憂傷的說著，搖了搖頭。

生前？看來已經不在人世，所以汪永錫看起來才會如此悲傷啊！季芮晨不喜歡觸及人家的傷心事，但走也不是留也不是，她尷尬的卡在原地，現在應該還有更重要的事情要做啊！如果她喚醒了海裡的亡者，她該怎麼制止他們亂來……

『嘎——』帶著恐懼的刺耳叫聲忽自海底傳來，季芮晨往海裡瞧，剛剛那一大群水屍不知道在懼怕什麼似的，爭先恐後的往海底沉去，那模樣簡直是逃之夭夭！

再往下仔細瞧著，有個光點來自於船艙內部，透過窗子照出，那不是什麼強光，而是一種強大的正向磁場，就像小林給她的護身符一樣，擁有趨吉避凶的力量。

船艙裡有人驅走了海裡的亡者。

季芮晨腦子裡閃過了那令人窒息的勾嘴大夫，對她而言，那個陌生人只給了她冰冷、震懾與不適，她一點兒也沒感受到什麼正向力。

「小晨！妳在這裡！」小林的聲音由後響起，簡直是救世主！

小林後頭跟著鄭亞薇那票護士，他們熱鬧的過來，季芮晨擠出笑容，而身邊的汪永錫卻匆匆的頷首，隨便跟大家點個頭像逃避什麼似的扭頭就走。

「欸……」季芮晨有些愕然，都幾天了，這麼生分嗎？

「你們在聊什麼？感覺氣氛挺沉重的。」小林就是覺得怪才過來的，因為小護士們實在太 high，對比之下就知道季芮晨這邊怪怪的。

「也沒什麼，只是……跟汪老師聊聊。」她隨口敷衍。

「可是他眼睛好紅喔，在哭嗎？」小狐果然觀察敏銳，這麼一回身一個點頭都看見了。

「嗯，他想起他母親，他母親似乎一直很想到義大利一趟，但是已經……」她苦笑一抹，正所謂子欲養而親不待吧！

「咦？」吳婉鈴忽然皺眉，望著船頭角角的汪永錫身影，然後啊了一聲，兩眼瞪圓。「我想起來了！」

「什麼？」大家不約而同回頭望她。

「他是那個汪老師啦！」吳婉鈴音量一點都沒降低，「之前被爆為人師表又不孝的那個汪老師！」

嗯？季芮晨很快的思索了一下，最近天災人禍的新聞非常多，但是所謂「大學教授拋棄生母致死」的新聞，也佔了很長一段時間的篇幅版面。

實在是因為事主在知名大學是德高望重的教授，而提告者是個衣衫襤褸的街友，攙著他瀕死的母親出面提告，說他拋棄了母親，沒有盡到孝養之責，甚至還趕母親離開。

這件事引發軒然大波，街友代母提告，指證不孝事跡歷歷，說自從高中畢業後就與家裡斷絕聯繫，爾後母親去尋他，他在家門口塞給母親一筆錢後，驅趕她離開。

提出告訴，上了新聞媒體後沒兩天，這位身染重病的母親便身故了，因此更引發社會大眾的一致撻伐，爾後的事情她沒注意，只知道該位教授辭去教職，而有人甚至忿而到他住所扔雞蛋或是潑漆，街友更是聯合起來將其母停棺在他家門口，撒得冥紙紛飛。

最後還是一些社會單位介入協調，據說他領回遺體火化，緊接著另一個火災掩蓋了這則新聞，因為那是一個高中生把全家反綁在屋內，將其身上澆油並放火燒死他們，那場火災波及了五六棟屋子，少年逃出屋外後還仰天長嘯表示那是他家人應得的報應。

這件事季芮晨印象比較深，因為那天她就在巷子口吃麵，小林也在，消防車一輛輛由後飛掠而過，她看見沖天火光中有慘叫哀鳴的人臉，所以草草吃了幾口就趕緊離開了。

那少年完全沒有悔意，還說是因為家人把他的狗丟掉，所以要懲罰家人，讓其知道生命的可貴。

這案子當然壓過了不孝子的案件，但是該位老師卻已經身敗名裂……季芮晨只注意標題，沒有仔細去探究內容，但是剛剛汪永錫的淚水又是為什麼呢？若說不聞不問數十年，那剛剛那句：「我媽一直很想到威尼斯來一趟」是怎麼來的？

演戲給她看？那也太無聊了吧？

「超過分的，念這麼多書，結果居然幹這種事！」鄭亞薇一知道對方是誰後，立刻投以嫌惡的眼神。「我記得他大學時明知他媽媽生病卻完全不理耶，連過年都不回家！」

「對啊，還有他後來出社會後，父親過世也沒有回去奔喪，他媽媽一直打電話到他住所，他也完全不回應，後來就說變空號了，超過分！」吳婉鈴也跟著義憤填膺，「而且土地遺產他都繼承了，居然還把媽媽丟到街頭。」

「我還記得他住豪宅耶，住在台中的透天小別墅區，生活過得悠哉的咧，結果放媽媽在外面餐風宿露！」洪資婷嘟囔著，就覺得可惡。

「我之前就覺得眼熟，想不到他還有臉花錢出來玩喔！」小狐擰著眉。

小林倒是不以為然，而且也不該論斷別人的事。「好了，大家都是出來玩的，這些是人家的家務事，我們別評頭論足。」

「啊，小林，你怎麼這麼想啊？同一團算我們倒楣好了，那種人品格跟心態都有問題，會很不愉快耶！」鄭亞薇嘟起嘴，還說得理所當然。

「事情既然已經發生了，而且汪永錫也完全沒有妨礙到妳們，我想妳們也不必再刻意做些什麼或說些什麼吧？」季芮晨立刻嚴肅起來，出來旅遊，何必硬扯這些？自己也不會太愉快。

「問題是——」鄭亞薇還想幫腔。

「問題是她們一刻不批評人會死掉的。」不遠處，傳來涼涼的譏諷聲，陳馨心緩步走來，一邊還用不屑的眼神瞪著一票護士。

就見她從容走來，靠著船緣開始拍照，鄭亞薇氣得想要上前理論，是洪資婷攔下她們的！洪資婷覺得有點討厭，在醫院裡吵，出來玩還吵，這樣大家就花時間在發脾氣了！

小林也趕緊上前緩頰，說再幫她們多拍幾張，能從海上拍威尼斯島唯有現在這時刻才拍得最美，可別錯過了！

季芮晨嘆了口氣，人真的很愛議論他人是非吶，而且在汪永錫根本沒有傷害或是妨礙到其他人的前提下，那些小護士們難道想要主動挑事嗎？想主動指責？還是責罵？憑什麼？

「她們就是這樣，以為人多勢眾，就可以搞公審。」陳馨心訕訕的笑了起來，「喜歡成群結隊欺負人，或是加罪名跟錯誤給別人，積非成是可是她們的專長呢！」

季芮晨回首看向陳馨心，她正微笑著，眉宇間舒展，看來鄭亞薇她們的行為態度似乎並沒有給她帶來太大的困擾。

「我在醫院就是這樣啊，一有什麼事她們就很團結的衝著我來。」她這麼說著，卻無所謂的聳了聳肩。「不過我要是這麼在意的話，還要不要生活呢？」勾起美麗的嘴角，很明顯的不以為意。

原本斜靠在船緣的她，眼尾不經意向左瞄去，走來的是許醫生夫妻，季芮晨明顯的看到許醫生尷尬的迅速別過頭去，而許太太原本開懷的笑容凝在嘴角，雙眼卻盯著不放。

陳馨心倒是綻開燦爛笑顏，還揮揮手打招呼。

這種詭異氣氛季芮晨也不是今天才注意到，事實上從出團開始都這樣，陳馨心明顯跟大家不同掛，不過因為沒什麼交集，她倒是沒機會看到這麼細微的表情。

但是不過問他人私事是她的原則，所以季芮晨選擇一笑置之。

兩個愛拍照的毛帽男人依然沒有錯過美景，他們依然沒有跟大家和在一起，偶爾笑笑聊天，小護士會去找他們玩，但是他們不主動靠近誰，尤其……幾乎不會靠近賴世杰跟汪永錫。欸，她還有時間觀察這些嗎？季芮晨回身，看著已經遠去的黑暗小島，這麼遠眺過去，還是可以看見令人不快的氛圍。

「哇！」前方傳來驚呼聲，季芮晨順著聲音望過去，就知道威尼斯快到了。

繁華熱鬧的嘉年華會，光是碼頭邊就一堆穿戴華麗的人們，靠海岸的街上滿滿的都是盛裝打扮的人，五彩繽紛的小丑，連鳳尾船都裝點得美輪美奐，在電影中才看到的嘉年華盛宴，現在竟活靈活現的呈現在眼前！

「好棒喔！」船上到處是此起彼落的歡呼聲，季芮晨也不免被眼前斑爛的色彩所打動，華麗又炫目！

船漸漸靠岸，大家都急著下去，季芮晨先召集大家，說明一定會給大家充分的時間享受嘉年華會，但在此之前請不要脫隊，他們有該走的行程必須完成。

看得出來其實聽進去的沒幾人，所以她必須特別留意幾個特別容易分心亂跑的團員……當然是小護士們；小林先離船，留意剛剛那個勾嘴大夫，確定他已經先離船後，才上來跟季芮晨示意，對此她感激莫名，無論如何……她都不想再遇上剛剛那個人。

眾人魚貫下船，季芮晨領頭，小林殿後，碼頭邊到處都是街頭表演，或是真的來參與盛會的人，各式各樣的華麗面具都在爭妍比美，有嬌豔、有高傲、有羞澀，當然不能錯過的就是那一堆勾嘴大夫，真不愧是經典面具。

季芮晨一踏上威尼斯的土地，立刻湧起一股不安，最近很常這樣，不知道是不是天災太多，每次她只要有這種感覺，那個地方不久之後就一定會發生事情。

但是……她都已經離開那些國度了，不該跟她有關係吧？

團員們興高采烈的下船，眼花撩亂的興奮，街頭藝人爭相邀約或表演，讓他們前進有點困難。

「大家不要脫隊喔——亞薇，就是說妳！」差一點點，她又要往攤車上去挑紀念品了！

「都聚集過來，我們要先去飯店放行李，然後再出來參觀道奇宮！」

她高舉著自製旗子，其實就是個伸縮桿上綁了海賊王，立起來倒也醒目，一群人在人潮中魚貫穿梭。

「你們這些奢華無度的人們！世界就要毀滅了，你們居然還在享樂！」冷不防的，慷慨激昂的聲音在十點鐘方向響起，那是標準義大利語，整團大概只有季芮晨聽得懂。

她邊走邊往那兒瞧，一大群人舉著牌子、綁著布條，正在大聲抗議辦嘉年華會的威尼斯，因為這一年來世界災變太多，許多原本富裕的城市也都成了廢墟，世上有更多窮苦的人們，甚至龐貝才火山爆發，古蹟毀於一旦，但是威尼斯卻依然堅持舉辦嘉年華會，世界各國的遊客依然趨之若鶩。

台上有人正在激昂陳詞，這是近一年來崛起的末日教派，他們堅信世界末日快到了，一連串的災禍就是徵兆，而社會案件也越來越駭人、手段越來越兇殘，兇手更加泯滅人性，末日教聲稱是惡魔降臨的緣故，一切的一切，都是為了帶來世界末日。

也有人說這些份子裡隱藏著仇富心態，因為M型社會極大化，有錢者依然奢侈度日，窮困的人開始視有錢者為眼中釘，認為他們應該將錢分出來給大眾，不該私自獨佔享用。

季芮晨完全能理解這一點，也能理解這種想法為什麼會如野火燒乾草般蔓延，因為只要打著口號不要做事，等著搶別人賺的錢來花就好，何樂而不為？

她不認為仇富是正確的，不管是富二代還是努力打拚的人，或是天生命好、或是一分一毛靠自己能力攢的，何罪之有？

不過講是這樣講，有好幾個都市的富豪已經被當街打死在路上，而且屍塊散佈，被凌虐分屍，群眾甚至還歡呼的將他們的頭顱插在旗杆上，這種風潮正在蔓延，讓富者紛紛往高度文明的國家逃逸。

「這個世界已經瘋了！」拿著擴音器的人喊著，「末日就快到了！」

老實說，季芮晨很認同第一句。

才再往前走沒兩步，她突然被一股視線盯上，那是一種直覺，她知道有人正在看著她，而那份氣息……異常的熟悉！

有個勾嘴大夫的面具對著她，身上披著一樣是黑色斗篷，他們中間至少相隔了一百多個人，十公尺以上的距離，但是那種渾身發冷的感覺，一點折扣都沒打——是船上那位！

到底是怎樣？對方是什麼？是人？是魔？是妖？為什麼讓她如此不自在，跟在身邊的鬼也都帶著恐懼。

「振作點你們！居然放我一個人面對那種怪人！」季芮晨喃喃自語，「那是什麼？人嗎？」

『是……對我們很有威脅性的人。』意外的，回答她的不是平常愛聊天的鬼魅，而是跟在她身邊二十餘年，卻鮮少開口的智者。

季芮晨會這樣稱呼他，是因為Tony活了好幾百年了，他幾百年前死亡後就一直沒有走上輪迴，一直到她出生後，被負闇之力吸引而至，身為一個鬼魂，他還是吸收世界新知，每天都在看書。

所以，她都要定時燒書給他看，好浪費錢啊！

但是也因為身為鬼的時間長，也遊歷過非常多國家，真的是飽覽群書，Tony 懂得非常多事，Martarita 甚至稱他為先知；季芮晨不曾這樣稱呼過他，因為就算知道她的親友或是她會遇上什麼鳥事，Tony 一句也沒警告過，先知個頭！

不過他一開口，就會讓季芮晨很緊張。「威脅？是有可以制伏魍魎力量的人嗎？」

『嗯，他是有能力驅魔者。』Tony 語重心長，『小晨，妳得留意，他對妳的負闇之力完全就是威脅。』

「嗯，懂了。」季芮晨挺身而出，與勾嘴大夫對望，她不管對方是什麼驅魔師、或是教廷的人都一樣，她是個正常完整的人，別想傷害她。

迎視著勾嘴大夫，她可以感受到面具下的雙眼也正在看著她，那是毫無善意的磁場，她不躲不逃。

帶著團員們先到飯店放下隨身行李後，忙碌的行程讓季芮晨暫時忘了意外的威脅，她聯絡上當地導遊，緊接著前往道奇宮。

道奇宮是威尼斯數百年來的政治中心，又稱為總督府，其實就像個小型宮殿，裡頭是嚴禁拍照的，所以當團員們在一樓都上完洗手間後，導遊便帶著大家往二樓開始參觀。

在通往樓上的階梯中，抬首看天花板可以看見金碧輝煌的雕刻，而上面每個閃爍的金色，都是純正的黃金！團員們討論著如果能敲一塊回家多好，現在金價這麼貴，太值錢了。

由於導遊帶著，所以季芮晨就殿後注意團員們，嘉年華會的威尼斯島上旅客眾多，她刻意挑了個大家比較不會來的時段，至少不會跟其他旅行團人擠人。

可是也因此空曠了很多。

「怎麼？」一個轉角，小林居然在那兒等她。

「咦？你怎麼落後了，快追上去。」季芮晨催促著，幹嘛等她啦！

「那個沒差，不懂的我再回去翻書就好！妳才不該落單，別走太後面。」小林大手一攬，又把她往懷裡摟。「這裡不太對勁，妳可別又喚醒一堆有的沒的！」

「什麼叫我喚醒啊！」

「拜託，這裡不是舊兵器、就是大砲、連貞操帶都有，誰知道用過這些的人是否魂未散去？還是哪把劍上沾了無數人的血？」小林說得可自然了，「說不定都在等妳呢！」

「呸呸呸！」季芮晨手肘頂了他一下，「一年多沒出事了，不會有事的！」

「總是以防萬一。」他微笑，「真希望日子永遠那麼太平。」

腦子裡閃過勾嘴大夫，季芮晨不由蹙起眉頭，事情只怕不會太簡單……有人注意到她了，她的負闇之力在那些人眼裡，是否就是種禍害。

「不，你說得有理，我想還是小心點好。」她悄聲的說，「我這趟旅行一直提心吊膽的，感覺很不對勁。」

小林立刻正色，仔細的凝視著她。「知道了。」

「怕嗎？」她仰首。

「怕就不會來了。」小林笑得泰然，他總是這樣，用那陽光爽朗的笑容遮掩過一切。

他是該怕的。小林環顧著展覽室裡每一件刀具或武器，已經有人對他提出警告，待在季芮晨身邊，他勢必會被負闇之力波及，即使那並非小晨的本意，但是她的命格就是災厄，這兩年下來幾次九死一生，他該比誰都明白。

但是他就是放不下她，這個被命運操弄的女人，她絕對不是自願變成這樣的人，也沒有人與生俱來希望自己總是帶來災禍，希望因為自己間接害死摯愛的親人與朋友，她根本無法選擇自己的命運。

那不是季芮晨的錯，她只是不得不承擔而已。

他求了很多法器，但是在負闇力量下能有多少用處不得而知，他被警告隨時有生命危險，季芮晨身邊盡是滾動的屍體，只有增加不會減少；但他很慶幸並沒有被阻止，他親愛的家人們讓他自己選擇。

在家族裡，他是個毫無用武之地的人，既不出色也不突出，但相對的他過得比誰都輕鬆，雖然曾有過難過與扼腕，但是他已經跳脫了那個框架，誰說一定要繼承家業？誰說沒有能力他就是個無用之人？

每個人都有一份與生俱來的能力，世界上一定會有一件事，是除了自己之外誰也做不好的！

他不再執著於家族，他選擇過自己的人生，所以選擇往危險來，待在危險身邊，他甘之如飴。

導遊一一介紹了道奇宮裡的畫作、雕像，每一個廳堂裡過去的作用，團員們不是蹬蹬腳，就是想找個東西靠著，畢竟這趟參觀旅程有兩個小時之久，不少人腳都有些痠了。

導遊盡責的講解結束後，接著他們往重要的景點——威尼斯赫赫有名的嘆息橋。

所謂嘆息橋是密封式的拱橋建築，只能通過橋上的小窗子由內向外望，嘆息橋的兩端分別是法院與監獄，而犯人通過此橋時通常都是執行死刑前，會感嘆即將結束的人生，或是看親人最後一眼，內外的人都會嘆息，是威尼斯最著名的橋樑之一。

這是非常重要的景點，遊客們必然會從另一座小橋上，拍攝這只有幾扇窗子，就要天人永隔的嘆息橋；而道奇宮裡的行程，是讓大家親身真正走一次嘆息橋。

道奇宮旁邊便是法院，法院自然連接著監獄，大家開始步入黑暗又帶著點陰森的地下室，走道越來越窄，兩旁成了石砌牆，甚至到了僅供一人通過的寬度。

這條路一定會通過監獄，小林不由得提高警覺，大概沒有比那邊更加具有亡靈潛質的地方。

晦暗潮濕，還可以聽見外頭的浪拍聲，或是鳳尾船經過時的水聲，雙臂無法開展，石壁就在身邊，眾人行進變得很慢，因為通道狹窄，地板也是凹凸不平的鋪石。

「好暗喔！」前面像是小狐在說話。

季芮晨在最後面，謹慎的往前走著，她當然知道這裡可能有些什麼，掠過石窗、看見鐵柵門，都可以想像當初這兒的狀況，被關著的人們，每幾步就有深鎖的大門。

終於走到了寬廣的石道，但這一旁就是監牢所在，矮小的鐵門有著好幾重栓子，重重鎖著，裡面就是唯有一扇小窗的地牢；大家在寬道上分散著，這裡可以拍照，不過除了兩個毛帽男外，很少人拍得勤快，畢竟燈光不好，而且又有種陰森感。

季芮晨站在一扇鐵門邊稍事休息，因為前面就是要經過嘆息橋裡了，還有一團旅行團在前，所以導遊刻意隔開擁擠人潮。

砰！一陣巨響在石壁中造成回音，季芮晨嚇得站直身子，離開了靠著的石牆，所有人都不約而同的回首望來，聲音來自於她身邊那扇矮小但厚重的鐵門……裡。

但是大家都知道，這裡面不該會有任何的「人」存在。

「差不多嘍！大家往前！」季芮晨趕緊揚聲，不要再往這裡看了！

「剛剛那是……」其中一個毛帽男子狐疑的皺眉，「聲音是……」

「什麼？喔，這個喔！」季芮晨大膽的從正面去敲了敲鐵門，「我剛敲到啦……走嘍走嘍！」

小林飛快的上前包握住她的手，這傢伙有負闇之力還敢伸手去碰？擺明了是助長裡頭那傢伙的氣勢吧！

幾個人笑看他們狀似親暱的樣子，趕緊加快腳步跟著前頭的導遊往前走！毛帽男困惑的看著季芮晨，又拿起相機拍了幾張，他離季芮晨很近，總覺得那聲音像是從裡面敲出來的。

季芮晨笑得尷尬，表情僵硬，只希望他們趕緊往前……往前啦！

喀啦！鐵門上的栓輕輕顫動，整扇鐵門又傳來重擊聲，只是這一次比較沒那麼大聲而已，門邊的灰塵抖落一地，證實不是幻聽！

該死！季芮晨連連後退，小林一把抓了她就往前走！

「不要理會，那只是地縛靈罷了，因為妳的關係讓他稍得力量罷了。」他拖著她往前走，跟上團員。「我們只要快點離開這裡就沒事了！」

前方左邊有個半開放式監獄，可以透過鐵窗看見裡面的環境，地板上都是泥土或石塊，看起來一點兒也不舒適！季芮晨望著那離地相當近的鐵窗，牢房是再往下挖的，這樣看下去，監牢彷彿在地下室。

『放我出去！』一陣怒吼忽然傳來，下一秒一雙手啪的抓住鐵窗，出現一張駭人的臉！

『放我出去啊！』

第三章

犯人腐敗的臉沒有嘴唇，黃黑的牙正咬牙切齒的狂吼著，季芮晨嚇得往後退卻，小林趕緊把她往後拉，急著往右轉入，快點離開這裡！

只是說時遲那時快，一條似鞭子的東西忽然從後繞上了小林的頸子——咦？季芮晨還沒反應過來，一雙手居然從後抱住了她，直接往後頭拖！

「不！」她尖吼著，腳跟著地的被一路往後拖行，看著眼前的小林被繩子勒住頸子，整個人被提起離地，而小林身後的甬道上已經沒有人了！「救命啊！」

季芮晨大吼著，至少這樣團員或是前面的人會聽見吧？在這封閉的空間裡，她都聽見自己的回音了啊！

「居然想逃走！哪裡來的逃犯！」身後的人，粗嘎的用義大利語說著。

咦？季芮晨愣住了，她正被往後拖，小林仍在眼前被架著往前走，他們正回到剛剛走過的地方，小小的彎道後……她瞪大眼睛看著牆上的火炬，這裡明明用的是電燈啊！

糟糕！他們被拖進別的空間了！

「對不起對不起……我們是誤闖的！」她趕緊說著，「我不是犯人，請您查清楚！」一口流利的義大利語說著，抱著她往後拖的人頓了住，小林使勁扣著繩子的手也緩下，狐疑的睜眼望著她……還有一旁髒亂的地面，空氣中瀰漫著一股惡臭，不該有人的小鐵門後是歇斯底里的叫聲。

『誤闖？這邊是什麼地方，怎麼可能讓妳誤闖？』對方從後抱著季芮晨抱得更緊了，『是香甜柔軟的女孩呢……』

腐爛的臭味自身後飄來，季芮晨立即停止呼吸，低首看著環住自己的那雙手臂，根本是腐爛的！

小林瞪圓了眼，他看清楚了，在季芮晨身後的那個根本不是人！

「啊啊啊啊！」小林忽然發出長吼，忽然使勁往地上一蹬，向上躍起，使勁向後翻身，逼迫勒住他的人鬆手！

小林的身子翻過了來人的頭頂，但對方並不鬆手，季芮晨聽見手骨劈啪斷裂的聲音，看著那高壯的傢伙雙肩關節扭轉，小林轉眼已順利落在他身後！才落地，小林一點猶豫也無，一記迴旋踢直接踹向高大傢伙的頭！

一顆頭顱輕易的被踢離頸子，同時間，軍刀聲傳來，抱著季芮晨的手一鬆，兩條手腕就這麼被卸了下來！

「Kacper！」季芮晨踉蹌的往前，波蘭軍官英姿颯颯的站在一旁。

小林上前一步攬過了她，戒慎恐懼的環顧四周……牢裡哭喊叫囂的都不是真正的人，那擊著鐵窗的手每擊一下就有殘肉臢血黏在鐵窗上頭，犯人們每個都不是太好看，抓著鐵窗咆哮著。

『妳快走！』Kacper說著，『循著原路再走一次就行了——想些快樂的事，小晨。』

「想……是我的緣故嗎？因為我擔心受怕，所以才會喚醒亡者？」季芮晨相當震驚，現在她的想法也牽動了亡者嗎？

『快走！』Kacper擰著眉指向走道，因為紛沓的腳步聲從另一端傳來，像是有更多的「獄卒」奔來了！

季芮晨顫慄的搖著頭，為什麼會變成這樣？她應該只是個正常的人，不過命格容易助長魍魎鬼魅而已啊！

小林不給她思考太久的機會，拉著她重新跑一次，一個微彎後是右轉，他們跑進了甬道裡，然後……腳步聲還在身後！

咦？季芮晨驚恐的回首，牆上還是火炬，鬼哭神號依然還在迴盪著……「天哪，要我怎麼想快樂的事！」

他們離不開這個鬼製造的結界，或許她又會沒事，可是小林、小林他——才在驚慌失措，小林雙拳緊握，二話不說直接捧起她的頭，唇便貼了上去！

……季芮晨的腦子霎時一片空白，她其實不太明白發生了什麼事，只知道瞪圓的眼看見長長的睫毛，唇上有片柔軟濕潤的東西？

「呼！」前後也才幾秒鐘，小林抬起頭，很滿意的看見牆上的電燈，以及殘留歲月斑駁的牆。「成功！我們離開了。」

季芮晨眼睛眨呀眨的，剛剛是……是怎樣！

「我……」她遲疑著，蹙著眉抿了唇。

「先別想太多，我們跟大家分開太遠了！」小林溫柔的笑著，再次拉過她的手，急忙的往前走去。

別想太多？季芮晨瞠圓雙眼，她剛剛……她下意識撫上唇，有沒有搞錯，剛剛她被親了一下耶！

雖然……她承認很有效，她剛剛根本什麼都沒辦法想吧！太可惡了，小林是不是故意的？不，他這樣做的確是救了他們兩個，這該不會叫一石二鳥吧！

往前沒走幾步，地面就隆起了，他們踏上了所謂的嘆息橋，這座橋是整個封閉的，唯有窄小到很誇張的窗，可以看見外面的人……過去的犯人只能從這小小的窗口，看著站在對面牆上的親人、或愛人，或是……

那個勾嘴大夫？季芮晨怔住了！戴面具的勾嘴大夫是很多，不過能給她這種發寒感覺的人卻只有一個——勾嘴大夫在跟蹤她嗎？Tony 說是具有驅魔力量的人，所以是追著她的負闇之力跑？

小林也注意到了，他冷然的望著外頭橋上的男子，默不作聲的拉過季芮晨，不管對方是誰，他都會保護她的。

走出去時，大家都已經出來了，導遊讓大家去上洗手間，休息一下，並簡單的介紹在眼前一座白色階梯上的神像雕刻，道奇宮裡的雕刻都相當具有寓意，每一尊都有個故事。

季芮晨出去後就再度擔起領隊的工作，無暇去顧慮其他事情，接著是聖馬可廣場鐘樓的介紹、還有聖馬可教堂，以及旁邊有一座運行了六百年的鐘塔，以大量的藍色與金色飾底，不但可以計時，還以星座運行，相當華麗，當初是為了炫耀威尼斯的繁華，也因此打造得大到每個水域都能看見！

「這是末日星象！」在星座鐘下，也有一群人在嚷著。「趕快懺悔吧，否則你們誰都進不了天堂！」

一個衣衫襤褸的老人在寒冷的冬天中大聲疾呼，他臉都凍紅了，相較於周遭嘉年華的盛裝，對比格外顯眼；導遊在那兒講解著，而附近戴有面具穿著華麗服裝的人也刻意避開老人家，但他依然聲嘶力竭。

一直到，他看見季芮晨為止。

季芮晨也正看著他，因為她想買個熱飲給這位老人家，他全身抖個不停呐！只是在尋找店面，圍繞著聖馬可廣場有三家百年老咖啡店，但要找小吃的話，只怕得進巷弄裡找。

而老人家步履蹣跚的走了過來，凝視著季芮晨，臉上盈滿恐懼。

「很冷嗎？」她趨前，用義大利說著。「您等等，我去買個熱的給您！」

才回身，老人家居然倏地抓住她的大衣。

小林立刻往前，警戒的望著老人，他暫時沒有動作，但是這位老人家看著實在怪異。

「啊啊啊……」老人家忽然低聲的悲鳴，「末日要到了，要到了……」一邊說，他看似無力的雙膝癱軟，緩緩跪上了地。

「怎麼了？」被揪著大衣的季芮晨跟著蹲下，她急著要他起身。「請起來，發生了什麼事了？」

「我一直都知道，末日快到了！我已經準備好！」他老淚縱橫的捧住季芮晨的手，「能親眼看到威尼斯的末日，能看到帶來末日的人，我好感動！」

末日！季芮晨倏地抽回自己的手，又懼又怒的望著老人家。「你在胡說什麼？什麼威尼斯的末日？」

「再給他們兩天時間啊，愚蠢的人們不懂得上天的責罰……就讓威尼斯在奢華中迎接末日，這才像威尼斯啊！」老人家溫柔的笑著，仰首看著她，然後恭敬的朝她磕了頭。

「天哪！」季芮晨難受的別過頭去，慌亂急忙鑽進人群中，跑進了廣場邊的走廊，硬是把自己塞到一根柱子後頭。

小林自然守在身邊，只是他看著前額貼在石板地上的老人家，於心不忍，這麼冷的天，他還貼在地上？

但是剛剛小晨跟他說了什麼，他有聽沒有懂啊！

「小晨？」

「我討厭……我討厭那種說法！」她雙手互絞著，緊咬著唇，正在壓抑激動情緒！「什麼末日，什麼帶來末日的人……」

「小晨？」小林聽到了，他扳過她的雙臂。「剛剛那老人家說妳是帶來末日的人？」

「對！還說要我寬限兩天，讓威尼斯在奢華中迎接末日！」她難受的搖著頭，「我只是天生是負闇之力的命格而已，怎麼可以說我會帶來末日！」

「噓噓……」小林趕緊安撫著，「妳不要想太多，把他的話當真就太多慮了！那或許只是個精神不正常的人啊！」

季芮晨緊閉上雙眼，主動偎進小林懷裡，自從知道自己能助長魍魎作孽後，她一直過得提心吊膽，深怕團出事、也怕別人出事，擔心亡靈厲鬼們大作亂，傷害無辜的人們。

更害怕被誰發現這一切跟她有關，就像在船上的勾嘴大夫，盈滿敵意的指著問她是「什麼東西」；就像這個老人，說不定有點感應，知道她身上帶著負闇之力，然後就說她會帶來末日……說得好像她會害死整個威尼斯的人一樣！

太過分了！

「小晨！小晨呢？」

外面，傳來團員的呼喚聲，季芮晨立刻做了幾個深呼吸，抹去眼角滲出的淚水，低聲問小林她看起來怎樣？那個老人家走了嗎？

小林探頭向外，老人家已經不見了，但是……勾嘴大夫卻來了。

這嘉年華會中穿戴那樣子的人實在很多，小林一時之間也無法判定究竟誰是誰。

「走了，但勾嘴大夫在附近……可我看不出來是不是那個男人。」他說這話時，對自己不是很滿意。

「噢，沒關係。」她再一個深呼吸，挺直腰桿。「我不怕他。」

就算Tony說得煞有其事，她還是不想畏懼。

擁有負闇之力不是她自願的，她已經經歷了這麼多葬禮，已經失去了這麼多深愛的人，難道她還得再躲躲藏藏過日子嗎？

就算是驅魔師，那就拿出真本事把她的勾嘴大夫驅走，讓亡靈再也不會纏上她，否則——季芮晨踏出走廊，立刻感受到那種令人發寒的敵意。

否則，就不要想來妨礙她的人生！

※ ※ ※

參觀道奇宮完畢後，季芮晨便領著大家去搭乘鳳尾船。第一艘是兩對醫生夫妻，第二艘是小護士們四個一組，再加毛帽二人組。第三艘是賴世杰夫妻、汪永錫加上陳馨心，大家不熟悉也好，至少和平相處。而季芮晨從沒來過義大利，當然非坐不可，跟小林兩人共乘第四艘，小護士們見狀頻頻歡呼，急著要把他們湊成對似的。

很多事情不必說得太清楚，季芮晨帶著赧顏挨著小林身邊坐著，他們坐在鋪著鮮紅絨布的貴族躺椅上，雙手自然的牽握著，她好像已經很習慣被小林這樣握著，一點都不感到排斥。

但是很多界線她還是守著，例如關係的宣示，她不會輕易鬆口，不是因為不喜歡這個人，而是因為太喜歡。

喜歡，就會擔心害怕，不知道什麼時候他也會跟其他人一樣，離她遠去，而她還得去參加他的葬禮。

鳳尾船因為嘉年華會裝飾得奢華，船家引吭高歌，他們兩個誰都沒多話，只是靜靜聽著悅耳的歌聲，讓鳳尾船在威尼斯狹小的水道中前進，路過別人家門口，還有情人們直接在陽台上用餐，所謂「陽台」，坐在船上的季芮晨甚至觸手可及。

威尼斯的水道四通八達，船隻穿過一座又一座的橋下，但同時也年年都在下陷中，往水裡望，可以看見其實有些建築的一樓都已經浸在水裡，二樓成了一樓，大門跟窗子都在水面之下，形成一種奇怪的景色。

偶爾，季芮晨可以看見奇怪的東西在深綠色的水面下浮動著，她便選擇避開眼神，水裡有多少亡靈，這她一點都不想知道。

平安的旅程繼續著，季芮晨依然沒有掉以輕心，乘船的行程結束後，團員間的氣氛有點變化，她自然沒有過問，只是帶著大家享用威尼斯晚餐，晚餐時沒有過往的熱鬧，鄭亞薇她們幾乎都不怎麼說話，每個人都臭著一張臉。

直到晚餐結束，在這小島上季芮晨的工作也算結束了大半。

自由活動時間由此開始，季芮晨早先發了地圖給大家，也告訴大家附近的地點，隔天的中餐旅客自理，所有人可以盡情的遊玩到下午四點，並回到飯店集合，離開威尼斯島。

晚上十點，季芮晨坐在聖馬可廣場上的椅子，品嚐著百年咖啡廳的茶點，聽著現場演奏，看著廣場上的人們歡笑、或翩然起舞，有的人戴著面具，頭上戴著誇張的玫瑰色假髮，穿著宮廷服飾，還跟著旋律跳起了華爾滋。

每個面具上幾乎都是紅唇微噘，沒有什麼特殊表情，卻都隨著裝扮、動作，帶出不同的個人魅力。

「真愜意……」小林半閉著眼睟，看上去有點累了。

「喂，別睡著啊！」季芮晨用腳踢了踢他，「累的話我們回去吧！」

「沒關係，再坐一會兒。」他笑看著她，「這麼愜意的約會，我可捨不得結束。」

「約會你個頭！」她笑著，端起熱茶喝著。

有些小丑穿著超誇張的小丑服，在廣場上擺出各種調皮的姿勢，取悅遊客們，也掙到不少小費；而奇特的面具還有月亮臉，整張面具超級長，正面看像是個超大水滴，側面瞧著就是一彎月！金色月亮搭著閃耀的金色長袍，也吸引了不少人的目光。

季芮晨看著俏皮，自個兒也在猶豫要買哪種面具有趣？是要華麗？還是要孤傲？

「妳沒發現大家怪怪的嗎？」小林懶洋洋的開口。

「有啊！」她托著腮，正打趣的看著廣場活動。「但我不多問的，行程順利就好，大概是吵架了吧？」

「好像是。吃飯時我跟他們坐在一起，兩對醫生夫婦看起來都不開心，另一艘船上的鄭亞薇她們說話口氣也很衝，說不定兩組人馬在各自的船上都發生了不愉快。」小林聳肩，他當然不清楚其他船上的情況。

「明天應該就好了！」她挑著嘴角，「欸，你看哪個面具好看？我想買個有淚眼的，戴上去看起來楚楚可憐！」

「都不好看，這張最好看！」小林身子前傾，凝睇著她。「何必戴那種面具？」

季芮晨又羞又氣的瞪著他，「你最近說話越來越肉麻了！」

「我說實話啊，看看整個威尼斯，每個人都戴著面具，穿著華服，誰知道面具下是什麼樣子？」小林邊說，一邊指向一個倚在柱子邊，像公主一樣嬌媚的女人。「說不定那下面是男人咧！」

「啊？」季芮晨看著那一舉一動都可愛極的公主，小林說的她完全無法想像。「這也太噁了！」

「所以我一點都不喜歡，超虛假的！」小林笑著，笑語裡帶著些許諷刺。「那個勾嘴大夫也是，有本事為什麼不顯現自己的模樣？在躲藏什麼？」

提起勾嘴大夫她就一顫，真是個討人厭的傢伙。

月亮臉一蹦一跳的過來，用滑稽的動作一下看著季芮晨、一下看著小林，用手指比出個愛心，然後自己站在旁邊害羞個半天，又是縮頸又是低頭的，惹得季芮晨笑個不停。

然後，月亮臉伸出手，做邀請的姿勢，請她搭上他的手。

這麼有趣的事哪有可能不做呢？頂多就給些小費嘛，來到威尼斯嘉年華，不置身其中未免太可惜了！

她看了小林一眼，他笑著說去吧，順手接過她的包包。

季芮晨開心的搭上月亮臉的手，月亮臉扠著腰對小林做出一種驕傲的示威狀，彷彿在炫耀他搶走了季芮晨，頸子越抬越高，但搭上那張月亮面具就是十分好笑，左搖右晃的，握住季芮晨的手回身往廣場上走。

小林笑著要拿出相機拍照，而跟在月亮臉身後跑的季芮晨咯咯笑著，直到她的手被握緊。

咦？寒冷自手掌傳遞著，似乎要冰凍她的血液，季芮晨嚇了一跳，知道天冷，但沒想到這金色斗篷如此單薄嗎？

「你會冷嗎？」她用義大利語問著。

月亮臉不回答，忽然加速腳步，直接往廣場的另一端走去，從步行到疾走，很快的幾乎變成了跑步，而季芮晨就這樣被拖著走！

「放開……喂！」她喊了起來，回頭想找小林，卻發現人群已經遮住了她的視線，她根本已經離咖啡廳有段距離了！「你做什麼啊！」

季芮晨死命的想煞住步伐，但月亮臉卻硬扯著她往廣場另一邊走去，離開廣場後就是一堆巷子，她正被往裡面拖去！季芮晨情急之下立刻抓住路邊的人，好在廣場上人群眾多，隨便抓都有人！

她抓住一個戴著綠色面具的女人，上頭還有羽毛裝飾。「救我！這個人要拖我去巷子！」這一吼，附近的人都聽見了，不約而同望向月亮臉，而月亮臉也停了下來。

「那妳就跟他去吧。」綠色面具這麼說著，微昂起下巴，像是睨著她。

咦？季芮晨愣住了，她的手即刻被甩開，月亮臉側首成一道彎月，用眼尾看著她，她無法從面具上的眼洞看清楚對方的眼神……不，是根本看不清這個人！

「幫我！」她繼續被往前拖去，死命伸手拉住每一個路過的遊客，直到剎下一張白色面具。

面具被她的手揮落了，連同頭飾一起掉落，女人忿怒的瞪著季芮晨，但是女人根本沒有眼睛！

凹陷的窟窿正對著她，眼窩旁的肌膚成放射狀的裂開，血絲在龜裂的肌膚縫裡蔓延，她甚至沒有鼻子，鼻骨被什麼東西打爛似的像一灘爛泥，滿臉都是腐敗的痕跡，張大的嘴激動喊著，她卻看見被扯斷的舌根在喉間發黑顫動！

這是……她立刻再打掉另一個男人的面具，卻被一手反握住，反握她的手只有殘骨幾乎沒有肉在上頭，對方另一手緩緩的擱在面具上，蕾絲袖子裡鑽出了一堆蛆蟲，順著手掌往上。

「哇——滾開！」她用力抽回自己的手，連同對方的手骨一起，喀嚓一聲，清脆聲響。

「你們是什麼東西，找我幹嘛？」

月亮臉將她拖進了巷子裡，曾幾何時這巷子裡居然也聚集了人，每一個人都戴著面具，從面具的眼洞裡綻出青金色的光芒！他們分站兩排，而月亮臉使勁將她往前甩，害得她踉蹌的往石板地上摔去。

她沒有著地，硬是穩住重心讓自己站好，黑暗的巷道只有一堆發亮的眼睛，以及一個遮去光線的身影。

季芮晨正首，是勾嘴大夫。

「是妳吧？」他的聲音一如記憶中低沉且冰冷，「妳這個末日來源！」

「胡說什麼？」末日？她又想到在星座鐘下的老人！「你對我有什麼意見？正好，就一次說出來吧！」

「把她抓起來！」勾嘴大夫伸直了手，「沉進威尼斯裡！」

咦？季芮晨完全措手不及，兩旁的人立刻湧上，伸長了或腐爛或枯槁的手，紛紛抓住了她的身子——等等！這是怎麼回事，她才剛到威尼斯而已，根本什麼事都沒發生啊！

季芮晨被抬了起來，無論怎麼掙扎都沒有用，她再掃掉了更多人華麗的面具，藏在面具底下的是一張張駭人的臉，有些人臉上被利刃劃了個紅色叉叉，她可以看見肌肉與皮膚像懸崖壁般分開，有人額上還插了一把刀，沒入了頭骨；也有人頸子有著層疊的繩子勒痕，他連話都說不出來，氣管跟聲帶都被勒扁了。

這些在威尼斯穿梭的人們，根本就不是人啊！

他們把她抬到附近的橋，勾嘴大夫就站在一旁舉高著手，當他的手用力揮下時，她就被扔出去了！

等等！這一定是誤會，一定是——

「喝！」季芮晨睜開雙眼，瞪直的看著天花板，全身都還在顫抖。

沒有水？她側首，看見的是狹小的房間，古色古香的建築，顫巍巍的撐起身子，該死的居然是夢！

扭開燈，她曲膝埋首，這該死的夢讓她毛骨悚然，圍繞著他的面具人們全部都是亡者，他們咆哮著歡呼著將她丟進海裡，冰冷刺骨，還有一股窒息感……最惹人厭的是那個烏鴉，居然高喊著世界和平！

她的一天被那個勾嘴大夫搞得亂七八糟，才會日有所思，夜有所夢！而且夢境真實的銜接了晚上的活動，她真的跟小林在咖啡廳裡過了很舒服愜意的一晚，也跟月亮臉的街頭藝人跳了一段舞，還跟小林及月亮臉一起拍了照片。

呼，真不知道她到底是想小林還是想那個勾嘴大夫，嘖！

季芮晨下了床往洗手間去，威尼斯島寸土寸金，每間飯店房間都小得要命，她踏上咿歪出聲的木板地，不必兩步就是梳妝台，再一步就是廁所了；伸手按開開關，推開門走了進去！

一個人影竟站在她的浴缸裡，慘白著一張臉，全身都在滴水，活像剛從滿是水的浴缸站起來似的。

但很明顯的，依照對方腫脹的程度，區區浴缸是辦不到的。

那是個男人，肚子特別的凸，渾身上下都是慘白帶著青色的肌膚，像是水全灌進肌膚，強硬撐開的模樣；青色是因為皮膚被撐薄，因此所有青綠色的血管益加顯眼，染青了肌膚。

季芮晨僵在原地，對方用驚恐的臉望著她，凹陷的眼窩下是深黑色的，他張大嘴啊啊啊啊的開始試圖說話，一張嘴每一口吐出的都是水跟海藻。

『唔唔唔啊啊啊——』男人嘔啞嘈雜的喊著，他身上不停的還在出水。

季芮晨仔細看著，她沒有感受到殺意，但是半夜出現在人家廁所裡就已經太過分了！只是仔細瞧著，他不只是皮膚蒼白，連衣服都是……白色的衣服套著全身，卻看不見他的手？季芮晨擰起眉，男人舉起雙手，激動得像是要表達什麼，他的手曲著揮舞，可是看不見手！

因為，那袖子長及地，遮去了他的手啊！

這模樣——在那個黑氣森森的迷你小島上看過？

「你是——那個島上的人嗎？」站在窗邊，不停揮動袖子的模樣，有七分相像啊！

『啊啊啊——』男人露出極度悲傷，眼神卻又盈滿恐慌，但是他說的季芮晨一個字也聽不懂啊！

而男人身上的水實在太重了，整張臉皮開始因為太重往下掉，從眼窩開始往下撕扯，一吋吋的扯離自己的骨頭……季芮晨忍不住掩嘴，看著慘白帶青色的臉皮帶肉往下扯，從眼窩開始露出一抹紅，然後自眼尾旁開始裂開，雙眼為分界，以下的皮肉加速的離開了他的臉。

淡粉色的肌肉露出，白色的臉皮掉到了頸子，而肌肉中還在滲水，男人伸長了手，那袖子上帶著的水直接往季芮晨這邊噴過來！

「哇！」她嚇得躲到門後去，誰知道那是什麼水啊！

在門後她只聽見嘩啦嘩啦的水聲，最後變成嘩剎嘩剎，探出頭往浴缸看，那兒已經沒有人了，但是她浴室地板上都是水，還有一些水草跟沙子，小心翼翼的往前，白色浴缸裡水草遍佈，而排水孔露出一條袖子，正緩緩的往下流去。

「這威尼斯……」她頭疼得很，「現在有誰在？」

『はい！』洗手台上突然冒出一個穿著華服的女孩，日本女娃兒，小櫻，也是一直跟著她的亡者之一。

「這是我的問題，還是本來就在這裡的地縛靈？」

小櫻瞅著她，咯咯笑個不停。『双ちゃん妳看，我穿這樣漂亮嗎？』

一個亡靈，穿戴著萬分華麗的服飾跟面具，在她面前舞了起來，季芮晨當自己問錯人，對女孩而言，嘉年華的一切都太美了。

「Martarita 是不是也在外面晃？」

『はい，Kacper 他們都在外面了，威尼斯嘉年華會是最棒的時候，有很多魍魎鬼魅也都能化作人類在街上行走，戴著面具，根本沒有人知道你是人是鬼！』小櫻說得一臉羨慕，『直到半夜三點，還是有得玩呢！』

季芮晨嘆了口氣，雖然這些亡者因為負闇之力跟著她，但是像這種特殊情況他們會「輪班」來守著她，她也該欣慰了是吧？

真希望剛剛浴缸裡的男人，是這兒本來的地縛靈……但是那過長的袖子，依然讓她於心難安。

一定要平安沒事啊，什麼末日、什麼勾嘴大夫，希望這都是她多想了。

威尼斯，哪有發生過什事呢，對吧？

※　※　※

隔天一早，季芮晨起得很晚，因為根本沒打算去吃飯店早餐，今天一整天都是自由活動時間，她難得偷閒，在床上滾了好幾滾才起床；手機沒響過，表示團員們都玩得很愉快，她伸了伸懶腰，留意到門縫下有紙條。

拾起來看，是小林留的，他貼心的不傳 LINE 給她，因為知道通知的響聲會吵到她吧？

紙上寫著醒來時打電話給他，早餐已經有著落了。

微笑泛在嘴角，心裡有說不出的甜蜜感，她自己知道遇上小林心裡都會滴出蜜，可是越幸福越快樂，就代表越怕失去。

冷靜，她不斷的告訴自己，但還是穿上了亮眼的橘色毛衣，刷上睫毛膏，點上唇蜜，希望小林可以一直看見亮眼的自己；望著鏡子，再低頭看著浴室地板，水跟水草，很好，那果然不是夢。

「早安。」

小林站在大廳，圍著好看的綠灰格圍巾，衝著她笑出一臉爽朗；季芮晨也回以微笑，輕快的走向他。

「你準備什麼好料啊？」

「道地早餐吶，我早上去繞一圈了。」他挑了眉，手上拎著紙袋。「附近我可熟了，可以帶妳晃晃！」

「我比較想先找個地方吃早餐，可以看見水、橋，還有嘉年華會。」她其實比團員還雀躍，嘉年華耶！

「沒問題！」小林曲起手肘，季芮晨不好意思的打了一下，但他沒退縮，依然曲著。

季芮晨咬著唇，嘴裡咕噥著：「你真的很賴皮。」

小林得意極了，反正達到目的就好，他希望季芮晨能夠輕鬆的度過嘉年華會，不要再去為負閤之力所擔心受怕。

只是還沒走出飯店，門口衝進來一臉驚慌失措的女孩！

「小晨！不好了——」

短短五個字，季芮晨覺得剛剛之前的期待與快樂瞬間崩壞了！

吳婉鈴踉踉蹌蹌的衝到她面前，雙手抓住她的衣袖咚的就當眾癱軟跪地。「不好了不好了！」

「怎麼了？」季芮晨撐起她，但是她根本站不起來，淚流滿面。「妳先起來，到底發生什麼事？」

小林一邊扶她起身，一邊忍不住在心裡犯嘀咕，就讓他們好好吃頓早餐行嗎？

「大家吵架了，然後他們差點打起來，可是後來不知道怎麼回事又追過去……」這根本是語無倫次，季芮晨忙阻止她。

「停停停，妳這樣說話根本不清不楚！」季芮晨用力壓住她的肩，「冷靜一點，慢慢說！」

「沒有時間慢慢說了，他們上船了！」吳婉鈴慌亂不已，「快點跟我走，邊走邊說！」

「上船？」季芮晨驚呼出聲，「他們……自己去參觀玻璃工廠嗎？」

玻璃工廠在慕拉諾島上，有些團會帶去那兒，一來是可以參觀玻璃工藝，但如果團員因此購買當然對領隊導遊都有好處，只是花時間在那兒，就大大減少了在威尼斯島上參觀的時間。

「不是，是去……不知道島！」吳婉鈴拉著季芮晨就往外跑，「但是有會英語的人跟我們說快帶他們回來，說那邊非常危險根本不該去！」

一連幾個 dangerous，再傻也聽得懂幾個啊！

「什麼叫不知道島？」季芮晨掩不住怒意，這群人怎麼搞的？這團不就是一心一意為了威尼斯嘉年華才來的嗎？怎麼會扔下嘉年華跑去什麼莫名其妙島呢？「他們為什麼會搭船走？」

「這說來話長了，就是因為吵架，鄭亞薇她們說不想看見陳馨心，說呼吸同一股空氣都嫌噁心，結果陳馨心居然就找船家搭船走了！」吳婉鈴邊說邊掉淚，「然後許醫生覺得不妥也跟上去，接著……」

唉！真是語焉不詳！季芮晨雙肩揹妥背包，決定先到碼頭找別人問問！

只是才衝出旅館門口，幾公尺之遙的對街，就站著怵目驚心的黑衣勾嘴大夫。

小林嚴肅的擰起眉，立刻擋下他與季芮晨之間，不明所以的吳婉鈴直接往前奔去，完全沒在意停下的他們。

「沒時間理他了。」季芮晨扯扯小林的衣角，「走了！」

他們別過頭立刻趕上吳婉鈴，而勾嘴大夫竟也直接疾步追了上來。

「妳是什麼？從哪裡來的？」對方用獨特口音的英文問著，但季芮晨一聽就知道那是義大利腔。

「你才是什麼東西？離她遠一點！」小林回首就是警告，這傢伙陰魂不散的惹人厭。「再過分我報警處理！」

季芮晨邊趕路，一邊回頭瞥著勾嘴大夫，深呼吸後拉過小林與之易位，讓自己靠近了勾嘴大夫；小林焦急的想要阻止，反而被她壓下。

「你有什麼事說吧，我現在有急事，只給你到碼頭的時間。」她開口，是流利的義大利語。「為什麼纏著我不放？」

勾嘴大夫像是驚訝，頓了一下才開口。「……妳知道妳身邊跟了什麼嗎？」

「他們無害於我。」季芮晨簡短的說著，「你就是為了我身邊的亡魂所以緊追不捨？」

「不，因為妳……不祥！」勾嘴大夫倒是開門見山，「妳像是一場災難，是妳，還是妳身上的東西？」

「這都不關你的事，我跟那些亡者和平相處，至今無礙。」季芮晨冷冷的瞥了他一眼，「你管好你自己的事就好，威尼斯水底下有著無數亡者在哀鳴，你聽見了嗎？」

勾嘴大夫面具下的雙眼倏而瞪大，緩下了步伐，季芮晨可以看見那是雙漂亮藍綠色的眸子。

「就這樣了，別再纏著我。」她簡短的說著，趕緊追上前去。

小林聽不懂義大利文，但一切只是讓他覺得不安，他無法知道小晨跟勾嘴大夫間的對談，也不知道勾嘴大夫說了什麼？對方真的是針對負闇之力而至嗎？

勾嘴大夫到底是什麼人？小林對他感到非常非常的不安，不知道為什麼，總覺得他身上的氣場，跟他認識的好幾位實在太像了……在台南那間非常靈驗的萬應宮裡，連打掃的阿婆都能降鬼，就是那種氣場！

在威尼斯的巷弄間穿梭，嘉年華會讓人潮眾多，他們得一直說著 Excause me 才能順利通過，而在接近聖馬可廣場的某座橋邊，站著汪永錫！

「這邊！」他遠遠地就朝他們招手，「走這裡比較快！」

高大的小林一下就看見了，立刻拉住吳婉鈴，往旁邊的小巷裡走去，吳婉鈴看見汪永錫時嚇了一跳，有些茫然不知。

「我剛從碼頭過來，想說她怎麼去那麼久，發現從原路是繞一圈！」汪永錫邊走邊說，「她跟妳說發生了什麼事嗎？」

「沒有，她語無倫次交代不清！」季芮晨搖了搖頭，「你知道嗎？」

「知道，他們吵得很兇。」汪永錫沉吟著，思考過如何交代才能最清楚明瞭後才開口。

起因在女孩子們爭奪一套漂亮的面具與服裝，陳馨心隻身找到店家，她租了一套全白毛料又滾毛邊的洋裝，搭上雪白面兼金色芳唇，頭頂俄羅斯般的白色墜珠毛帽，看起來相當高貴顯眼，但是路過的鄭亞薇看見了，卻也想要那套服裝。

女孩子們從店內爭吵到店外，從工作上的事一路提到了感情事，最後陳馨心負氣找了港口邊的船家上船，其他女孩還在叫囂她最好不要回來，而開船前一刻許醫生制止無效，居然也跟著上去。

然後，又一艘船出發，是許太太和小狐覺得不妥，想要追上去；結果事主之一的鄭亞薇似乎跟陳馨心沒吵出個結果不肯罷休，她也上了船；到最後還加了兩個愛跟愛拍照的好奇寶寶一起出發。

「最重要的是，漁船中途改變方向，當地人似乎很緊張。」

「緊張？」季芮晨皺起眉，「有說什麼嗎？」

「什麼……l'isola maledetta？」汪永錫盡力的模仿了聽到的義大利語，這卻讓季芮晨僵住了身子，停下腳步。

「l'isola maledetta？」她說得極其標準，汪永錫連連點頭，就是這個發音！

季芮晨相當不可思議，這是死亡之島的意思啊！威尼斯的環礁島群中有這種稱號嗎？

大家走過了聖馬可廣場，汪永錫指向了某個方向。「島名好像叫 Poveglia。」

Poveglia？季芮晨沒聽過這個島，不在威尼斯遊覽島嶼群中，甚至不在這附近啊！

他們奔到碼頭邊時，這邊依舊熱鬧且歡樂，音樂、舞蹈、街頭藝人、小販等等充斥著整條街道，季芮晨好幾次被街頭藝人拉走，或是被快樂參與遊行的人們執手跳舞，若非她臉色真的很難看，只怕對方還不願放開她。

港口的鳳尾船簡直美不勝收，可惜沒有心情觀賞，季芮晨懊惱的跟著汪永錫來到了較多漁船的聚集地，那兒還有一大票漁夫在那兒緊張的交頭接耳，賴世杰夫婦、李醫生夫妻還有洪資婷也都在那兒。

「小晨！」賴太太看見她趕緊招手，「來了，我們領隊來了！」

第四章

壯碩的男人們回首，季芮晨氣喘吁吁的趕到，立刻用義大利語交談，一堆人七嘴八舌的，一會兒指指海上，一會兒露出恐懼的神色，說到後來，連季芮晨都眉頭深鎖了。

「怎麼？」小林上前，氣氛非常糟糕，尤其船夫們緊張的臉色都發白了。

「他們看見漁船前往 Poveglia 島，非常非常的緊張……擔心他們的朋友會出事。」季芮晨咬著唇，「漁船是絕對不會靠近 Poveglia 島邊海域的。」

「咦？為什麼？那個島有什麼嗎？」吳婉鈴緊張兮兮。

「因為把漁網撒下，網上來的可能是整堆的白骨，而不是魚。」季芮晨嘆了口氣，「那是死亡之島，被詛咒的島嶼。」

「咦？」吳婉鈴驚恐的摀住嘴，李醫生跟賴世杰只是皺眉，半信半疑。「為什麼要去那裡？」

「不知道，他們說一定是客人指定的，他們現在只祈禱漁船不要出事，而且希望陳馨心他們能改變主意，不要去 Poveglia。」

所以，一切只能等待漁船歸來，就可以知道他們跑到哪裡去了。

季芮晨引頸企盼，她現在最期盼的是，兩艘船都可以原封不動的回來，要記得他們的主要行程在威尼斯島上，要吵回來吵吧！

「回來了！回來了！」船夫們大喊著，大家緊張的往碼頭靠近。

季芮晨也趕緊往前，看著遠方兩艘小船前進，直到靠岸，其他船夫趕緊為其下錨。

「你們載去的人呢？有幾個台灣人！」季芮晨一步上前就追問了，因為她這樣望過去，沒有在船上看見任何船員啊！

「他們去 Poveglia！」船夫走了下來，「我說過那個島很危險，我們根本沒人敢上去，可是那位女士還是堅持要去，她是顧客，我還是把她送到那兒。」

噢，季芮晨心涼了一半，看向後面另一艘船。「請問，你也載他們去 Poveglia 嗎？」

後面那位船夫聽見標準的義大利語先是一愣，然後才點點頭。「是的，女士，他們都去 Poveglia 了，我真的有提過那島上恐怖的傳說，但是他們堅持跟著前面那艘走。」

「天哪！」季芮晨緊握著拳，「過去一趟多少？」

「咦？」這倒抽一口氣的聲音來自於現場一整掛船夫，「這是怎麼回事？你們也要去？」

「女士，我們等等會去接他們回來的，在天黑之前一定得去接。」船夫說著，「三點鐘約在下船的地方，妳不必擔心。」

「我怎麼可能不擔心？我必須過去一趟！」季芮晨口吻相當堅定，「請你們載我過去。」

小林拉住了她，「小晨，妳去好嗎？」

他的眼神裡透露著只有她才知道的訊息，如果那個島上真的有什麼，那麼一旦她去了……只是助長魍魎鬼魅的復甦而已。

啊……季芮晨咬著唇，不由得低語。「可是我不去，我很怕會出事。」

「幾個大人能出什麼事？」小林壓低了聲音，「這裡也有團員在，妳要怎麼選擇？」

「我們沒關係的，小晨還是去好了！」吳婉鈴突然走過來，一臉慌張。「我也怕會出事，求求妳……」

季芮晨驚愕的看著淚流滿面的吳婉鈴，忍不住抓過她的衣服。「妳這話什麼意思？不是只是同事吵架？」

「是、是吵架……可是、可是這很複雜啊！」吳婉鈴哎唷的又哭了起來，「許醫生也去了，我就怕、就怕會出事！」

「再複雜我也聽！說！」季芮晨難得吼了起來。

吳婉鈴嚇得倒抽一口氣，賴世杰夫妻跟汪永錫都湊過來了，船夫們聽不懂，但看季芮晨的氣勢也知道這是在吵架啊！

「就許醫生喜歡陳馨心嘛！」吳婉鈴嗚咽的喊了出來，「亞薇才會說她在破壞人家家庭，許太太也知道，所以大家關係才很緊繃，然後亞薇她們不知道去哪裡聽說了陳馨心以前就常這樣，所以就孤立了她，但是陳馨心又跟別人說過，只要有機會，她一定會讓我們好看的！」

「原來如此，難怪我聽見妳們說了很多不堪入耳的話，跟感情有關啊！」汪永錫點著頭說，「所以那位許醫生也才這麼擔心她，還追上船去……」最後太太擔心丈夫又跟小三走，所以也跟著跑了。

小林倒是不以為然，「所以就是負氣過去而已吧？大家吵一吵，談開了或許就沒事，妳為什麼這麼緊張？」

「因為……因為……」吳婉鈴眼睛裡的淚水閃閃發光，「因為那根本只是傳言而已嘛！」

咦？季芮晨怔住了，這是什麼意思？她剛剛說的都是假的？

「妳們造謠嗎？」汪永錫不可思議的瞪大雙眼，「就因為討厭一個同事？」

「我沒有造謠，這是從別的地方聽來的，只是、只是我們也不知道真假……」吳婉鈴越說越小聲，囁囁嚅嚅。「我怕的是、是……」

「怕什麼？那個陳馨心小姐嗎？她個性看起來其實滿火爆的！」汪永錫在一旁思考著，

「她眼神裡盈滿怒意，還有點殺氣騰騰。」

「……對！」洪資婷看著汪永錫，再看向季芮晨。「我其實很怕陳馨心，她根本天不怕地不怕，我們這樣孤立她，她都沒在怕的！這次會一團也是不得已，出發前她還公開警告我們，要我們小心一點！」

季芮晨憂心的回首看向遠處的小島，湛藍的天只有一處黑影，昨天經過的那個島，現在看不見島的全貌，但沖天黑氣就知道是那一個，她最不安的不是島上會不會因為恩怨發生什麼事，而是 Poveglia 島跟那黑氣小島的方向一致。

「我還是得去，不能放他們在島上。」季芮晨喃喃說著，再對著船夫。「請載我過去！」

「Oh，dear！」船夫們不解開始勸說，連小林都加入陣容，但是說不動季芮晨。她或許會引起更大的騷動，但是她覺得那黑氣小島就是Poveglia，讓團員落單在那個島上，並不會更好啊！

「小晨，妳到底在想什麼？妳不能去冒險！」小林拉住她不讓上船，「船家都說了，時間到會去接人的！」

「那萬一接不到人呢？那時再去就沒有船家願意載我們了！」她瞟了旁人一眼，踮腳附耳。「那個島有問題。」

「有個島黑氣沖天，我昨天就看到了，跟他們說的Poveglia同一個方向，我不放心……」

咦？小林瞪圓了眼。「妳說什麼？那個……」他抬起頭，他連哪個島都不知道啊！

「黑氣沖天？這樣妳還去？」小林極度不安，「妳去了豈不是加倍嚴重？」

「我覺得根本是同一個島啊，難道把他們放在那裡嗎？」她甩開他的手，「總不能你去吧？」

「我……」小林頓了一頓，「說不定讓我——」

「你別鬧！你幫我個忙，照顧這邊的人！」她旋身上船，船家很無奈的勸阻無效，但還是跟她收了兩百歐元的船費。

小林眼睜睜看著她上船，他怎麼可能放她一個人啊！

「開什麼玩笑，我也要去！」小林跟著上船，回首看著吳婉鈴他們。「這些團員都是大人了，自己會照顧自己，我們準時回來趕船就是！」

「小林！」季芮晨不耐煩的喊著，才要轉身，卻突然發現自己動不了了。

『聽他的話，別去了。』標準的西班文自腦中響起，『那裡去不得的！』

Martarita？季芮晨瞪圓了眼，她全身動彈不得，是她搞的嗎？

『很危險的，妳看那黑氣層層，整個島從天空到海底，都是懷怨的亡靈，別去。』

這麼說來，他們確定是在那個島上了？季芮晨緊握著拳，小林留意到她僵硬的身子，輕推了她一把，她竟也不為所動——咦？這是怎麼回事？

「唉，要不然大家一起去好了，去參觀別的島我也愛，這裡對我來說太吵了。」賴世杰夫妻居然上了船，「多少？一人兩百歐元嗎？」

放開……季芮晨掙扎著，既然確定團員在那個可怕的島上，她身為領隊，就不能放下他們不管！

小林從頸間拿下一條護身符，冷不防的往季芮晨身上戴，同一瞬間，她直接往後踉蹌而去！

「小心！」小林拉住了她。

「呼……」季芮晨顫抖著身子，緊緊抓著他，知道是頸子間的護身符讓 Martarita 鬆開了箝制。「這是新的嗎？以前的對他們不是很有用？」

「全新的。」小林劃上自信的笑容。

季芮晨笑不太出來，她回首要賴世杰夫妻下船，但是他們拒絕了。

「別跟我扯什麼詛咒死亡的，我不信那一套啦！」賴世杰朗聲大笑，「我比較喜歡純樸一點的地方，走走！」

「我……」季芮晨緊握著拳，船夫露出有點擔心又不耐煩的神色，要是再吵下去，說不定他們就不載了。

他是生活在這裡的人，比誰都瞭解那個島！

「好，那李醫生、汪老師你們幾位就待在這裡，我們應該很快就會回來。」季芮晨還是不放心，「誰記一下導遊電話好嗎？有事情的話找他！」

李醫生拿出手機登錄了電話，請他們務必保重，並趕緊把他的同仁們都帶回來；船家收齊了錢便急著出發，兩個小護士哭著站在碼頭邊望著他們，緊張的絞著雙手。

讓團員影響到大家情緒是最不好的，只希望在威尼斯上的人們可以盡情享受嘉年華會……季芮晨看著五彩斑斕的威尼斯島越來越遠，想著自己的美好時間，連跟小林吃頓早餐的安逸都沒有。

「喏。」手邊遞來紙袋。

季芮晨望著那袋子，抬起頭，自然是小林。「你幹嘛跟來？」

「我怎麼可能放妳一個人？」

「我很難會出事，但在我身邊的人……」她凝視著他，「很容易。」

所以，他不該跟來，但是為什麼她沒有堅決的不讓他上船？季芮晨痛苦的閉上雙眼，不得不承認自己的懦弱。

有小林在，她才不會那麼的懼怕。

接過紙袋，拿出一個很大的捲餅，看起來挺普通的，她咬了一口，欸，真好吃！

「我在麵包店買的，我看很多人都買這個。」他買的是另外一種口味，「分著吃？」

「嗯。」她點點頭。

兩個人靠著船緣，迎面而來的是冰冷的海風，她跟小林一起吃著早餐，賴世杰夫妻在另一邊也是有說有笑的拍照，抵達 Poveglia 後，季芮晨不打算讓他們下船，這樣或許安全些。

即使只有片刻，她還是抓緊時間，跟小林在一起，不管到哪裡都能很愜意吧？

汽笛聲隆隆，那黑色的小島越來越近，季芮晨回眸，看見的就是昨天那個佈滿黑氣的島嶼，今天甚至比昨天更駭人，而島上那個佈滿鋼筋的建築顯得更加黯淡，隨著船的移近，她凝視著那落地窗，看著那一扇扇的黑色窗子裡，每一格都站著一個穿著白色衣服的人，他們都舉高過長的袖子，一如昨天在浴室裡現身的人一樣，不停的對外招著手……

『來啊……來啊……』昨天那森幽的聲音再度傳來，只是今天不止一人，是一堆的聲音同時響起。

「Here is！」船夫指著近在眼前的碼頭，「Poveglia！」

※ ※ ※

如此近距離看著Poveglia，季芮晨有一種應該要逃走的衝動，她現在應該要請船夫駕船回到威尼斯，不管在島上團員的死活；小林詫異的望著這片小島，連他這種無感體質，都覺得這個島非常非常的不對勁。

「真純樸啊……」大概只有賴世杰會笑著這麼說，瞇起眼來欣賞這綠樹蓊鬱的風光。但是，再鈍的人也應該感覺得出這座島的不尋常吧？碼頭一艘船都沒有，荒煙蔓草，甚至連條正常的路都沒有，石板地已被厚土覆蓋，肉眼能見的房子一眼便知傾頹多年，沒有玻璃的窗戶，剝落的外牆，甚至有的連屋頂都沒有。

船一靠岸船夫就催促他們下船，神色慌張急促，感覺他一刻都不想待在這裡。

「你們約幾點在這兒接我們？」季芮晨詢問著船家。

「三點，我三點整就在這個地方等你們，不等人的喔！」船家說得凝重嚴肅，「天接著就暗了，我們不會再回來。」

「那萬一我們來不及怎麼辦？」小林拿出了手機，「可以聯絡你嗎？」

「NO！」船家露出一臉驚恐，「天黑之後我們不會到附近的海域來，如果真的接不到你們，明天早上我們會再來看……不過……」

他神色凝重的望著季芮晨，欲言又止。

「不過？」她謹慎的問著。

「沒有人敢在島上過夜過。」船夫憂心忡忡，「請你們一定要來得及，Poveglia 是不能待人的！」

季芮晨慎重的點了頭，「我盡量，如果……萬一我們來不及回來，請您明天早上一定要再來一趟，我跟您約天亮好嗎？」

「好，如果天亮後沒看見你們……我會報警。」船家慎重的說著。

季芮晨深吸了一口氣，通篇義大利語交談沒有人聽得懂，但看得出他們神色不佳，賴世杰夫婦急著要下船，小林拉住了他們。

「賴先生，連船家都不願意多待的地方，你們還是回去吧，安全第一。」季芮晨柔聲勸阻，「你們也看到這島上不對勁了，看起來荒廢已久，而且沒見著船隻跟人煙……」

「囉唆！」賴世杰一句駁回，氣勢萬千的帶著妻子下船，完全大條不甩。

季芮晨嘆了口氣，看著手錶，現在是上午十二點，還有三個小時的時間，應該是綽綽有餘，這島不大，只要沒有意外……如果沒有意外。

一行人下了船，船就迅速駛離了，雙腳踏上軟灰土地上，每一步都不踏實。

賴世杰夫婦疾步朝裡走去，這裡的樹木樹齡很高，藤蔓處處，連樹鬚都粗得跟樹幹一樣，盤根錯節；經過的房子無一完整，磚牆倒得亂七八糟，斑駁剝落，從破掉之處往裡看，就可以看到屋裡原本的庭院地上都已經長滿了草，佈滿落葉，因為屋內也長出樹，枝椏氣根都與牆外的樹木相連結，鋪天蓋地的將庭院天空全數遮去。

賴世杰在這裡拍了好幾張，似乎很滿意這樣的天然環境。

「看看這裡，樹根在上頭交織成格狀的天幕，這樣多美？」賴世杰連聲讚嘆，「把樹葉清掉，在這兒擺張桌子，等春天長滿綠葉時，這就是最天然的棚架了！」

「是啊，好愜意呢！」連賴太太也都很欣賞似的往裡瞧，「欸，這兒是什麼地方，居然荒廢了！」

這是什麼地方？季芮晨也想問，連棟的建築並不小，船隻停靠的地方在建築物的側邊，從側面看來，建築物像階梯一般，由西向東越來越高。

季芮晨之前在船上看見落地窗的部分是最前頭的一層樓建築，站在島上，就可清楚的看見後面果然是一棟大概二樓高的建築物、再後面是三樓，然後便是一座鐘樓，他們正在二層樓建築物的外圍，季芮晨看著頹廢的牆垣，知道從這個洞鑽進去，就能進到建築物裡。

但即使陽光普照，裡頭看起來卻依然是陰暗無光。

「先找人吧！」小林提醒著，他們可不是來觀光的。

「嗯！」季芮晨振作起精神，直接拿出手機。「看看他們手機有沒有開機。」

「應該有吧，小護士們不是一天到晚在用手機拍照？」小林邊說，一邊往四周看著，與其說是在觀看風景，不如說他根本在警戒。

天曉得他每根寒毛都豎起了，這裡的磁場差到沒話講，他一踏上來就渾身不舒服的頭暈想吐，而且每多走一步，他就覺得全身發冷……不是因為現在是冬天，而是這個島上大有問題！

他這種不敏銳的都不適了，還能有假？

「……手機沒有訊號。」季芮晨望著智慧型手機的螢幕，有點遲疑。「我手機當掉了。」

「咦？」小林困惑的湊近一瞧，看見的是螢幕上所有的圖案攪成一團，簡直像漩渦一樣。「這什麼玩意兒？」

一邊說，他拿出自己的手機，螢幕上一樣像是電波干擾圖案一樣，連個字都看不到在哪兒，手指戳爛了螢幕也毫無變化。

「百慕達嗎？」季芮晨忍不住笑了起來。

「最好是，只好用喊的了。」小林無奈極了，扯開嗓門開始喊人。「陳馨心——許醫生！」

小狐！亞薇……許太太，季芮晨也開始邊走邊喊，只是越往下走，樹木益加濃密遮日，而且天色在不知不覺間越來越暗，連陽光都漸漸消失了。

「這島上沒人嗎？」賴太太總算發現到不對勁，「我們走了這段路完全沒有人跡，而且連棟完整的房子都沒有。」

「我希望最好是都沒人。」季芮晨喃喃應著，窗邊那招著手的白衣人們，又是從哪裡來的。

沙……落葉踩碎聲傳來，小林倏地回身，看見的是手邊密集的林子，但是不見人影，季芮晨也跟著回首，她看見陰暗的一團影子在樹後躲藏著，而且不止一個、兩個……三個……

剎！他們飛快的奔跑，撞斷一根又一根的樹枝，踩過落葉，發出劈哩啪啦的聲響，在小林眼裡，看見的是無風樹根自動斷開，所有樹枝劇烈晃動。

「怎麼了？」賴太太蹙著眉問，她越來越覺得不對勁。

「沒什麼，風吧！」季芮晨回以微笑，四兩撥千斤。「我們繼續往前走吧！陳馨心——小狐——」

咦？正坐在某戶人家頹倒牆上的陳馨心一怔，她聽見什麼了嗎？

她身後是一棟半傾的屋子，裡面漆黑一片，剛剛她才進去晃了一圈，又髒又亂，一堆樹鬚飄來蕩去的，所以她決定走出來，找斷垣殘壁當椅子，先吃點零食再說。

聽見了遠處詭異的聲音，她狐疑的引頸看去。

『有客人……』身後漆黑的屋裡，出現了一雙發光的眼睛。『有客人來了……』

『是女的……女人喔！』另一雙眼睛跟著亮起，『女人在C棟，C棟要準備好……』

毀損的石頭門框裡緩緩伸出一隻手，那手見不到膚色，看見的是藏在白色水管袖下的五指模樣，袖子至指尖後下垂，飄蕩在黑暗與光明的界線，朝著陳馨心的方向往前——垂地的水管袖突然撐起，直接朝陳馨心後頸捲去！

「陳馨心！」

「咦咦？」陳馨心倏地站了起來，這下她可沒聽錯了，真的是在叫她。「嘿！誰？我在這裡！」

她立刻往右邊的小徑奔去，那白袖只差一吋就撲了空，徒留一陣風在陳馨心的後頸。

她還是注意到了，邊跑邊回首，下意識撫了撫頸子，怎麼覺得剛剛後頭一陣冷風？而且還超冰？

不過沒多想其他，回首時看見的是古老的道路，已經破敗的小鎮，她重新回身，朝著聲音的來源再向右轉，看見了再熟悉不過的人們！

「咦？小晨？」她瞪圓了雙眼，還有小林跟賴先生他們？「你們怎麼也來了？」

見到陳馨心，季芮晨說不出的欣慰，這是她找到的第一個人，而且全身上下毫髮無傷，是活著的！

「你們跑到這裡來做什麼？」季芮晨才想問咧，「為什麼放著熱鬧的威尼斯嘉年華，跑到這種島上？」

「我隨便指個島而已，我沒想到這座島連一個人都沒有！」陳馨心聳了聳肩，「妳既然都來了，應該已經知道吵架的事吧？我就是不爽，他們不想跟我呼吸同一個地方的空氣，我閃就是了！」

「妳閃就是了？妳知不知道我會擔心？我是領隊，你們這樣……」

「我集合時間就會出現啊，這是自由時間吧？」陳馨心不悅的瞪圓杏眼，「我愛去哪裡就去哪裡，不會礙到大家行動不就好了？」

這話說得超嗆，季芮晨還沒發脾氣她倒是先發了，但是她說得又不無道理，團體只明訂集合時間，沒有干涉團員自由活動的地點啊！

「總之，這個島不安全。」季芮晨婉轉的說，「好，氣歸氣，其他人呢？」

就見陳馨心眼神閃避，往旁邊一瞟。「關我什麼事，我怎麼會管他們在哪兒？」

「我知道你們在吵架，但是這是個連威尼斯人都不願意久待的島嶼，我相信船家已經有跟妳提過了。」季芮晨語重心長，「找到所有的人，我們回威尼斯島上，愛怎麼吵隨便你們。」

「我聽不懂船夫的英文，只會一直說 Terrible、dangerous……」陳馨心兩手一攤，「我跟她們在碼頭大吵一架後就分開了，我也沒興趣再見到她們，妳自己去找吧！」

季芮晨沒來由的火大，都什麼時候了還在搞這些無謂的事！

她回頭瞥了小林一眼，請他顧著在後頭拍照拍得過度愉快的賴世杰夫妻，接著一步上前，拉過了陳馨心往前去。

「幹嘛啦妳！痛耶！」陳馨心不爽的掙扎著。

「聽好，我是很『敏感』的那種，這個島上不乾淨，到處都有惡鬼的氣息。」季芮晨倒也不囉唆，直截了當。「現在我感覺有無數雙眼睛正在看著我，這裡沒有人煙是有原因的，妳懂嗎？」

面對季芮晨突如其來的說法，讓陳馨心愣住了，她開始環顧四周，剛剛還沒感覺，現在被這說法一攪，害她開始覺得……怎麼風有點大？小晨背後的樹林好像有東西在晃？還有那些屋子裡似乎也有什麼東西在移動？

而且，這裡杳無人煙，空蕩蕩的真的好像有點嚇人哦！

「妳嚇到我了，小晨！」陳馨心咕噥著，「疑心生暗鬼，我很容易亂想耶！」

「不必疑心也會有暗鬼。」季芮晨往旁邊的屋子瞄去，裡面有東西在動，她百分之百確認。

除了影子外，就是這個島上的味道……難道陳馨心沒有聞出來，這島上飄散著一種詭異的臭味嗎？

忽地一陣強風吹至，吹動了枝葉亂顫，也吹起了塵土與滿地落葉，陳馨心跟季芮晨直覺的就是低下頭，閃避眼睛可能進沙的機會，但是這風如此刺骨，還夾帶了大量的惡臭！

『嗚喔喔喔喔喔——』風穿過林間葉梢的聲音聽起來像極了一種悲鳴。

「小晨！」小林的呼喚聲傳來，風未曾稍歇，季芮晨手齊眉遮著風沙朝他那邊看去，小林卻直挺挺的仰望著天空。

天？季芮晨趕緊跟著朝天看去，一大片烏雲遮蔽晴日而至，覆蓋著整座島嶼，她緊張的瞪大雙眼，她不是怕這片烏雲，怕的是為什麼這明朗島嶼瞬成黑暗的感覺！

「糟了！」她禁不住喊著，全身的寒毛直豎，她感覺到了——

『有人……有人來了！』沙沙沙……拖曳的足音就從旁邊的屋子裡傳來，連陳馨心都聽見了！

『新人喔！有新人來了！』層層疊疊的聲音傳來，陳馨心驚恐的回身看著來時路，這道路兩邊的屋子裡，全部都傳來了聲響。

烏雲蔽日，不僅僅只是遮去日光，現在像是處在暴風雨，頭頂著厚厚的烏雲，讓白天成了大雨的黃昏，灰暗沉重，沒有人煙的島上，自然沒有路燈，加以狂風驟起，只是更模糊視線罷了！

當其中一扇門裡，伸出了白色水管袖時，季芮晨腦袋直接一片空白！

「哇呀——」

劃破天際的尖叫聲傳來，嚇得陳馨心顫了一下身子，但是摀著嘴的她望向季芮晨……不是她啊！

儘管現在望過去，明明廢棄的屋子裡都伸出了長長的白布，有什麼正緩步的走出來，但是她是咬著自己衣袖，沒有心情尖叫啊！

「這是什麼東西啊！」賴世杰暴跳如雷，妻子躲在他懷裡發抖，因為他們身後的屋子，已經走出了「什麼」。

說穿了就是個人，天色昏暗看不清，只知道穿著白色的衣服，袖子超級長，長到拖了地，頹然的往前行。

「尖叫聲哪裡來的？」季芮晨只惦記那叫聲。

「那邊！」小林指向眼前的道路，陳馨心剛剛跑過來的地方。

「是亞薇她們對吧？」季芮晨抓著陳馨心問，她慌亂的眼神裡盈滿不可思議，但還是點了頭。

「那是小狐的叫聲！」陳馨心肯定的說。

「好，走吧！」季芮晨深吸了一口氣，現在望過去，真的是「家家戶戶」都有人出來了。

「走去哪？」陳馨心吼了起來。

「去找他們啊！現在不走就來不及了！」季芮晨大喝一聲，回首看向小林。「小林。」他擰著眉，直接把賴世杰夫妻往自個兒前方推。「知道了。」

「我不要！」陳馨心尖吼著，季芮晨二話不說，拉過她的手，就直接往前衝！「我不要要要要——」

季芮晨拔腿狂奔，陳馨心不得已也只能跟著跑，小林在後頭催促著賴世杰他們，這些亡者動作非常遲緩，一時半刻還衝不到路上，此時不跑更待何時？

『新人！喔喔喔！』站在庭院的無數亡者異口同聲，『新人！喔喔喔！』

遠遠的，他們可以聽見除了這巷道之外，從更遠的地方傳來一樣的歡呼聲，季芮晨聽得懂那是義大利語的「新人」，而亡者們清一色的白色衣服，他們吃力彎腰拾起地上的石子，石子貼著袖子置於掌心，然後開始相互敲擊。

『新人喔！喔喔喔——』石子有節奏的敲響著，伴隨著歡呼。『有新人喔！喔喔喔！』

喀喀喀的敲石音此時此刻，幾乎響遍了全島，季芮晨簡直不敢想像，這島上到底有多少個這樣的亡者，他們的歡呼是為什麼！

至少，她知道新人是指他們啊！

「小狐！」陳馨心突然扯開嗓子喊著，「許醫生！」

她根本不想喊，但在這種陰森的歡呼聲中，不喊怎麼聽得見啦！這些……鬼的分貝很大啊！

「這裡！這裡！」出聲的是鄭亞薇，她尖叫著，

季芮晨循著聲音找去，小林回首，沒有任何亡者上前，他們就真的只是站在每棟屋子的庭院裡，也不走到路上，手裡拿著石子持續不間斷的敲擊著，嘴裡喊著固定的話，他聽不懂，但是都會背了。

驚人的是震天價響的叫聲來自島上每個角落，這裡有這麼多亡靈嗎？這島上發生過什麼事？死了多少人啊！

找到鄭亞薇他們時，他們待在一個轉角的空地上，沒有靠近屋子、沒有靠近樹，大家抱在一起全身抖個不停；看見季芮晨來時女孩子激動的哭了，許醫生呆然站著，好像歷經了什

麼事情一樣。

「振作點啊！許醫生，你怎麼……咦？你太太呢？」賴世杰才在安慰鼓舞一下，也注意到許太太不見了。

一二三四……少的人可多了。「不是還有那兩個攝影帥哥？你們分開走嗎？」季芮晨眼前只有亞薇、小狐跟許醫生而已。

「他們兩個一下船就自己離開了。」陳馨心趕緊說明，「他們沒在管我們吵架的，立刻就往另外一頭去。」

「好，那許醫生，你太太呢？」季芮晨握緊拳頭，分散的地方越多，就越麻煩。

許醫生沒有回答，只是兩眼發直的瞪著地面，鄭亞薇跟小狐抱在一起，哭得泣不成聲；季芮晨心緒紛亂，她非常非常的不舒服，亡者的數量龐大，讓她憂心忡忡啊！

所以，拜託她們不要再哭了，誰來告訴她發生了什麼事！

「不要再哭了，煩死了！我也想哭啊！那些都不是人吧，叫叫叫個沒完！」季芮晨還沒發飆，陳馨心就吼了起來。「蜜雪兒呢！」

蜜雪兒，似乎是許太太的暱稱。

哇，小林望著陳馨心，看來這位護士沒有什麼耐性。

「不知道……」鄭亞薇嗚咽的抬頭，「他們在吵架，然後、然後醫生推了蜜雪兒一把——她就不見了。」

「推她一把？」小林立刻走向許醫生，他還是兩眼發直。「許醫生，你清醒一點，許醫生？」

任憑怎麼呼喚，許醫生就是沒有反應，彷彿靈魂離開僅剩空殼般站在那兒，小狐抽抽噎噎的說她看到白色的東西伸過來，鄭亞薇說她看到土裡有東西在鑽動，而且是一大堆……

小林跟季芮晨交換了眼神，她頷首後，小林便做了一個深呼吸，掄起拳頭。「對不起了。」

下一秒，任誰都措手不及，小林狠狠一拳擊在許醫生臉上，他應聲倒地。

「哇！」小護士們嚇得趕緊攙扶許醫生，季芮晨回首，這歡呼聲依舊沒有歇止，亡者如同機器人般重複著一樣的字句，敲擊著固定節奏的石子。

好像是一種儀式似的。

「蜜雪兒……」許醫生總算醒了，坐在地上第一句話就是哭喊。「蜜雪兒、她、她被抓走了！」

「被抓走？」季芮晨回神。

「我是推了她，但是、但是她往後倒時，有白色的布捲住了她，把她拖走了！」許醫生驚恐的看著季芮晨，「我沒有說謊，我真的看見了！」

「我相信你。」季芮晨幾乎不假思索，「在哪裡發生的？」

咦？賴世杰有點驚愕，這種事領隊也相信得太乾脆了吧？「等等，這種話妳也信？說不定是他把妻子推下坑洞還是什麼……」

「賴先生，看看你身後，你有勇氣的話走到他們面前去，看看那是什麼東西。」小林逕自幫季芮晨回答了，「再來告訴我，什麼是可能，什麼是不可能。」

走到那些人面前，看看他們是什麼東西……賴太太緊揪著丈夫的衣服，就算他們有一千兩百萬個懷疑，也不敢真的趨前觀望啊！因為，那看起來就不是人，不可能是人啊！

從他們剛剛經過的屋子走出，他們拍了好幾張照，根本都沒有人煙，那是個廢屋，哪裡來這樣多人！

「那個角落。」鄭亞薇抖著手指，指向了十點鐘方向，才五公尺距離的地方。

季芮晨沒有猶豫的往前走去，小林伸手拉住她。

「我沒關係的。」她頗有自信，雖然這麼過去，離正在敲擊石頭的白衣人非常的近。「我有 Kacper。」

餘音未落，在屋子邊出現一個英姿煥發的軍人，佩槍與軍刀在身，就站在圍牆邊，白衣人不約而同回首看著 Kacper，他不以為意，等著季芮晨靠近。

「那是誰？剛剛就在那裡嗎？」小狐戰戰兢兢的問著。

小林鬆了手，老實說，每次遇到這種事，他就會覺得小晨身邊有一堆鬼真是棒透了！

爭吵的地點只是一個轉角屋子外，一樣是倒塌的圍牆，季芮晨走近時就知道沒有好事，Kacper 擰著眉對她搖了搖頭，即使天色灰暗，她還是嗅得到血腥味，在內側牆下有一小灘血，部分被落葉覆蓋而中斷，可是在入屋的門口，出現了拖曳痕跡。

為了確認新鮮度，季芮晨拿出隨身的小型手電筒，想知道是否是鮮紅色。手擱在開關上思忖，如果是呢？難道她要衝進屋子裡救人嗎？她是否有必要做到這麼偉大，這屋子進去，只怕是另一場浩劫，

拇指向上，扳動了開關，LED手電筒出現亮光。

剎那間，敲擊石子的聲音停了！至少在季芮晨旁邊的那兩位白衣人，停止了敲擊的動作，瞪大了雙眼，往她這邊看過來了。

藉著亮光，她終於清楚的看見他們的臉——骨瘦如柴，面白如紙，額上有個三條直豎的血痕，像是在額上寫了三個「1」，正用驚恐的臉看著她！

『哇啊啊啊——』淒厲的慘叫聲不是來自於人類，而是來自於白衣者，他們瘋狂且恐懼的往屋子裡奔，爭先恐後的推倒同伴，或是踩過同伴。

過長的袖子與裙襬都讓他們行動不便，季芮晨眼睜睜看著他們被自己的裙襬絆到，直接往前仆倒，一頭撞上石牆，頭破血流，血花濺了滿牆，也有利用自己雙手過長的袖子勒住前頭的同伴，把他們向後甩去，就只為了衝進頹圮的屋子！

這一幕幕場景與慘叫聲讓其他人都目瞪口呆，小狐他們緊緊相擁不敢睜眼，小林難以置信的看著這一幕，幾乎只是轉眼間，那些目的不明的亡者們都消失了？他們……在逃命？

他不由得看向季芮晨，她自己也很錯愕，望著手上的手電筒。「我只是打開開關而已

啊。」

就算鬼怕光，她手電筒並沒有照向他們的眼睛啊！

第五章

「這是？」她困惑的望向Kacper，Kacper卻已經消失。「喂……你們又有話不說！」這話說得有點氣急敗壞，身後的一掛人看得是心驚膽顫，因為季芮晨正在對空氣咆哮著。

手電筒照向門口地板，聽得見裡面有騷動，亡者正在裡頭，而門口的血是鮮紅色的。

「所以好像不太需要怕？」小林走來，「他們怕光？」

「好像是吧？我剛剛真的只是打開開關而已。」季芮晨根本百思不得其解，「但如果這樣最好，用光就可以讓他們嚇成這樣，何樂而不為？」

「說的也是！」小林深表同意，如果這樣，勝算大多了。

他們連袂走來，賴世杰夫妻只是不可思議的看著他們。「你們……有看到剛剛發生什麼事嗎？」

「有，他們應該是怕光，我這手電筒是裝全新的電池呢。」季芮晨笑了起來，「手機的燈也可以用……如果你有辦法叫出手電筒的話。」

智慧型手機的螢幕都糊成一團當機了，除非手電筒開關是外建的，否則沒什麼效果。

「蜜雪兒……我太太呢？」許醫生踉蹌往前，拉住了小林。

「她被帶走了，但我不覺得追進屋子裡是明智的，所以我很抱歉。」小林試著攙直他的身子，「你振作點。」

「她會怎麼樣？這到底是怎麼一回事啊！」許醫生失控的喊著，痛苦的站不直身子，彎下腰去。

女孩子們哭了起來，賴太太也偎進先生懷裡哭泣，賴世杰不敢相信他所遇到的，這一切簡直像是在做夢？還是什麼真人實境秀？

季芮晨重重嘆了口氣，蹲下身子，溫柔的拍拍許醫生的肩。

「我很遺憾，拖走她的是鬼，我也不知道那些鬼的來歷、能力，或是他們想做什麼，我們不能追。」她盡可能溫柔的說著，「亡者的力量陰險邪惡，都比我們大多了，所以我們不能冒險。」

「鬼……鬼？鬼！」許醫生不可思議的哭喊著，「怎麼會有這種東西！」

陳馨心絞著雙手，聞言居然立刻瞪向許醫生。「怎麼沒有？晚上醫院走來走去就很多啊！」

咦？所有人不約而同轉過去，連鄭亞薇都刷白了臉色。

「醫院裡有？」小狐戰戰兢兢的問著，天哪！她待那麼久都不知道！

「廢話！電梯就像驚喜盒，你永遠不知道打開時裡面是什麼好嗎？」陳馨心邊說邊掉淚，「我看過門打開只有一張輪椅的，我也看過門打開走出我早上才推進太平間的人，他還跟我說晚安哩！走廊上來來去去的人也很多，還有病患半夜被騷擾的——」

「不要說了！」鄭亞薇尖叫著打斷她的話，雙手掩耳，她不想知道這麼多。「妳不要造謠！」

「造你媽個頭啦造謠，醫院明明就有！」陳馨心吼了回去，絲毫不甘示弱……不對，從一開始她就沒有示弱過。

許醫生搖著頭，臉埋進雙掌間，只是痛哭失聲。「怎麼有鬼……」

「威尼斯人稱這裡是死亡之島，從剛剛歡呼的數量來看，我想鬼並不少。」季芮晨站了起身，「我來這邊找你們，就是知道這島有問題，才想快點帶你們回威尼斯的，但還是慢一步。」

這裡陰風慘慘的，天空是深色的昏暗，一時之間也不會有船來，他們侵犯了這座島嶼，島嶼們正在「歡迎」他們。

「小晨，」鄭亞薇終於提出了疑問，「……妳、妳都不怕的喔？」

「我？怕啊，未知的事情我都怕。」她苦笑一抹，「但是遇得多了，至少會比較冷靜。」怕，她怕的是這些人會受傷、會死亡，怕的是她的存在，真的給了這島上的亡者強大的力量！

「我們遇過類似狀況，所以比較有經驗，我希望大家配合我們。」小林也出了聲，「小晨的目的是讓大家平平安安回家。」

在場眾人陷如沉默，這一切都太超現實化了，誰能接受？誰願意接受？

「平安……這不是整人節目吧？剛剛那些是不是臨時演員！」賴世杰忽然怒氣沖沖的大喊起來，「弄這什麼節目特效，目標是誰？誰想惡整我！說！」

「別這樣！」賴太太不停的哭，拉著失控的丈夫。

「為什麼這裡會這麼多鬼？我們做了什麼惹他生氣嗎？」小狐不安的瞥了陳馨心一眼，「是因為我們吵架嗎？」

「鬼的目的我不清楚，至於這邊為什麼有這麼多鬼……」季芮晨有些頭疼，「應該是這裡發生過什麼事吧？至少要死很多人，才會有這麼多鬼。」

陳馨心還真是千挑萬選，威尼斯群島這麼多，為什麼挑一個 Poveglia！

「他們說這是死亡之島，有說為什麼嗎？」小林環顧著所有人，「船家應該都說過啊！」

「我不會英語。」鄭亞薇咬著唇。

「英文不認識我。」小狐也囁囁嚅嚅。

轉向賴世杰，「學那個幹嘛，台語都不好好學，學阿逗啊的東西要死喔！」

陳馨心兩手一攤，她勉強聽得懂英語，但聽不懂義大利腔的英語。

喀嚓喀嚓……遠遠的，樹林裡傳來聲音，在賴世杰背後那處林子，像是有人掠過樹枝，或是踩斷樹枝的聲音，落葉聲沙沙，那是有誰剛走過葉子。

「有東西往這邊來了。」季芮晨擰起眉，「大家站起來，集合。」

賴世杰拉著老婆趕緊跑到鄭亞薇她們身後，大家聚在一起，小林去探查附近的道路，回頭一條，或是繼續往下走，還有好幾條岔路……但是，再走下去就怕會迷路了。

大家張望著四周，盤算著下一步該怎麼走。

『季芮晨，妳記得那場車禍嗎？』耳邊忽然傳來聲響，她左顧右盼不見人，但那是Tony的聲音。

那場車禍？哪場？她經歷的車禍太多了！

『妳父母葬身的那晚，為什麼會發生車禍，記得嗎？』Tony的聲音一向非常的平穩，聲調聽起來就像是智者。

她跟爸媽一起出車禍的那晚？「因為天雨路滑，所以有車子打滑。才造成連環車禍的。」他們的車子被夾成廢鐵，唯有坐在中間的她逃過一劫，爸媽被夾扁，血肉模糊，而她只有擦傷，是那場二十七輛車子追撞、三十一人的死亡車禍中，唯一的生還者。

『妳有想過，那場大雨是刻意的嗎？』Tony忽然語出驚人。

咦？季芮晨顫了一下身子，這是什麼意思？一旁的陳馨心覺得好怪，小晨會自言自語耶！

『路上的亡靈嗜血，想要找替死鬼，所以藉負闇之力下起了大雨，一口氣奪去三十一人的性命。』

負闇之力的大雨——因為她而下的雨嗎？

『好了，你們該走了，惡質的怨魂過來了！』Tony忽然扔出這麼一句，讓季芮晨驚訝的往林子裡望去。

「小晨？」

「不是人。」季芮晨後退著，「跟剛剛不一樣，不懷好意。」

「妳現在可以感應這麼多了？」小林還有時間讚賞。

「不，是Tony告訴我——」季芮晨倒抽一口氣，「跑！快跑！」

說時遲那時快，有東西從樹林裡衝出來了！

「哇呀——」眾人驚聲尖叫，一起回身狂奔，季芮晨殿後，因為她受傷的機會最渺小！

衝上來的黑影沒有穿白袍，而且是全身的泥人，惡臭味撲鼻，季芮晨摀著鼻子還是想吐，她跑在最後面，看著那泥人飛快奔來，卻突然被倒下的大樹阻擋，幾個鬼影現身，是跟在她身邊的亡者們。

他們還是有好處的，季芮晨在心裡道謝，旋身追上隊伍。

才跑沒多久，就遇到了十字路口，沒兩步又一個十字路口，大家跟無頭蒼蠅般亂竄亂跑，連小林都無法抓準方向，四周的建築又如此相像，唯一能辨識的，便是那莊嚴的鐘樓。

「這裡！」突然一陣刺眼閃光，又引起一陣驚恐。

小林向左望去，那兒站著兩個頎長的身影，手裡拿著照相機，頭戴著毛帽，再按一次快門，閃光燈又閃了一下。

「是那兩個花美男！」小林指向了左方，「快過去！季芮晨？妳在哪裡？」

「就來！」季芮晨才轉彎過來，氣喘吁吁，路過的廢屋裡倏地竄出一條白色布巾，對著她的頸子纏來。

「小晨——」小林衝上前，但有隻手更快。

小巧的手讓白布纏著，卻沒有被拖走，反而捲著袖子，想把裡面的人拖出來；粉色和服的少女笑得天真爛漫，對著季芮晨頷首微笑。

「謝了，小櫻。」這是她身邊最可愛的女鬼了。

小林伸長了手，讓季芮晨牽握住往左邊奔去。「花美男們在這邊，他們叫我們從這兒走。」

「咦？他們還活著……呸呸呸！我是說他們還好嗎？」季芮晨懊惱極了，為什麼滿腦子都是死呀死的。

「很好！」小林失聲而笑，很快的追上隊伍。

兩個彎道後，出現在眼前的壯觀建築讓季芮晨雙眼一亮，好樣的，她忍不住笑了起來，陳馨心站在門口對他們急切的招手，她站在至少兩公尺高的一對拱門下，拱門看似緊閉，等靠近時，才知道有細微的縫隙，可供人通過。

那門已經年久之修，木門尚未腐敗，但是門軸已有崩壞，導致左邊的門微微傾斜，才會造成缺口；陳馨心側身鑽進門縫，季芮晨硬推著小林先行，最後才鑽進去。

鑽進屋裡，可以看見挑高的天花板上還有著哥德式建築的廊頂，重重的霉味傳來，蜘蛛網遍佈，有手電筒的都已經拿出來了，沒有的人就是打開手機照明。

兩旁的椅子都已經腐朽，但是還是可以看得出來，那是有跪墊的傳統教堂長椅。

「教堂……」鄭亞薇闔上眼，鬆一口氣般的又哭了起來。

季芮晨稍事喘息，看著兩個男人將地上的落葉跟物體踢走，為大家清出一塊空間。

「謝謝……」她由衷的說著。

灰色毛帽的記得自稱叫 Arthur，抬首對上季芮晨的眼。「不必謝，我們因為先繞過這個島了，所以知道教堂在這裡。」

「很高興你們兩位沒事。」她微笑，現在只折損一位，算是不幸中的大幸。

「我們剛剛也是嚇傻了，只是因為剛好在教堂附近，所以沒有受到什麼攻擊，可是我們到附近去看，到處都是……」他有些遲疑，「鬼？」

「噓！」賴太太好生緊張的比了噓，「不能說那個字！要說好兄弟……好……」

「賴太太，他們聽不懂中文的。」季芮晨柔聲的說著，「妳別緊張，那些亡者幾乎都是義大利人。」

賴太太顫抖著望向季芮晨，眼神開始因緊張而渙散。

大家往中間靠攏，決議輪流用電，先由季芮晨的手電筒當照明，大家圍成一圈，即使是教堂，偌大的空間還是很讓人害怕。

「天哪……這是惡夢！這一定是夢！」失去妻子的許醫生埋首膝間，「不會有鬼的！這不是什麼鬼島，我醒來就沒事了沒事了……」

小護士已經哭到沒聲音了，小狐恐懼的一邊靠著許醫生，一手拉著鄭亞薇；賴世杰擰著眉不發一語，顧著安慰妻子，陳馨心坐在花美男跟小林中間，咬著拇指指甲，一臉若有所思。

「很遺憾，這就是鬼島。」兩個花美男忽然語出驚人，說得稀鬆平常。

「咦？」許醫生抬首，驚恐不已。

「領隊知道吧，Poveglia。」Arthur沉吟著，「真是太驚人了，我沒想到會遇到這種事……」

「當初有十六萬人吧？」另一個是叫 Bruce，也加入了討論。

「十六萬是指黑死病的那一批，我聽說醫院是另外一批——」

「停！」季芮晨打斷了他們私下的討論，「你們在說什麼？我不知道 Poveglia，因為這不會在行程裡，我只知道威尼斯……你們知道什麼？」

兩個男人交換了眼神，沉吟之後，由 Arthur 開口。「Poveglia，死亡之島，老實說，這是世界上赫赫有名的鬼島之一。」

「我對鬧鬼的島嶼非常不感興趣……」季芮晨開始頭疼了，「你們剛剛說十幾萬人是什麼意思？」

「大家都知道黑死病是人類史上的浩劫，當時是最致命的傳染病，病人們被大量送到島上，埋在深坑後燒死；但當年大眾相當恐慌，只有輕微感冒出血症狀的人們也無法逃脫被燒死的命運。」Bruce 緩緩嘆了口氣，「在黑死病時期，在 Poveglia 被燒死的人數竟然高達十六萬人，時至今日，島上的土壤，都有著厚厚的骨灰！」

大家沉默下來，只聽得見恐懼的呼吸聲在教堂裡起伏，外面不時傳來鬼哭神號的聲音，每個人心裡想的都是同一件事。

外面，是不是有十六萬個亡者？

大自然的閃光燈突然亮了起來，讓擔心受怕的女孩們尖叫，緊接著轟然巨響，雷鳴陣陣。

季芮晨緩緩站了起來，看著窗外，玻璃花窗是這裡唯一有的窗戶，她看見雷電陣陣，緊接著，雨降了下來。

「下雨了……」她皺起眉，幾乎快哭了。

小林走上前，溫柔的摟過她。「沒事的，我們在室內啊！」

「這不是普通的雨，今天是晴天的……這雲這雨本來就不正常。」說著淚水從她眼眶滾出，「這是滋長的雨！」

「滋長？」

「負闇之力造成的雨……」她咬著指頭低泣，「帶有負闇之力的雨水，會把所有死靈都喚醒的！」

大家張望著四周，盤算著下一步該怎麼走。

『季芮晨，妳記得父母葬身的那場車禍嗎？』

她記得的！她記得的！就是負闇之力帶著的力量，滋養了所有的亡靈。

Poveglia 島上所有的死靈，要醒了！

※　※　※

轟——駭人雷鳴聲不絕於耳，一道道閃光劈下，鄭亞薇緊摀著雙眼，頭埋在雙膝之間，全身直發抖；小狐就趴在她的彎背上瑟瑟顫抖，沒停止過啜泣，跟賴太太形成二部重唱一樣。

賴世杰倒是沒有太激動，但依然陷在不可置信的氛圍中，他在這之前根本不相信什麼怪力亂神之事，視為子虛烏有，而今活生生在眼前上演依然難以置信，甚至現在興起後悔沒去親眼見見那白衣人的心態。

「說不定那是假的。」他這麼說著，仍然覺得這是整人節目，而且季芮晨他們還是一夥的。

鄭亞薇她們非常希望賴世杰說的屬實，畢竟在這種環境下，誰都不希望是真的。

可是，在兩個男人清楚的聲音中，他們微薄的希望很快的被敲碎了。

「叫我 Arthur，他是 Bruce 。」男人們對著團員們再次自我介紹，他是花美男性格派，特色是高挺的鼻子。「我們兩個都是記者，Poveglia 本來就是我們的目標。」

當他們說出這幾個字時，季芮晨有想衝上前罵人的衝動，把這個當目標？為了報導真可以不要命？

只是後來被他們對於 Poveglia 的解說分了心，她越聽，心只有越涼。

在遙遠羅馬帝國時代，Poveglia 就是瘟疫病人的流放場所，凡得病之人就被送到島上，以防傳染擴散，這是真正的隔離島；幾個世紀後，黑死病襲捲歐洲，隔離島再次發揮作用，染病的人一批一批的被送到 Poveglia，但是比瘟疫時的處理方法更甚，送到島上的人們，是被埋進坑裡燒死。

黑死病在歐洲是場浩劫，延伸出來的有女巫獵殺，還有「恐懼」；只要有輕微感冒、或出血症狀的人，在沒有斷定是否是黑死病的前提下，一律被送到島上，推入深坑中活活燒死。

「基本上先不算羅馬時代的瘟疫，單單黑死病時期，在這個島上被燒死的人就高達十六萬。」Bruce 低沉的說著，「時至今天，島上的每一吋土壤裡，都有當時燒屍的灰燼。」

「咦咦？」鄭亞薇嚇得魂飛魄散，這島上的土地都是骨灰？

季芮晨不由得想到鑽動的土壤，那些土都是骨灰，那從骨灰裡滋長出來的花草樹木⋯天哪，她連想像都不敢，十六萬人的骨灰，根本可以完全覆蓋這個小島了！

「所以⋯⋯剛剛那些白衣人，是、是黑死病被燒死的嘍？」陳馨心小心翼翼的問著，這太驚人了吧！

「不，我覺得是醫院裡的。」Arthur 若有所思，「燒成灰的人不該穿那個樣子。」

「醫院？」許醫生怔了住，「這裡還有醫院？」

「嗯，精神病院，規模甚大，我覺得就是前面那一重重的建築物，後面那座鐘樓也是醫院的一部分。」Arthur的聲音很輕很溫，不疾不徐。「當年完工之後的醫院運行正常，醫護人員也都照常工作，但是卻有病人說看見鬼魂，還說夜夜聽見被燒死的慘叫聲。」

「呃，但是，這是精神病院不是嗎？那些患者多半都有精神分裂或是妄想症也說不定。」許醫生站在專業的立場上說。

「沒錯，當時的醫院人員沒人相信，畢竟病患都是精神失常才進來的。」Bruce深表同意，「但是，也有人說，送進來的患者不一定真的精神失常，有因為利益或政治因素被誣陷成精神病的人；而看起來正常的人，其實才是真正有問題的人。」

「什麼跟什麼啊！」賴世杰不耐煩的喊著，說得跟繞口令似的不清不楚！

「精神病院最有名的事件，就是有位醫生，窮其一生在研究怎麼樣治療精神病，就以此為名義，每天晚上把病人帶到鐘樓上，進行額葉切除術。」Bruce頓了一頓，「在不施打麻醉劑的前提之下。」

什麼？所有人都怔住了，沒有麻醉直接開腦嗎？

「傳說變得很嚇人，有人說那位醫生根本精神不正常，而且不停的做實驗，甚至跟島上的邪惡早已融為了一體，直到某天他從鐘樓上跳下去為止。」Arthur微蹙著眉，「從那麼高的地方掉下來他卻沒有死，據目擊者指出，當時醫生躺在地上痛苦的扭動掙扎，突然飄來一陣黑霧籠罩住醫生，待霧散去後，醫生卻是窒息而死。」

「窒息？」許醫生果然覺得不可思議，「怎麼可能？是怎麼樣的窒息法？」

「有人說是掐死、有人說是悶死，但偏偏就不是摔死。」Bruce 輕快的回應，「我們查過很多傳說跟資料，很多人甚至說那不是一團黑霧，而是好多亡者撲上前去！」

喲……大家抱著身邊的人更緊，這聽了心情並沒有比較好啊！

「後來呢？」季芮晨關心的，是那位醫生怎麼了？

「後來醫生的屍體並沒有入葬，也沒人知道遺體去了哪裡？但關於醫生的傳說找不到考證。」

醫生還在這裡嗎？季芮晨腦子裡轉過的訊息是這個！如果那瘋狂的醫生還在島上，該懼怕的就不是那些撃石的亡者，而是醫生！

「這能解釋白衣跟長袖了，那衣服就是約束衣，可以讓精神病患雙手交叉身前，再把袖子當繩子般綁到他們身後，就能綁住他們的雙手。」許醫生喃喃說著，畢竟是專業。「我們看到的亡者，應該都是精神病院的患者。」

「啊……」季芮晨想起她見過的臉部，「頭上有傷痕，額頭有三個1，他們是被那位醫生開刀治療的患者嗎？」

「治療？那是屠殺吧！」許醫生不置可否，「沒有打麻醉，怎麼能叫治療！」

是是是，說到人家專業的份上，她還是小心言詞比較好……只是，現在這是重點嗎？

聽完 Poveglia 的歷史後，季芮晨只覺得更加沉重，如果這些傳說都屬實，那這整座島盈滿怨念根本理所當然……瘟疫而死的病人、黑死病十六萬人的骨灰都在每一吋土地裡、還有精神病院裡的患者。

「這裡……會不會有那種沒有得病卻被殺掉的鬼？」鄭亞薇抽抽噎噎的問著，「還是你們剛剛說明明正常卻被陷害成瘋子，結果又被那個醫生殺掉？」

「不排除這種可能，這在過去的時代很平常，女巫獵殺也是是因為想爭奪他人財富，或陷害人所衍生出的，所以被誣陷進來倒不意外。」Arthur 輕嘆口氣，「基本上再正常的人進了精神病院，我想不瘋也難吧？」

「這不是很怪嗎？好端端的幹嘛陷害人？而且其他人看不出來嗎？有的人正常就是正常，硬被說成精神病太詭異了。」小狐身為護士，用現代的想法去思考，認為應該要經過精密檢查才是。

「很遺憾，在過去的時代，說不定妳幫對方說話，妳也會被誣指為精神病，誰敢開口呢？」Bruce 無奈的笑著，他拿起相機朝教堂裡拍照，拍著黑暗，只是讓人更加心驚膽顫。

「這太奇怪……」兩個女孩子抹著淚，低聲的說著，像是在為枉死的人抱不平。

「這有什麼好奇怪的，妳們應該最熟才對啊！」陳馨心忽然冷冷的瞪向她們，「妳們對我就是在做這種事啊！」

咦？季芮晨跟小林忽然一怔——共鳴？

「不，別想那些負面的！」季芮晨立即出聲。

「什麼負面不負面？妳局外人插什麼嘴，妳來經歷我的狀況看看！」陳馨心毫不客氣的打斷季芮晨的話，「她們都在醫院造謠生事，孤立我，讓大家指著我說我是小三啦、搶人家工作啦、偷懶、推諉塞責的爛咖，妳們跟那些把正常人送進精神病院的有什麼不同！」

陳馨心一口氣罵完，連氣都沒換，中氣十足又響亮，手還直指著鄭亞薇她們。

鄭亞薇跟小狐杏眼圓睜，尷尬的看著她、轉向許醫生。「我、我們哪有亂說，之前的醫院也有這樣說妳啊，還有妳跟許醫生——」

「有證據嗎？多少是妳們憑空揑造的？還有我跟許醫生的事……」陳馨心瞥了一眼他，「我只是剛好喜歡上一個有老婆的男人而已，那又怎樣？」

不要再吵了！季芮晨不安的感應著島上的氛圍，有什麼往這裡靠近了，像是應和著陳馨心的怒火般！

「妳怎麼會有這種想法？妳破壞別人的家庭還理所當然？」原本一直躲在丈夫懷裡的賴太太不可思議的出聲了，「既然知道那是有家庭的男人，就不該碰啊！」

「怪了，那既然知道自己有家庭，為什麼還要回應我？」陳馨心說得理所當然，「我從來沒有要他的家庭，我只是想跟他交往，我也沒有要跟他結婚，破壞他家庭的，明明是他自己！」

Arthur 最先笑了出來，他淺淺的笑著，轉頭看向 Bruce，他也挑著嘴角，輕搖著頭像是在笑這場鬧劇。

許醫生緊擰著眉，別過了頭。「這都過去多久的事了，別再提了！」

「是啊，都幾年了，那你為什麼不叫鄭亞薇閉嘴，成天拿這件事講？而且怪了，為什麼大家就不怪你，你有妻子有小孩還要跟我交往，為什麼你就沒錯？為什麼在醫院被孤立的是我？」陳馨心一股腦兒的全搬了出來，「醫院裡多少醫生都跟護士鬼混，不要以為我不知道，幹嘛我就是指標？」

季芮晨忍無可忍的擋在他們中間，「不要再吵了！」

怒吼聲在教堂裡迴盪著，鄭亞薇跟小狐咬著唇不語，臉上閃過心虛，因為陳馨心說得沒有錯，很多東西是她們亂講亂掰的，只是……她跟許醫生的事情，她以為是才發生沒多久的事咧。

好幾年前？陳馨心也才到醫院一年而已啊！

「這是公審。」Arthur 輕揚的聲音響起，「人們最喜歡用這種力量，公審，除掉自己討厭的人。」

小狐圓了雙眼，她討厭這種名詞。

「不必覺得自己很丟臉，在這裡每個人都曾這樣過，只是不自知而已。」Bruce 相當泰然，「我們做記者的，只要用詞拐個彎，民眾就會進行公審，用自以為的正義與觀念，去審判一個人。」

陳馨心是被公審的受害者，鄭亞薇她們是挑起者，整間醫院孤立陳馨心的人，就是陪審團了。

「有腳步聲。」小林忽而站起，往窗邊疾走而去。

呀！大家抱在一起，記者們卻選擇站起，跟著小林身後走，他們此行為的就是要記錄。

「Bruce！」季芮晨拉住了走在後面的他，「你們不要為了新聞拿命去衝。」

「沒有這種覺悟，就不會跑新聞了。」Bruce 莞爾一笑，「不過妳放心，我們有分寸的。」

小林站在玻璃花窗前往外看著，一大片白衣人包圍住了教堂，外頭傾盆大雨，而一望無際的亡者封住了出路。

一旁傳來喀嚓的快門聲，小林由衷的佩服記者們。

「病患都到了。」小林回首說著，大家嚇成一團，季芮晨不知道該怎麼辦，搖了搖頭。

『新人該入院了，入院了！』倏而齊聲喊著，『快點入院了！』

咦？入院！季芮晨急忙跑到窗邊，看著齊聲高喊的患者。「他們說我們應該要入院！」

「入院？」許醫生也站了起來，「開什麼玩笑，這裡哪還有醫院可行啊！」

「他把我們當病患嗎？這樣子是要架著我們去報到的。」小林搖了搖頭，「我可不認為那間醫院還能走進去。」

「那棟建築進去就怕出不來，不能去。」季芮晨緊抿著唇，「現在就看這教堂能保護我們多久了。」

回身仰看向高處的十字架，上頭佈滿灰塵與蜘蛛網，蒙塵的耶穌能保佑他們嗎？她忍不住雙手合掌，在義大利，就該順應這裡的宗教，這是天主教的中心，義大利啊……上帝是否能給予福澤，壓過她的負闇之力呢？

小林不語也沒動作，他不認為這時的祈禱能有什麼用處。

Arthur 微笑著拍攝祈禱的季芮晨，再往上拍蒙塵的十字架，快門聲喀嚓喀嚓喀嚓，外面的叫喚聲也不斷，該入院了，該入院了……賴世杰緊抱著妻子，不該上船的！真的不應該！

「咦？」身後傳來詫異的聲音，季芮晨睜眼向後看去，Arthur 擰著眉察看他的相機。

「怎麼了？」現在一點點動靜，都會讓人緊張。

「耶穌……在動？」

季芮晨聞言立刻趨前，Arthur 連拍了好幾張十字架，上頭被釘住的耶穌卻從瀕死的頭向右，逐漸的正首，然後轉了過來，甚至看向了鏡頭——那是什麼！

『嘻哈哈哈！我是神！我就是你們的神！』十字架上突然爆出尖笑聲，『你們這些眾生，應該向我祈禱啊！哈哈哈！』

下一瞬間，十字架上的「耶穌」直接跳進了大家圍坐著的圓心內！

「哇呀——」所有人嚇得一哄而散，但倒是很有默契的退到門邊，依然擠成一團！

那位「耶穌」沒有大家熟悉的模樣，也沒有束縛衣在身，取而代之的染上厚灰的一襲白袍，頸間甚至還掛著聽診器，短髮蓬亂無章，眼神瘋狂詭譎，戴著單邊眼鏡，一跳下來就張開雙臂的朝著大家狂笑著！

『你們都有煩惱嗎？可以找我傾訴啊，我會幫你們把病治好的，我是個好醫生，哈哈哈！我是醫術精湛的好醫生啊！』醫生不管是說話的方式，或是動作，根本就是最不正常的那位！

「他說什麼？」小林緊張的問。

「瘋言瘋語，說要幫我們治病。」季芮晨聽見了腳步聲，不由得回首，其他病患離教堂越來越近了。「他們要進來了！」

「咦！呀——」小狐驚恐的尖叫著，「不要！我不相信有這種事，我不要死在這裡！」

「教堂沒有用嗎？我們不是在教堂？」賴太太歇斯底里的喊著，看著眼前在大笑不止的醫生，看著身後逼近的病患們。

「這個教堂根本沒有神。」小林神情嚴肅的看著上方，那不知何時就已經空無一人的十字架。「不，這個島，已經被神遺棄了。」

所以，從一開始那位醫生就釘在上面看著他們，不動聲色算是很厲害的鬼了，但季芮晨很怕這種鬼，Tony 說過，只會屠殺跟嗜血的鬼很好解決，但有腦子的亡者就麻煩了。去年在東京遇上那四百年前，為愛執著的女鬼時她就深知這一點，太有想法的亡者一點都不好，完全無法溝通！

喀嚓，快門聲伴隨著閃光燈，讓所有人都僵住了！

Arthur 居然對著醫生拍照，而且毫不節制的連拍，醫生瞬間定在原地，用瘋狂的雙眼看著Arthur。

「Arthur？」季芮晨連忙壓下他的手，「你在做什麼啊！」

「拍照。」他回了廢話。

季芮晨一句話都說不出來，原本以為Arthur是因為亡者怕光所以才如此，但看著醫生的反應，他一點都沒有驚恐閃躲啊！

『吼啊啊啊——』醫生忽然忿怒的咆哮大吼，『只有我是醫生！只有我可以照X光！』

說時遲那時快，醫生直接朝Arthur衝了過來。

那真的是「衝」，季芮晨甚至看不清楚他腳有沒有貼地，咻的就殺了過來！身後響起鄭亞薇他們的尖叫，Arthur居然毫無退縮之意，快門聲越按越急，而醫生的大手朝他的臉就這麼一刨——

小型的十字架不知從哪兒冒了出來，擋在Arthur的眼前，醫生佈滿血絲的眼珠瞪大驚恐，刷拉的向後一個空翻……只有一個空翻，就翻上了祭壇，踢倒了一堆蠟燭。

Bruce手持著十字架，他的十字架上有著耶穌，按照醫生的驚嚇程度，那是「有神」的十字架。

沒來得及說什麼，身後的門忽然砰磅一聲，一隻手從門縫裡鑽了進來，緊揪住鄭亞薇的頭髮，猛然就往後扯。

「嗚哇——」在眾人措手不及之際，鄭亞薇整個人被往後拖，只能慶幸門縫真的太小，原本就是要一人側身才能過，因此鄭亞薇呈大字形卡在門縫邊，但身後的手沒有稍歇，而是直接要把她的頭硬扯向後。

小狐見狀，只是嚇得離開鄭亞薇，連滾帶爬地往旁邊躲去，賴世杰也護著賴太太遠離門邊，Arthur 轉過身繼續拍照，Bruce 負責為他抵擋可能有的危險，而陳馨心氣急敗壞的趨前，居然徒手就往門縫外伸，扯住對方的長袖子。

「放開啦！死變態！」陳馨心尖叫著，拉著又濕又泥濘的束縛袖往旁邊扯，硬是扯開對方抓住鄭亞薇頭髮的手！

小林趕緊拿出另一個細鍊十字架，有樣學樣的朝著病患晃去，果不其然，對方驚嚇的收手，步步驚退，同時間季芮晨把鄭亞薇往裡頭拉，因著反作用力，兩個人踉蹌摔成一團。

『不聽話！不聽話的病人都要受到懲罰！』祭桌上的醫生高喊著，『把他們帶回醫院！快點！帶回醫院！』

「我們不是病患！」顧不得壓在身上的鄭亞薇，季芮晨扯開嗓子喊著。「你滾回你的醫院去，擅離職守來這裡做什麼！」

『為了抓你們這些逃跑的傢伙啊！』醫生笑了起來，『妳接下來是不是要說，妳根本不是瘋子？哈哈哈，每個進來的人都是這樣說的，說自己不是瘋子！』

門外的病患在嘶吼著，他們很想進來又不敢進來，小林在門口擋著，他很少用十字架這種東西，沒有一個咒語是背得起來的，現在又沒時間翻小抄！

陳馨心上前把鄭亞薇拉了起來，她的頭髮糾結一團，上頭又是水又是泥的，最可怕的是頭皮有一處撕裂開來，有血珠從頭髮上緩緩滴落。

「妳受傷了……」陳馨心張開自己的手，指尖上有血珠。

「還有沒有別的出口！Bruce，你們有注意到嗎？」小林也緊張起來，在亡靈面前流血，這完全是找死的行為，更別說他們現在因為小晨，正趨向強大啊！

「沒有……我們還沒有去裡面探過路！」Bruce凝重的望著在祭桌上，一臉變得兇殘的醫生。「我覺得應該有，但現在不是尋找的好時機！」

『血……誰流血了？』醫生用一種陶醉又貪婪的口吻說著，『我來幫妳包紮！』

說著，他舔舔嘴唇，眼神凝視著鄭亞薇，轉為一種飢渴。

「用、用不著！」許醫生忽然醫生魂燃燒起來似的，「我是醫生，我幫她就可以了！」

季芮晨瞠目結舌，現在是抬槓的時間嗎？

身後的門開始被撞擊，鄭亞薇的鮮血讓亡者變得瘋狂，這島上的死者有幾個是自然死亡、又有多少是心甘情願的？心底潛藏的怨念，就會因為環境的改變、因為負闇之力、因為血，而趨向厲鬼或妖鬼啊！

那兩扇古老的門，能撐多久？

『醫生，只需要一個！』伴隨著怒吼，祭壇上的醫生冷不防朝著許醫生撲來，他似狗似豹般的敏捷，Bruce 拉著 Arthur 閃離，兩個人雙雙跌進旁邊的木椅裡。

季芮晨不假思索的上前推開許醫生，自個兒卻不偏不倚的站在許醫生的位置，鬼醫生直撲而至。

幾乎是眨眼瞬間，刀子鏗鏘聲至，小林完全不意外的看著軍刀出鞘，一陣銀光伴隨著閃電掠過，一隻原本就不甚健全的手落上了地。

『咦——我的手！』鬼醫生狼狽滾地，右手肘以下已被斬斷，怒不可遏的大吼著。『我是醫生，你怎麼可以傷我的手！』

那手原本就是是腐蝕斷裂，被 Kacper 砍下的斷口可以看見裂開的骨頭，據 Arthur 他們剛剛說過，如果這位醫生就是精神病院的那位醫生，跳樓後身子不會太健康，後腦勺應該也不會太完整，畢竟，他是從鐘樓掉下來的。

波蘭軍官就站在季芮晨面前，他的出現讓所有人瞠目結舌，但是腦子來不及去思索，這個人到底每次都從哪裡跑出來的？

一陣巨響緊接著傳來，每個人的神經都緊繃著！

咿——砰！左方看不見之處傳來詭異聲響，眾人尚來不及思索，就感覺到風刮了進來！

『該走了，小晨。』Kacper 瞥了她一眼，意在言中！

第六章

「走！往左邊去！」季芮晨大喊著，「小林，幫我！」

小林立即把身邊的人都往左邊趕去，在這種昏暗不明又恐懼的情況下，不 PUSH 沒有用的！

鬼醫生獨自在那桌上又叫又跳的發狂，詛咒著咆哮著，不停的說傷害他這麼優秀的醫生會遭到報應！

前頭有人拿著手機照明，季芮晨身後的大門被撞了開，門軸斷裂，偌大的木門緩緩倒下，她邊注意發狂醫生的動態，趁隙追上小林他們，往左邊的未知的黑暗去。

『你們通通都要接受懲罰！我要把你們綁在床上、吊起來！』醫生的怒吼音未歇，在後頭喊叫著。『不，我要打開你的腦！』

走近左方後，發現那邊有很短的廊道，還沒轉過去就可以感受到風雨灌入，有人打開了那扇門，現在已經沒有人去思考究竟是誰，大家只知道教堂裡有個瘋醫生，還有木門砰磅倒下的巨響，以及一堆沙沙的腳步聲從後追了上來。

「哇……」大雨滂沱，居然還有人花時間觀望。「就這樣跑出去嗎？跑去哪！」賴太太尖喊著。

「出去再說！」Arthur 催促著，一把將前頭的賴世杰往前推，賴先生還抵抗。「走啊！」

小林注意到他們已經把相機塞進了防水外套裡，防護措施倒是相當齊全……不，不只是防水，這兩個記者連防鬼的東西都帶齊了，他們真的原本就打算到 Poveglia 來！

現在不能再花時間思索，季芮晨回首看著白衣病患緩步走來。『回醫院！回醫院啊你們！』病患嚷著，伸長了手，那袖子依然靈活的直接朝著最後端的季芮晨飛至。

那速度不快，她順利閃過，這群亡靈是怎麼了？至少該知道他們能動、能走、能使袖子跟她有關吧？不懂得飲水思源一下嗎？

率先衝出去的是陳馨心，伴隨著一連串的咒罵，她受不了大家卡在門口不進不退，二話不說就衝了，她一動，大家總算跟著行動；賴世杰夫婦一起奔出，記者接著身後出去，而鄭亞薇跟小狐就縮在角落發抖，兩個人慌亂的不想留下卻也不想離開。

「走啊！」許醫生拉過小狐，「待在這裡等死嗎？」

「出去也很可怕啊！又濕又冷，我們能到哪裡去！」小狐哭得泣不成聲。

許醫生還想喊什麼，小林忽然把他往門外推去。「要留下來的人就留吧。」

咦？小狐跟鄭亞薇錯愕的望著小林，他則是緊拉著季芮晨，已經要踏出去，站在大雨裡的許醫生還在慌張，不停的喊著小狐她們。

「我不會陪妳們的。」季芮晨回眸，病患越來越多了，若不是小林在她身後執著那十字架，病患早就蜂擁而上。

走！季芮晨對著小林頷首，而須臾瞬間，鄭亞薇拉著小狐總算是衝了出來；季芮晨進到大雨下，回身想要關門擋住他們，卻不經意看見在牆邊，居然一直飄浮著一抹黑影。

『順著路直走，就可以到碼頭了！』聲音傳至腦裡，季芮晨嚇了一跳，感覺是相當年輕的男孩！

咦？她瞧著黑影伸出了一隻像手的東西，指著前方，而小林似是看不見那黑影，拽著她不明白為什麼她遲疑不前。

「小晨？」他喊著，得大喊才能壓過雨聲。

「往前直走！」季芮晨總算回身，向著前方的人大喊。「一直直走就可以到碼頭了！」

無奈有些人早就跟逃命一樣的往前衝，雨勢又大，根本不曉得是否有聽見她說話，他們兩個人只能立即邁開步伐拔腿狂奔。

『逃走了！病人逃走了！』後方的病患傳來焦急的叫喚聲，季芮晨沒時間回頭。

教堂側門邊的確接著一條小路，兩旁依然是荒廢的屋子跟密密麻麻的樹木，所有人在小徑上一眼便知，季芮晨數算著，目前沒有丟掉哪個人；而兩位記者在不遠處等著他們，他們專業的防水連帽外套早已拉起，沒有一身濕透。

「往前直行！就是碼頭！」小林見著他們就高喊，「告訴前面的人，我們跟船家約了三點在碼頭！」

「三點？」Bruce 抬起手錶，「……我的錶停了！」

什麼？季芮晨立刻舉起手腕，大雨打在她的手錶上頭，秒針也絲毫不動，小林亦然，手機根本看不到時間，也就是說——現在沒有人知道是幾點！

最先跑走的陳馨心中途折了回來，她根本不知道要往哪裡去，也因為她一路折返，讓賴世杰夫婦、許醫生及鄭亞薇她們跟著緩下腳步。

「怎麼了？」大家雖然有點分散，但勉強還算在同一條路上。「現在去哪裡？」

冬天又大雨，陳馨心說話都在打顫。

「我們跟船家約了三點在碼頭，但是大家錶都停了……」季芮晨抹去臉上的雨水，「不管怎樣，我們還是先過去好了！」

眾人不約而同的都看向時間，手機當機，手錶全停，這時，只有賴世杰一個人啊了一聲！

「我是發條錶，不是電子的，是不是這樣不受影響？」他聲嘶力竭的吼著，「可是已經五十分了！」

兩點五十？時間過得這麼快？所有人只是隨意交換了目光，接著根本不需要交代，大家腦海中只有一個字，就是——跑！

剛剛最害怕的小狐跟鄭亞薇跑起來比誰都快，大家滿腦子只想著現在碼頭有船在等，很快就可以離開這個可怕的小島了！

但是，小林跟季芮晨都不認為能有這麼輕鬆，這是個滿佈著怨念的島嶼，怎麼可能這麼輕易的逃過？她不是不希望大家都能逃出生天，但是精神病院只是其中一環，島上還有瘟疫病人跟黑死病被燒死的人們啊！這些人的不甘，豈能輕易平息？

「大家還是小心！」季芮晨喊著，可是沒人聽得見。

餘音未落，右邊即將跑過的屋子，冷不防的衝出了幾個人影，直接就朝著賴世杰夫妻撲了上去！

「哇呀——」賴世杰嚇得往前撲倒，這一閃，賴太太成了目標。

那是全身潰爛的人，他們連頭髮都不剩，頭皮上濕黏如爛土，狂亂的抓住賴太太，就直往屋子裡拖去！

「住手！」季芮晨往前奔去，抓住了賴太太，要把她給拉回來！

『生病了！她生病了！』兩個亡者喊著，他們衣衫襤褸，全身上下的皮膚無一完整，都是潰爛的狀態。『我們得幫她！』

不是腐敗，像是化膿爛掉的模樣，這些不是精神病患！

「救我！救我啊！」賴太太嘶吼著，小林也過來幫忙拉住她，不讓她被拖進屋子裡。

但是，亡者的力量何其大，兩個人的力量，也只是一塊兒被往屋子裡拽而已。

「賴先生！站起來！」小林大喊著，「快點幫忙！」

都什麼時候了，賴世杰居然只會坐在地上發呆！

季芮晨跟小林拉著賴太太的左手與腰際，亡者們拉著賴太太的右手，這場拉鋸戰亡者明顯佔了上風，因為季芮晨發現自己已經被拖進了該廢屋的院子，再下去，她跟小林會一起被拖進屋子裡的！

「賴先生！」季芮晨扯開嗓子喊著，「先起來幫忙！」

「啊啊……好痛！」賴太太又哭又喊著，「我願意跟你離婚！我願意——你快點幫我！」

咦？季芮晨不免一陣錯愕，這時候談什麼離婚？

「不管你要跟那個女人去做什麼我都沒關係！我願意簽離婚協議書，只要你幫我！」賴太太望著先生，像在「鼓勵」他似的。

但這種鼓勵方式未免太特別了，用願意離婚來談？

還沒來得及反應，賴世杰一骨碌跳起，直接衝向了——小林。

咦咦咦？小林根本措手不及，整個人被撞了開，往地面上倒去，這瞬間讓季芮晨失去了助力，她跟賴太太整個人瞬間倒下，並且加速被往屋子裡拖！

「哇——」季芮晨因作用力跪倒在地上，雙手依舊緊圈著賴太太的腰際，拖過了庭院泥地，毫無反抗之力！

但兩股力量忽從左右而來，一人扳開她一隻手，穩穩握住就直接拉離地面，讓她站了起來，甚至雙腳懸空的往後退，一路退出了庭院！

「不要——哇——」季芮晨愕然的看著賴太太在她眼前消失，咻的被拖進了屋子裡。

『双ちゃん！』小櫻扣著她的左手，『妳沒事吧？』

捧在小徑上的小林瞠目結舌，看著已經直起身子，蹲在他身邊的賴世杰，腦袋一片空白。

「這樣連贍養費都不必了。」賴世杰喃喃說著，「這世界上，誰都休想威脅我。」

他說完，穩重的站起身，瞥了小林一眼，再狐疑的看著居然已經站在路上的季芮晨，繼續往前奔去，連伸手拉小林起來的意思都沒有。

望著他遠去，小林趕緊跳了起來，轉過去看著穩當站好的季芮晨，並且看著她的「左右護法」。

「你們最近出現得很頻繁，完全以保護小晨為己任似的！」小林不忘看著小櫻跟Kacper，「有誰要跟我解釋一下嗎？」

『なに？』小櫻挑起一抹笑，倏地消失得無影無蹤，Kacper不語跟著離開。

「嘖！」小林檢視著季芮晨的狀況，雙膝還是磨到了，他從口袋裡伸出也濕透的手，傷口不嚴重，但至少把泥巴跟樹葉抹去。「妳還好嗎？」

膝蓋微刺，季芮晨皺起眉。「賴太太她……」

拖進去後，連一聲慘叫都沒有。

「我暫時不想去想她發生什麼事，或是屋子裡有什麼。」小林盡可能輕柔的抹去膝上的東西，「我只知道我們時間不多了。」

「賴先生是故意把你推開的嗎？」她不可思議的望向他，「就為了……」

小林凝重的點了點頭。

就在他死命抓住賴太太的時候，賴世杰冷不防的將他衝撞開來，他一瞬間就鬆手了，一切是那麼的措手不及。

「他剛說這樣連贍養費都省了。」

「什麼……」季芮晨倒抽一口氣，聽賴太太的說詞像是賴先生有了外遇，而她不願意離婚，在剛剛那生死關頭之際，她承諾了願意離婚成全賴世杰……

但是，賴世杰想得更遠。

「這太誇張了，他們不是很恩愛嗎？」季芮晨簡直不敢相信，「一路上他都護著她，看起來很恩愛啊！」

「知人知面不知心，你們不會不懂得這個道理吧？」

一旁出現聲音，嚇了他們一跳。

Arthur 跟 Bruce 都折回來，皺著眉打量著這兩位有點狼狽的領隊跟其男友。

「你們怎麼回來了？」小林心裡其實有點訝異。

「發現你們落後了，幸好折回來，才能拍到剛才沒有的景色，」Bruce 說得理所當然，「唯一遺憾的是被拖進去的不是那位賴世杰……」

他邊說，眼神沉了下去，回首像是望著已遠去的賴世杰。

「你們還拍照？沒有時間救人嗎？」季芮晨有些氣急敗壞。

「工作為先，尤其姓賴的那對根本不值得救。」Arthur 聳了聳肩，「你們應該不知道他是誰，也不知道他們曾經幹過什麼事吧？」

他們冷冷的笑掛在嘴角，彷彿認識賴世杰似的，可是仔細想想，若賴世杰在政經界，他們兩位又都是記者，要認識並非難事。

「好了，有機會再問吧，回威尼斯多的是時間。」小林往前，「我可不希望成為上不了船的那位。」

季芮晨回首看著賴太太消失的廢屋，被拖進去的人到底怎麼了？許太太有血，但賴太太則無，屋子裡是另一個空間？還是？

她想到的還有小櫻他們，小林剛剛說得沒錯，以前他們很少主動保護她，但是從日本開始，他們幾乎都在緊要關頭時出手干預，現在的她幾乎可以說是最不需懼怕的人，因為只要有人意圖對她出手，跟在她身邊的亡靈們會立刻解救她！

是啊，為什麼？她開始覺得 Kacper 他們都戰戰兢兢的，連 Tony 都出現了，詭異的是最喜歡湊熱鬧的 Martarita，這一次卻一點聲音都沒有！

跑到路的尾端，卻是個大左彎，這讓大家止了步，往左望去沒有任何一個人的影子，但是往前的土地上卻有了足印。

「往前跑？穿過這林子？」小林倒抽了一口氣，「這條路對嗎？」

「我不知道，是一個亡者跟我說的。」季芮晨也有些遲疑，「可是，我覺得他說的是對的！」

Bruce 蹲了下來，可以看到小草或是斷枝。「我猜他們真的從這裡走了。」

『小晨，直走沒錯。』久違的女人聲音響起，季芮晨詫異的左顧右盼，曾幾何時在左邊的路上，站了鮮豔紅髮的女人。『穿過樹林後，是一大片草地，再往前可以接到另一條路，就到碼頭了。』

「Martarita……」季芮晨蹙起眉，「妳怎麼了？」

她會這樣問，是因為Martarita是光彩奪目的西班牙豔麗美人，總是有著熱情亮眼的模樣，但現在的她，卻顯得黯淡無光，眉頭深鎖。

『快走吧！』她幽幽說著，返身往路的另一端走去。

小林不耐煩的推著她，催促著記者們，跨進了滿是泥濘的林子裡。

「我可以問那個紅髮美女是誰嗎？還有軍官跟日本女孩？」Arthur忍不住問了，「他們……不是人對吧？」

「而且季小姐跟他們很熟？」記者本就觀察力敏銳，更甭說這兩個一直都在觀察島上的一切。

「我身邊有一些亡靈跟著，不是壞人，就只是跟著我。」季芮晨隨口交代，立刻看向小林。「你不覺得Martarita怪怪的嗎？」

「我覺得他們全部都怪怪的。」小林由衷的說，「妳要小心一點，亡靈是最容易起變化的，這一刻守護妳，說不定下一秒就吃了妳。」

季芮晨瞪大了雙眼，心裡響起不相信的聲音，她才不相信Kacper他們會、會傷害她……

不會嗎？說穿了，他們都是亡者，甚至可以說是具有強大力量的厲鬼，在世上這麼久，也曾嗜過血，只不過保有理智罷了！

四個人穿過了林子，豁然開朗，果真如 Martarita 所言，出現一大片草地；但因為大雨傾盆，泥地像極了沼澤地，每走一步鞋子都會陷進泥裡，跑起來格外緩慢。

季芮晨才離開樹林，踏上泥地就搓著雙臂，不安的頻頻回首。

「怎麼了？」小林憂心的問。

「我覺得不太對……你們不覺得樹枝像是在說話嗎？」她緩下了腳步，一心往樹林看。「而且樹林間都有視線在望著我們！」

「我不想去看那個。」小林拉了拉她，「走了！」

季芮晨於心難安，就她的經驗而言，厲鬼要在樹林間動手腳太容易了，隨便一個觸鬚，一個樹根都可以把他們絆住……為什麼沒有？

「哇呀——」

又是石破天驚的尖叫聲，這一次所有人都很確定，不是小狐就是鄭亞薇了！

「天哪！」季芮晨忽然瞪圓了雙眼，「我知道了！」

「什麼？」小林被她的慌張也嚇著了。

「黑死病啊！」她難受的喊著，「這島嶼所有的土壤裡，都是黑死病十六萬人的骨灰！」

※　※　※

穿過樹林很令人厭惡，但是他們最後還是鑽了，樹枝打在身上非常可怕，幾根樹鬚拂過皮膚都覺得毛骨悚然，但是沒有多久就沒有密林了，而是一大片空地和草地，所以他們得以加快腳步的跑。

小晨說的直走好遠，她們身後是許醫生，再後面是賴世杰，其他人到哪裡去了沒人在乎，賴先生說剩沒幾分，船夫跟每個人說過，不會等人的！

所以只好沒命的往前跑。

鄭亞薇只記得前方有個像橋的地方，但是橋下沒有河道，而是地平線一致的土地，所以小狐跑上橋，她走旁邊的土地……然後，她的腳就陷下去了！

「小狐救我！」鄭亞薇雙腳卡在泥巴裡，動彈不得。

「咦？」小狐回首，遲疑萬分。「賴先生，還有幾分鐘？」

「五分鐘！」賴世杰氣喘吁吁的喊著，正緩速奔至。

小狐一咬牙，站在橋上彎下腰，伸手向著鄭亞薇，她握住了救援的手，但泥巴好黏，一時根本抽不上來；小狐改抓她的背包，結果不但抽不上來，還因為力道過大，背包啪的斷裂，直接向後飛出了小狐的手！

「怎麼辦？」小狐哭著。

「我來！」許醫生走上橋，才要伸出手拉亞薇，手伸到一半卻……停了。

他瞪大了眼，看著鄭亞薇的腳，有些驚愕；這讓小狐也順著往下望，她看見灰黑色的泥土裡，有什麼東西正在鑽動，由裡緩緩的冒出。

「咦……」他們兩個嚇得紛紛縮手，小狐緊抱住許醫生，站在橋上不敢動彈。

鄭亞薇更錯愕，舉高著失去救援的雙手，不懂為什麼他們要這樣？

「拉我上去啊！」她氣急敗壞的喊著，一邊吃力的挪移著自己的腳。「小狐！醫生——」

「土裡……土裡……」小狐恐懼的指著土壤。

土裡？鄭亞薇聞言只有更加慌張，她試著將雙手攀住橋面，與此同時，許醫生已經拉著小狐過了橋到另一端去，雙眼無法移開那躁動的土壤……不只是亞薇的四周，而是一整條土壤都在顫動。

賴世杰不敢輕舉妄動也不敢過橋，但是也沒靠近鄭亞薇。

「可惡！」鄭亞薇低咒著，雙手撐著橋面，一二三嘿咻的跳了起來。

刷拉——鄭亞薇的身子離開了軟土，她真的半身都起來了，但是同時間，土裡的東西也跟著冒出來了！

一隻手從土裡刷地竄出，啪地就抓住了鄭亞薇的腳。

「哇呀——」鄭亞薇根本不知道發生什事，直接被扯了下來！

這一摔，她全身幾乎都跌進土裡，但是雙腳踩到了地……原來這橋下原本確有個溝渠，只是被土填滿罷了，因為她的腳陷在土裡，卻已經踩在地上！

重心不穩的往後倒，她拚命的穩住重心，坐在噁心的土壤中，發現溝渠並不太深，吃力的再站起來……可是，土裡卻冒出來了東西。

一個接一個的人從土裡站了起來，她不知道這麼淺的溝渠裡是怎麼藏人的，她只看見焦黑的頭顱、乾瘦的手，黑色的骷髏頭看不出是泥還是黑炭，唯有兩顆白色的眼球鑲嵌在眼窩裡，骨碌骨碌的轉著。

「呀——」

鄭亞薇歇斯底里的尖叫了起來，離她最近的人倏地逼近了她，她整個人因此往後倒去，雙手跟著插進了泥土裡！

「這是……難道是黑死病被燒死的人？」許醫生不可思議的看著這一切，一具又一具從土裡鑽出的人，正拎著雪白的眼珠朝他們瞪著。

「哇啊啊！」鄭亞薇驚恐慌亂的越想站起，卻越站不起來，她好不容易抽出一隻手，卻跟著挑起了一根駭人的骨頭！「天哪——」

小狐在後退，她搖著頭，緊拉著許醫生往後。「走……我們快走，來不及了！」

許醫生緊抿著唇看著鄭亞薇，也搖了搖頭，緊閉上雙眼，毅然決然的拉著小狐旋身，往碼頭的地方奔去！賴世杰見狀想上橋，但是現在連橋邊也都鑽出了一顆頭，那個人帶著忿怒的吼聲，攀著石橋從土裡站直身子。

「小狐——許醫生！」鄭亞薇回身高喊著，他們怎麼可以棄她不顧！

而同時，她哭喊著小狐的背影，卻看見陳馨心迎面奔至！

陳馨心錯愕的望著掠過她身邊的醫生跟小狐，問他們發生了什麼事也不回應，只得繼續往這兒奔來；她不懂為什麼大家剛剛都在後面，一轉身卻一個人都不在了。

「哇啊！」遠遠的，她就看到站滿一排的骷髏人，緊急煞車。

「後退——」遠遠的，傳來季芮晨的叫聲。「陳馨心！不要靠近！」

季芮晨等四人奔至，Arthur 抓緊機會就立刻開始拍照，真是太驚人的景象了，這些枯骨又是從何而來？

「馨心！拉我上去！」鄭亞薇伸長了手，「求求妳……我知道造謠是我不好，我一開始只是好玩，我沒想到大家都會信的！」

「這時候說什麼廢話！」陳馨心左顧右盼，想找個又長又粗的樹枝去拉鄭亞薇。「妳等等！」

『她出血了！』一整排渠道的亡靈瞪著鄭亞薇，『出血了，黑死病！黑死病——』

「出血？」季芮晨一驚，趕緊上前，「不，那是她剛剛跌倒受的傷！」

『出血就是黑死病！』亡者直接伸手進土裡，一把抓起鄭亞薇的腳，將她倒吊的拉離土壤。『她得燒掉！』

「不不——」鄭亞薇倒吊著，膝蓋上的血散發著濃厚血腥味。

「那是受傷，跟我的一樣！」季芮晨厲聲喊著。

一整排亡靈望著她，卻沒有人離開渠道一步。

『我也只是受傷，但是他們還是把我燒死了，沒有人聽我的話，為什麼我要聽妳說？』抓著鄭亞薇的亡者說著，『我女人說我有黑死病，那我就是。』

『殺了她！殺了她！』其餘的死靈們狂吼著，『燒死她！』

「不要！小晨！陳馨心——」鄭亞薇掙扎晃蕩著，陳馨心找到了樹枝，匆匆忙忙的朝這兒奔了過來。

突然腳邊一陣燙，鄭亞薇驚恐的看著自己的腳，橘色的火燄不知從何竄了出來。

「怎麼……」季芮晨摀起嘴，小林制止她再往前，賴世杰也嚇得節節後退。

Arthur的快門聲沒有停過，抱著樹枝衝回來的陳馨心，卻親眼看著鄭亞薇的身上燃起火來。

「哇啊啊——好燙！好燙！」鄭亞薇激烈的扭動著身子，火從腳開始延燒，幾秒內就裹住了她全身上下。

季芮晨可以看見她皮膚一吋吋燒灼跟乾縮的樣子，聽得見劈啪聲響，空氣中開始冒出焚燒蛋白質的臭味，鄭亞薇的叫聲越來越淒厲，伸長的手變得乾縮而焦黑。

「呀——呀呀——」駭人的慘叫聲不絕於耳，火沒有被大雨所影響，反而越燒越旺，鄭亞薇的頭髮都燒掉了，皮膚都焦黑了，大火中還可以看見那兩個晶亮驚恐的眼珠。

一如其他亡靈。

她沒有因疼痛而斷氣，心跳沒有停止，火持續燒著每一吋未燒乾的肌膚、肌肉、血管，蒸發著她全身體內的水分與血液，鄭亞薇越燒越小，慘叫到發不出聲音為止，亡者們只是望著，然後將她一把壓進了泥土裡。

『成為我們的一份子。』那亡者幽幽說著，整個人往土裡去。『你們，遲早都會成為這塊土裡的一份子。』

一具具亡者迅速化回泥土，季芮晨大膽的趨前，發現鄭亞薇還在泥裡。

她的身子下沉，半隻手在泥土外伸長想求救，火已經被泥土淹熄，但是她還活著。

「好痛……啊啊啊……」她哭著，「救救我……」

好幾雙手從土裡重新伸了出來，扣住鄭亞薇的身子，往土裡拉去，泥漿灌進了她的口鼻，她瞪大著雪白眼珠掙扎著，最終連頭都沒入了土裡，只剩下死命伸出的半隻右手，還在做最後的掙扎。

陳馨心彎下腰，居然一把握住了鄭亞薇的手。

「還有機會吧，我還能救她——」她哭喊著要大家幫忙，卻突然感覺到手心裡一陣渙散。

鄭亞薇的手掌，竟因為她的執握碎化成灰，一片片的往泥裡散去。

從手掌開始崩解，手腕、手肘，那露出的半隻手最終成為十六萬骨灰的一部分。

陳馨心呆愣在原地，幾乎無法動彈。

小林訝異的看著這一切，但他更留意到未曾平息的土壤——「退後！」

他二話不說忽然一步跨過了橋，直接把陳馨心拖離了渠道邊，同一時間，土裡竄出兩隻手，對準的就是剛剛陳馨心站的位置，撲了個空！

如果陳馨心還站在這兒，下一個被拖進去的就是她。

季芮晨緊皺著眉走向了渠道，她望著濕濘的一切，胸口一陣緊窒。「當年是放在這裡焚燒的嗎？」

『只是一部分而已，把土挖開，妳還可以看到無數具屍骨。』Tony溫和的嗓音傳來，『Poveglia 島上的土，全都是他們的骨灰鋪成的。』

「那為什麼只針對鄭亞薇？」

『因為她的血滴進了土裡，出血是黑死病的症狀之一。』Tony 幽幽說著，『已經有一個犧牲者了，黑死病的死靈會更加活躍的……啊！』

嗯？季芮晨注意到 Tony 的停頓。「怎麼了？」

『妳有聽到船的鳴笛聲嗎？』

嗚——嗚——嗚——遠方，傳來了船的汽笛音！

「啊……」小林抬起了頭，「船——」

賴世杰驚恐的看著錶，「三點了！」

陳馨心在小林的攙扶下站了起來，所有人瘋也似的往前狂奔，碼頭近在眼前，那聲音如此的近，他們又穿過了幾棵樹就銜接到了馬路，已經看得見海了！

陳馨心跑得最快，她上氣不接下氣的衝到碼頭，看見的卻是已經遠去的船隻。

「喂——這裡！這裡啊！」她大聲喊著跳著，船才離岸啊！

船上可以看見兩個朝他們揮手的人影，是小狐跟許醫生，像是在道別說再見。

「回來！回來！我給你錢，回來啊！」賴世杰雙手拚命交叉揮著。

船越走越遠，季芮晨知道，船家是不可能再回來的。

站在這兒往其他小島看去，全是晴朗的萬里無雲，獨獨 Poveglia 是陰天驟雨，背負著死亡之島的稱號，誰敢停留？

三點就是三點，船家說了，一刻都不會等。

賴世杰痛苦的奔到碼頭上，又叫又跳，歇斯底里的喊著，但是船隻都已經成了一點黑，誰聽得見？

「該死！他們居然上船了！天哪——」他痛苦的蹲了下來。

每個人都喘著氣，望著遠去的船隻，腦袋一片空白。

「接下來……怎麼辦？」陳馨心哽咽的回頭，「他們會再來接我們嗎？」

這個問題，讓季芮晨稍稍回過神。「會，明天天亮時，船隻會再過來一趟。」

「明天天亮？」賴世杰錯愕的回身大吼，「妳知道現在幾點嗎？妳知道等天亮要等多久嗎？」

「船家天黑後是絕對不會靠近這個水域的！」季芮晨開始因恐懼而心浮氣躁，她厭惡賴世杰的說話方式。

「妳是領隊！想想辦法啊！」賴世杰氣急敗壞的說著。

「這時候就知道要找領隊了？剛剛扔下領隊時動作倒挺俐落的？」小林瞪著賴世杰，冷冷一笑。

「妳就是要給我負責！」賴世杰怒氣沖沖的咆哮著，真的很難相信，他是之前那穩重溫和的賴先生。

「好了，吵也沒用，冬天的義大利八點天才亮。」Arthur 打斷了大家的爭吵，「我們無論如何都必須等待十五個小時以上。」

「十五小時……」陳馨心一陣寒。

「看來，勢必是要在 Poveglia 過夜了。」連 Bruce 都皺起眉來，他們的採訪，並沒有包含過夜這一個行程啊！

在 Poveglia 過夜，季芮晨覺得打了個寒顫，她雙足一軟往小林身上癱去，在這個島上過夜，有幾個人能看得見明日的曙光？

第七章

當船完全消失在地平線上後，所有在大雨中的人陷入一種絕望，陳馨心環抱著雙臂，連唇都開始泛白；賴世杰頹然的跪在碼頭邊不發一語，兩個記者從容的從背包裡打起傘，並且上前遞給小林一把，讓他與季芮晨共撐。

「你們有帶傘……」季芮晨兩片嘴唇凍得直打顫，「怎麼沒早拿出來？」

「我們穿著防風防水的羽絨衣，一時不怕淋，而且打著傘也難逃命吧？」Arthur 淺淺一笑，「但是再這麼下去不行，這麼冷又下雨，誰都撐不了一夜的。」

是啊，季芮晨遲緩的點著頭，小林將她往懷裡摟，其實已經濕透的兩個人，打著傘也只是避免讓雨澆淋罷了，沒有什麼取暖作用。

陳馨心回身環顧了一圈，最後視線落在離他們最近的建築物上。

「我不管了，再下去我會凍死！」她喘著氣，白煙從嘴裡冒著。「我要進去躲雨。」

「不行！」季芮晨急忙阻止，「那裡面根本不知道有什麼！」

「對啊，就是不知道，搞不好裡面什麼也沒有也不一定……」她抹著臉上的雨水，「既然沒船離開了，難道要站在外面淋一整夜的雨嗎？」

小林蹙起眉，這話說得沒錯，他們不可能站在雨裡超過十五甚至十七個小時。

「我要進去就是了，裡面應該也有乾葉跟樹枝可以生火。」陳馨心遠望著某個點，「不過我要先回去石橋那邊拿亞薇的東西。」

她用打顫的唇說著，拾起地上的包包，那是小狐遺落下來的一個手提袋，應該是趕船掉了沒時間撿……也不在乎了！

「我跟妳去！」季芮晨立刻出聲，不能讓她一個人前往。

「不急，我們陪她去好了。」Bruce 忽然伸手阻止，「妳不如先想想我們要在哪裡落腳比較好，妳應該有『人』可以問問。」

季芮晨圓了雙眼，明白 Bruce 的意思。肩上的手摟了摟，小林正在給她鼓勵。

「他們說得沒錯，我們得想想下一步了，畢竟得在這裡過夜。」小林聲音相當緊繃，因為沒有人知道這夜會多漫長。

季芮晨頷首，向 Bruce 道謝，就由他們兩個陪著陳馨心往前，看著他將傘遞給了她，但是陳馨心婉拒了，都已濕成這樣，不差那一時半刻；Arthur 認真的望著眼前的建築，幾乎是這個島上最大的建築物，由三種不同高度的建築物組合而成，現在，在他們眼前的是最矮的一部分。

「賴先生！」小林回首喊著，「你跪在那邊再久船也不會回來的。」

賴世杰回首怒目瞪視著小林，還是不甘願的起身，朝著岸邊走來，小林其實相當的不爽這位先生，不管他多有政治實力，小林只記得他刻意把結髮妻子解決掉，省下贍養費這件事。

的。

「我過去一下。」季芮晨像是深思過後，仰首看著小林。「你別跟。」

「不行！妳一個人進去那種地方……」小林怎可能聽勸，他可是為了她才到這種地方的。

「我比你安全一百倍。」她伸出手，動動手指，「有沒有什麼適合的法器可以擋一下。」

小林嘆了口氣，從口袋裡拿出剛剛在教堂的念珠十字架。「我之前送妳的護身符呢？」

「掛著呢！但天主教國家行得通嗎？」她望著落在掌心的十字架，疑惑極了。

「心誠則靈。」其實小林自己根本也不知道有效無效，反正他能帶的全帶上了。

賴世杰蹣跚的走近，又冷又氣讓他臉色相當難看，他瞪著小林也瞪著季芮晨，皺起眉心狀似責備的望著她。

「我們這樣要怎麼回威尼斯？」他怒氣沖沖的低吼著，「我花了大錢到義大利來，讓我住這個地方！我會客訴的我告訴妳！」

季芮晨幽幽的瞥了他一眼，冷笑起來。「好，隨便你，只要你有辦法客訴，我歡迎之至。」說著，她朝建築物的方向走去，賴世杰有些困惑，不明白為什麼領隊正一步步走進那隨時會有鬼衝出來的屋子；小林實在很不爽賴世杰，但是他年紀上算是長輩，望著手裡的傘，再怎樣也應該要為他身子著想才是。

「如果你要把傘拿去給賴世杰，不如就把它還給我，我才是傘的主人。」Arthur 忽然平穩的開口，「我不願意讓他撐。」

小林錯愕的停下跨出去的腳步，這一團走了幾天，還真看不出來 Arthur 跟賴世杰不但認識，感覺還有過節？可是賴先生感覺並不像認識 Arthur 他們啊！

此時，賴世杰適巧轉了過來，一見到小林手上有傘，立刻趨前要走來，共撐一把好歹先擋擋雨，只是他還沒靠近，Arthur 一步上前扯過了小林，擋在他們中間。

「咦？」賴世杰丈二金剛摸不著頭腦。

「那把是我的傘，而我不想讓你撐。」他說得直截了當，一點婉轉也無。

「什麼？」賴世杰果然一臉驚訝，「你在說什麼？你不願意讓我撐傘？」

「是。」Arthur 沉靜的眸子望著賴世杰，「你不配。」

「喂！你這傢伙哪裡來的——」他氣急敗壞的掄起拳頭，小林趕緊上前把他們給拉開。

「別吵！現在是吵架的時候嗎？」他嘆著氣把傘還給 Arthur，「拿去吧，我拿著不讓他撐說不過去，畢竟他是長者。」

「長者又如何？」Arthur 冷笑著接過了傘，「只不過按照常理會比我們早死才對……噢，不，我忘了好人總是不長命。」

喂喂喂！小林臉上三條線，他真的冒出了冷汗，只是在這寒冬大雨中，再冷的汗也都被沖掉了啦！賴世杰正怒目相向，Arthur 則是一臉平靜，這中間有什麼過節小林不清楚也不想弄清楚，他現在只擔心走進建築物的季芮晨，還有是否能見到明日的太陽。

也或許能祈禱奇蹟出現，有船家願意過來找他們。

簡直可以說是用骨灰構成的島，他不敢想像會有多麼可怕的東西存在，可是他不解的是……從瘟疫、黑死病乃至於精神病患，截至目前為止的攻擊卻不激烈，是小晨的負闇之力減弱了？還是真的冤死的人不多呢？

暴風雨前的寧靜，總是最教人不安。

※　※　※

季芮晨看著眼前頹圮的磚牆，那是一方格空間，大約一坪大小，牆坍塌出一個缺口，紅磚外露，裡頭是滿地的落葉，現在已經被雨水浸滿，上頭沒有屋頂，只有盤根錯節的樹鬚，每一根都有她手腕粗。

若是春夏枝葉茂盛之際，或許會成為自然屋簷，但現值冬日落葉枯枝，大雨從交錯的孔隙落下，打在厚厚的落葉積土上，發出啪啪啪的聲響，季芮晨盯著那地上的土葉，想著如果踏進去，是否也會有黑死病的亡者抓住她的腳？

然而，這小院不可怕，她看著沒有任何門的入口，這裡可以走進建築物，乾爽無雨的建築物裡。

她想起窗邊不停招手的病患們，她來了，她來了，她最後還是來了。

「我要進去了。」她開口，「不管裡面有什麼，請找我談。」

深吸了一口氣，她緊握著雙拳一步跨入。

『小晨！』一隻手拉住了她，紅髮美人兒凝重的現身。『妳知不知道裡面是什麼？』

季芮晨回眸，「Martarita，我如果淋一整夜雨，只怕也是失溫，我寧願暖一點死。」

『妳……』Martarita 憂心忡忡，『可惡的雨！』

「你們會幫我吧？」她苦笑一抹，抽回了手還是踏進去。

濕透的鞋子浸入泥與水中，每一次的泥濘深陷，她都很怕是有什麼正抓著她的腳，所以她跑得很快，不顧一切的衝進了那黑暗未可知的屋裡。

一衝進去，就可以感受到一股陰冷黑暗的氣息衝來，她舉起早就備妥的手電筒，燈光一開，就看見好幾張慘白的臉驚恐的飛掠而過！

這是其中一個方間，裡面沒有什麼傢俱，只有幾張傾倒的椅子，還有滿地的落葉樹根，有樹從縫裡長了出來，靠近窗邊的地上全是水，但再裡頭還是乾爽的狀態。

這間房左右各有出入口通往兩邊的房間或廳堂，門只怕已經腐朽消失了，試著往前一步，往左可以看見拱形的大型落地窗，正對著外頭煙雨霧濛的大海，那就是……病患們站在窗邊招手之處嗎？

當年，這間精神病院到底實際上發生了什麼事？她垂下眼眸，聽見沙沙聲響來自身後，倏地驚恐回身朝向身後的另一個出口照去！

又有幾個白色長衣閃過，另一間相同昏暗，但是她不敢貿然的走得太深。

『到子夜前，妳還有一些時間。』

細微而且虛弱的聲音忽地從左方傳來，季芮晨得摀住嘴才沒有失聲尖叫，手電筒重新照向左方，那剛剛空無一人的落地窗前，曾幾何時已經站了人影。

對方背光，離季芮晨有段距離，像是站在窗邊的，雙手自然下垂，束縛袖長拖於地，單就黑色人影來看，倒有點像三隻腳的人。

還來不及開口，日本女孩跟軍官都已經現身在她身邊，一前一後，站在她面前的是Kacper，相當戒備。

「請您再說一次。」季芮晨上前，壓下Kacper手上的刀子，對方沒有殺氣。

而且，這是剛剛在教堂側門邊的黑影，聲音相同的帶著稚氣。

『如果你們選擇待在裡面，在子夜前我能保證不會受到主動攻擊，但是只能在妳站著的那一間，而且妳身邊的亡者要幫忙。』對方的義大利文說得非常非常慢，『妳帶給這個島上所有亡者崛起的力量，死靈的力量在子夜時會大增，那時只能自求多福。』

「你也是病患嗎？」季芮晨謹慎的問著，接受死靈的幫助並不常見。

『……』對方沉默著，『我也是得到妳力量的其中一員，但我不是瘋子。』

季芮晨絞著衣角，低首思考著，有理智的死靈存在，就表示或許不止一個，那……如果他能知道怎麼逃出生天，或是──「請問，是不是有什麼方式可以──」

『妳存在，就不可能。』對方彷彿知道她要問什麼似的，直接打斷。『如果我是妳……我會希望乾脆就死在這裡算了。』

Kacper不悅的重新擎起軍刀，幾乎就要往對方走去，季芮晨忙不迭地拉住他，就算那傢伙說的話不中聽，也至少給了意見跟幾小時的安全保證，不該無禮！

「別這樣！他至少願意保護所有人。」季芮晨低語看著Kacper，因為她身邊的亡者只會保護她，這就是造成她成為Lucky Girl的由來！「你們也會幫我保護大家吧！那個亡者剛剛說的！」

Kacper挑眉，小櫻遲疑的認真考慮，最後還是點了頭。

「謝……」季芮晨重新抬首想對著那伸出援手的死靈道謝時，對方已經不見了。

『樓上有床呢，妳可以到樓上去休息。』小櫻嘸著嘴，捲著頭髮。『好好睡一覺，我們會保護妳。』

季芮晨沒好氣的白了她一眼，「其他人呢？」

『我才不管他們死活，噢，小林的話……』小櫻賊賊的笑著，『我可以順便保護一下！』

她扁了嘴，滿不高興的看著小櫻，小櫻哼的一聲穿過牆而消失。

話不投機！季芮晨搖了搖頭，逕自往外走去，不管午夜之後會發生什麼事，至少暫時有棲身之所，困在這裡也只能走一步算一步了。

走回剛剛的地點，慶幸著看見陳馨心與 Bruce 平安回來；陳馨心手上拿了亞薇及小狐落下的包包，看起來相當沮喪，小林出手幫忙拿著，大家便跟著季芮晨走到那暫時避雨的房間。

天色越來越暗，冬日的黑夜降臨得很快，小林有秩序的分配照明，季芮晨急著想生火，只能收集這房間裡乾的東西來燒，包括那兩把破舊的椅子；不過幾分鐘後 Arthur 發現了通往其他房間門邊，堆了許多乾的木頭。

是誰？Martarita？Kacper？還是那個理智的病患？季芮晨認真的向著他們道謝，將燃燒物收集起來，小林負責生火，他熟練自若，好像很常去野外烤肉似的。

到了這地步大家也顧不得其他，把能脫的衣服都脫下來烘，有防水外套的人就穿著外套擋擋，沒有防水外套的就穿著濕衣靠近火邊烤著；這一連串動作讓大家忙碌並暫時忘記恐懼，等到安定下來，發現天色已經徹頭徹尾的黑了。

雨沒有停，而風聲在窗外刮出詭異的尖叫音。

陳馨心穿著誇張的白色小禮服，那是她在威尼斯嘉年華租的禮服，毛茸茸的很是溫暖，也把鄭亞薇跟小狐包包裡的東西拿出來分享，能有多少乾的東西就用多少，還有零食跟水，都先讓大家吃了一輪。

小林包包裡有著上午未吃完的早餐，讓大家將就著填肚子，他打著赤膊坐在火邊，外套給季芮晨穿，誰教她凍得唇色臉色好難看。

接下來，除了閃爍的火光、燃燒的劈啪聲及呼呼的風聲外，一切都變得非常非常的靜謐。

陳馨心手裡把玩著白色的面具，果然相當精緻，一如吳婉鈴所說，搭上她一身白色禮服，是很顯眼的裝扮，難怪鄭亞薇她們也想要搶。

「威尼斯現在正在辦 Party 嗎？」她幽幽的看著面具，「我其實很想玩。」

「應該，如果天氣不錯的話，威尼斯現在正熱鬧著。」季芮晨悽苦的笑著，「妳那邊好多個面具。」

「嗯，還有亞薇跟小狐的，小狐掉下來的剛好是戰利品的袋子。」陳馨心遞上一個孔雀綠的彩繪面具，色彩繽紛妖魅。「亞薇的是……」

想起鄭亞薇，陳馨心立刻悲從中來，眼淚滴了下來。

「哭什麼！不要哭了，聽見哭聲我就煩！」賴世杰忽然低叱，「妳要慶幸自己還活著，還活著就沒什麼好哭泣的！」

「我悼念我同事不行嗎？誰像你沒血沒淚！」陳馨心咬著唇倒也不甘示弱，「把你老婆害死了還這麼理所當然！」

「誰害死她了？是這裡的魔神仔抓走她的！」賴世杰皺著眉講，振振有詞。

「是啊，你從來都不會親自弄髒自己的手，說到底，你也只是剛好撞開小林而已。」

Bruce 撥弄著火，輕蔑的笑著。「並不是你親自害了賴太太。」

「你們是怎樣？說話處處找我麻煩？」賴世杰不是傻子，早就發現了，只是現在才有心情談。「我認識你們嗎？擾到你們了嗎？」

「不認識。」Arthur 聳了聳肩，「但是你認識我朋友。」

賴世杰困惑的皺眉，「我認識的朋友很多。」

「是啊，身為鄉代，認識的人當然多，要幫忙擺平的事也很多。」Bruce 堆滿虛假的微笑，「像是讓有罪的人脫罪……」

「喂！」賴世杰吼了起來。

小林摟著季芮晨，他們靜靜的聽著這寂靜中的爭執，事實上小林一直在注意窗外可能掠過的影子，還有一定時間就會突然出現的柴火；而季芮晨則是專心的在聽著這整棟樓的動靜。

即使靠近火，她依然覺得凍寒徹骨，陰氣越來越重，遠遠的，她彷彿還聽見有許多人在嘶吼慘叫。

龐大的壓力幾乎要讓她喘不過氣，處處是低語、處處是腳步聲，沒感覺的人真是幸福，還有時間可以吵架。

「鄉代？很大嗎？」陳馨心歪了頭。

「不會很大，但足以害慘很多人。」Arthur 看向賴世杰，「而且就算有人因此而死，他也完全不會知情，畢竟人命一條，太微不足道了。」

「你們這兩個是哪一家的？在這一起信口雌黃！」賴世杰不爽的擊了地面，「我是害了誰？說啊！」

「你聽過小白這個名字嗎？」Bruce 扔出個問題。

「小白？誰？我沒聽過！」賴世杰很認真的思考了幾秒，「我真的沒聽過！」

Arthur 跟 Bruce 同時互看了一眼，小林跟著望過去，他們的眼底翻攪著一股怒火，拚命壓抑的怒火。

「我想也是，記者這麼多，你怎麼會記得幾個？」Arthur 冷冷說著，「更不會記得一個承受壓力寫出不實報導的記者，導致被報導的人遭到社會公審，而該名記者受不了良心譴責，最後走上了自殺一途。」

咦？小林瞪圓了眼，「等等，你們該不會是說之前跳樓自殺的白姓記者吧？」

誰？季芮晨聽不明白，但是從 Arthur 的眼中看得出來，小林說對了！有時候她覺得小林好厲害，為什麼什麼都知道？哪像她，一點都不關心社會大事……自殺？好吧，這件事已經不算大事了。

「沒想到居然有人記得這小小的案件。」Bruce 失聲而笑，「小白要感到欣慰了。」

「那名記者報導了校園霸凌案的受害者，但報導時刻意挑起被害者家庭背景有問題，所以後來大眾觀點失焦，受害者全家的事情都被抖出來！」小林嚴肅的說著，「在所有媒體挖糞的狀況下，最終導向成受害者家庭教育有問題，產生誣陷人格，所以霸凌案是假，最後受害者全家燒炭自殺。」

這一年來的事故太多，自殺也成了家常便飯，季芮晨真的沒留意，兩名記者正點著頭，並沒有辯解。

「沒錯，正是如此……只是我沒想到你會注意到這份報導的記者。」

「這很難忘記，因為，他去找過萬應宮。」小林字字沉重，「他說被受害者一家的鬼魂纏身，他們每晚都在他床邊哭泣，半夜只要偶一睜眼，就會看到四張慘綠的臉攀在床沿望著他。」

「咦？被鬼……所以受害者真的有被霸凌？」提到鬼，季芮晨就熟悉多了。「有冤才去找他！」

小林皺眉不語，這不是他該回答的事，他看向 Arthur 他們，得到了肯定的點頭。

「沒錯，真的有霸凌事件，但霸凌者正是賴先生的姪子，這您應該不會忘記吧？」Bruce 不屑的瞥了賴世杰一眼，「賴先生透過關係施壓，讓小白在用詞上調整，文字遊戲是很可怕的，要殺死一個人輕而易舉……小白就這樣做了，報導如星火燎原，越燒越烈，一直到那家人燒炭為止。」

「什、什麼施壓！那家人本來就有問題！」賴世杰臉色有異，但還自我辯解。「我跟你說，他們後來全家都跪在媒體前跟我姪子道歉，真的是陷害我姪子了，這都有畫面的——」

「人在被逼迫時，什麼話都說得出來，即使那不是事實。」陳馨心打斷了賴世杰的辯解，「我就是個被公審的例子，我很明白！」

在醫院裡，她每天都過著生不如死的生活，被議論、被白眼、被指指點點，什麼奇怪的傳言都有，她人格簡直被誣衊得一塌糊塗！只要一有狀況，她就輕易成為眾矢之的，大家用訛言與偏頗的態度公審她的一言一行。

她當然也想逃、也想屈服，但是憑著倔強的脾氣，她就是不願意認輸！

「亞薇她們看不出來做得那麼誇張……」季芮晨覺得很不可思議，因為平均才二十歲而已啊。「每個人看起來都很天真啊！」

「天真？哼！」Bruce 的冷笑打斷了一切，「賴先生的姪子也才十四歲啊！還是孩子呢，還小。」

賴世杰氣得漲紅了臉，小林從他徬徨不安的眼神感覺出那是心虛的表現，倒不是忿怒，他完全可以想像一個有權有勢的人運用關係幫家人解難的情況，只是……報導扭曲了方向，利用社會輿論進行公審，那公正性就有待商榷了。

更別說，有人因此失了性命。

Arthur 伸手拿過陳馨心手上的白色面具，往臉上稍微比劃。

「每個人生活在世上，都戴著面具，你永遠不知道對方真實的樣子。」Arthur 用那白色面具對著大家，「只要活在社會裡，根本無時無刻都像處在威尼斯嘉年華。」

路過的每個人都塑造出對外的樣子，每個人臉上都戴著面具，不會讓別人知道真實的自己、真實的想法。

賴世杰一開始就是那種溫文和善、大方的好好先生模樣，的確，當他推開小林時，小林相當的震驚！爾後看到他的言談與態度，簡直令人不敢相信跟前幾日是同一人。而天真熱情的亞薇她們，埋在爛漫面孔下的是壞心眼的心機，造謠生事並以他人的痛苦為樂。

陳馨心呢？被說成一文不值的女孩，卻是個在逃命時會一直回頭看顧的人？冰冷而漠不作聲的兩個記者，卻也出手相助；那被謂為脆弱善良的小狐，卻是第一個鬆開亞薇的人，懸壺濟世的許醫生，選擇眼睜睜看著同事身亡。

每個人的確都戴著面具在生活，季芮晨望著那雪白的面具，那她呢？她戴著什麼樣的面具？開朗、活潑，把負闇之力跟帶給他人死亡的訊息都藏在面具底下。

「你們記者才是吧？長得這麼好看，骨子裡又黑又爛，看看你們寫的報導！」賴世杰抓緊機會就反撲，「不要以為那個什麼小白死了就多偉大，他依然是始作俑者，要不是他扭曲報導，就不會有這麼多事！」

「這我要投贊成票，記者的素養真的很差。」陳馨心半舉起手，「雖然你們很帥，人也很好，但我不知道你們的報導素質如何，太多唯恐天下不亂的新聞了！」

「這我們也不否認，跑了這幾年新聞下來，就會發現到，要做這行，很多東西要丟掉的。」Bruce 莞爾一笑，「像良心就是其中一種。」

「厚！看吧，你們自己都說自個兒沒良心了，還敢反過來說我？我姪子明明就是被害者，是你們記者自己搞的吧！」賴世杰很得意的抓到一點兒小辮子就想發揮。

「上面要求的、觀眾想看的，都不一定是真實的，或許該說其實社會大眾並不在意事實的真相是什麼！」Arthur聳了聳肩，「大家喜歡看有話題性的、有爭議性的事情，像賴先生姪子的霸凌案，或是任何腥羶色的新聞！」

「我不喜歡。」季芮晨幽幽出聲，「這些東西我都不愛看。」

小林點頭表示讚許，他也不喜歡，可是還是會接收資訊。

「你們都是少數，而且就算你們不喜歡，也不能否認當這種新聞出現時，對目光的吸引力相對的提高，也會特別關注，這就是我們想要的。」Bruce邊說邊無奈的搖著頭，「當大家一邊責怪新聞品質降低時，卻沒有想到其實是因為大眾愛看，所以我們才會製造出這些事情。」

「但如果每一個記者都自律呢?直接讓這種新聞消失，我想社會大眾也不會去吵著說想看那種偏激的報導！」小林相當不以為然，因為他甚至覺得這是亂源之一。「拿你同事來說，我知道被施壓難免，但既然身為記者，或許有別的管道跟方法去揭露事實的真相，而不是選擇屈就，直到害死了人命才自責。」

「人在江湖，身不由己，你問問賴世杰，如果小白真的拒絕了施壓，把他姪子霸凌案放大，小白會發生什麼事?」Arthur眼神轉為冰冷，放下了面具。「或許不至於會死，但在那時候沒有人能預料未來的事。」

「這只是把你們的行為合理化罷了。」陳馨心伸手拿回面具，「反正出事的不是自己，被公審的也不是自己，運用文字就可以掀起波瀾，傷不到己，又有什麼關係？」

Bruce 跟 Arthur 望著陳馨心，露出一抹苦笑。「有關係的，我們一直都在譴責自己與做錯的事，度過每一天，每天卻有更多的賴世杰來找我們，上級更多的指示要我們掀起大浪。」

「所以呢？你們決定改走採訪鬼島路線嗎？」小林始終不明白這兩個記者為什麼會突然跑來採訪 Poveglia？「我看你們非常從容，面對厲鬼橫行、濫殺無辜都不見懼色，甚至連十字架都備妥了。」

「哈哈哈哈，說實話，真的是這麼打算！」Bruce 比了個讚，「採訪死亡之島，比每天採訪人要好多了！」

「就是，在我們的生活中，每天就像穿梭在威尼斯一樣，每張臉都是假的，你永遠不知道什麼是真實。」Arthur 輕笑出聲，「這兒的亡者都實際多了，訴求很清晰。」

「噢。天哪！」季芮晨忍不住抱怨，這是哪門子的想法。「你們都不擔心的嗎？這不是實境秀，這島上只怕會有厲鬼，我們都不一定能活到明天早上！」

「呃……我們原本就有打算到 Poveglia，這點心理準備是有的，但之前沒有打算過夜。」Arthur 沉重的嘆了口氣，情況發展非他們所願。「不過遇到了也只能硬著頭皮過下去，離不開跑不掉，能怎麼辦？」

哇，小林用發亮的眼神望著這對記者，不知道是不是惡人看多了，他們真是從容到不行！

「哼，說得冠冕堂皇，真是噁心！」冷哼一聲，看向陳馨心。「喂，護士小姐，我手有點痛，妳給我過來包紮一下！」

陳馨心怒眉一揚，「你說話不能客氣一點嗎？什麼叫給我過來？你當我是什麼？」

「就護士啊！」賴世杰緊皺起眉，「不要囉哩囉唆的！」

「你不懂什麼叫尊重嗎？」陳馨心不悅的說著，但還是從包包裡拿出簡單的藥品，要檢視賴世杰的傷口。

「尊重？再怎樣也不會是給你們這種醫護人員好嗎？」賴世杰不屑的白眼，「看看你們，會些什麼？常醫死人不說，護士目標還不都是醫生——」

「賴先生，可以請你閉嘴嗎？」小林冷冷的打斷他的話語，若不是季芮晨扣著他，他只想上去掄上一拳。

賴世杰接收到眾人敵意斥責的視線，他摸摸鼻子不說了，陳馨心深呼吸之後平靜心情，挪過身子去檢查他的傷口，予以消毒後貼上簡單的OK繃。

四周靜了下來，季芮晨向賴世杰詢問時間，已經八點了，離子夜還有三個小時，外頭黑影幢幢，Kacper的軍刀聲近在咫尺，她知道他們在外頭。

爭論稍休，她鬆了口氣，一直擔心爭吵的情緒波動會影響到鬼魅；終於大家都累了，賴世杰就著牆休息，Arthur他們開始在檢查照片，陳馨心細心的折疊著鄭亞薇她們的衣物，撫著光滑的面具。

「先睡一下。」小林想讓她躺在他膝上。

「你睡，我沒關係的。」季芮晨輕輕的拍拍他，「你得睡飽一點，萬一有事得抱著我跑。」

「呿。」他無奈的笑著，向後找面牆倚著。

想了半天，他最後還是從包包裡拿出另一個迷你雕塑，迷你十字架上有著迷你小人，他一手拿佛祖，一手拿耶穌，幫他們自我介紹後，請他們和平相處，再分放兩端。

在自個兒四周小心翼翼的擺上十字架及迷你版佛像，只要小晨不要靠過來就好。

季芮晨望著他的動作便明白的向後退了點，初認識小林時，他是個實習領隊，出門也帶著不少驅邪的東西，迷你佛像便是必備品，但當時她還不知道自己的命格屬負闇之力，曾不小心跨過他擺放佛像圍成的結界，結果導致佛像瞬間焦黑龜裂。

那是種異常龐大的力量，才能把加持過的佛像毀去，現在知道了是自己的緣故，就得留意小林所設立的結界。

否則，就算東西方神明分擺兩端，只怕一旦她越過，一樣是毀壞的結果。

小林明白她無法安心入睡，所以也不強迫她，她必須打起精神留意 Poveglia 的狀況；她只能說，這比吳哥窟時遇到的紅色高棉死靈還令人感到不舒服，除了枉死之外，還夾帶了一種瘋狂！

「這是亞薇的背包？」季芮晨挪近陳馨心，她滿臉倦容卻不想休息的樣子。

陳馨心點了點頭，她回頭找時，包包還在地上，但亞薇已經在眼前的泥渠裡了。成為焦黑骨灰的一部分，成為 Poveglia 島嶼的一部分，成為死亡的一部分。

鄭亞薇的背包裡沒有太多東西，錢包、手機，還有圍巾跟另一個面具，陳馨心把面具拿出來，亞薇買的是一個白底紅色彩繪的面具，除了紅唇外，就是眼睛與臉頰的部分，以鮮紅勾勒出如火燄般的狀態。

如同燒灼著鄭亞薇的火舌一般，鮮豔動人。

「咦？這是什麼？」季芮晨注意到一堆東西的下方，有只男用手錶。

「在小狐的包包附近，我一起撿起來的，在想是不是許醫生的。」陳馨心輕聲細語的，「一起撿起來，能還的就還……」

季芮晨狐疑的看著那只錶，上面的泥土剛被陳馨心大致擦了一下，但是錶帶是履帶式的，中間還是卡了不少泥巴，只怕要更仔細點的清洗；但這錶不是許醫生的，她有印象是因為許醫生戴的錶剛巧是她買給小林的牌子……她在機場看到就順手買了，只不過還沒有機會送出去。

唉，總要有個名目是吧？不然多尷尬？

拇指搓著錶面，她突然一怔，八點半？等等，季芮晨瞪大了雙眼，看著細細的秒針一格一格走著，這只錶在動！

發條錶？她立刻轉動著錶旁的小鈕，轉了幾下，果然感受到發條錶的齒輪！

「這會是小狐的嗎？」季芮晨問著。

「不可能，小狐的是Swatch。」陳馨心肯定的搖著頭，「這是男生的錶，我才想是許醫生的。」

「不是許醫生的，我知道他戴什麼……」季芮晨頓了一頓，忽然瞅著陳馨心笑。「妳根本不是許醫生的女友吧？連他戴什麼錶都不知道。」

陳馨心沒好氣的扯扯嘴角，「妳說呢？他都丟下我跑了。」

「都有人讓結髮妻子送死了，他如果只是男友，把妳丟下也算不上什麼。」季芮晨瞥了賴世杰一眼，她知道他在聽，只是裝睡。「不過我看他不是。」

「我們是兩年前的事了，我去年才到這個醫院，發現他也在這兒，但我們已經不是那種關係了！」她輕勾著嘴角，「我還是維持我的說法，我曾經喜歡他，但是沒有想要跟他走一生，背叛家庭的是他，因為他是選擇回應我的感情。」

「妳在醫院也是這樣嗎？」季芮晨失聲而笑，她相信很多老婆都無法接受這樣的論點，而且通常她的矛頭會一致指向第三者，而不是有婚姻在身，還回應他人的丈夫。

「嗯啊，我就是這樣，沒什麼好隱瞞的！」陳馨心倒是一派輕鬆，「公審就公審，我沒在怕的，事情做好就好了！不過亞薇她們針對我是滿超過的，許醫生也不解釋，讓我覺得……」

「覺得？」季芮晨聽出她話中有話。

「我覺得許醫生跟別人在一起，讓我被大家審判，是模糊焦點。」陳馨心圓著雙眸，說得信誓旦旦。「我的直覺沒有錯，他現在完全就是戀愛中男人的樣子。」

「所以許太太被拖走，說不定真的是他……」

「別瞎猜了！」陳馨心笑著推了她一下，「在這個地方，有沒有被害結果差不了太多……早知道會落到這地步，就別吵架了！」

季芮晨拍拍她的肩頭，這不是她的錯，是命運使然。

黑影晃動，在細碎音後靠大廳的門邊出現了一堆柴火，季芮晨要陳馨心多少休息一下，他們並不知道接下來還會發生什麼事情，只知道現在是暫時的寧靜，季芮晨不忍說，也覺得不宜。

望著手上的錶，直覺讓她覺得並不對勁，這錶是哪裡來的？

逕自趨前到門邊搬過柴火，她可以感受得到對方距離她只有幾公尺而已，像是就蹲在前方；她小心翼翼的搬過，耳邊聽著義大利細語聲。

可是雨聲太大，她沒辦法聽得很清楚，但是往黑暗看去，就可以看見無數雙發著青金光的眼睛瞅著她不放，蓄勢待發的模樣，昨晚那不是夢境，真的有這樣的人在等待他們。

逐一添加柴火，陳馨心抱著雙腿在旁進入恍神狀態，臉頰上掛著淚痕，她覺得這一切都是她害的！因為吵架、因為不想讓出身上這套白色衣服跟白色面具，所以要負氣搭船離開，胡亂選擇了 Poveglia，導致這樣的後果。

季芮晨透著火光看著自己的手，手透著微紅，事實上……該負最大責任的是她吧。Poveglia 的死者，又將因為她的負闇之力而擁有更大的力量。

這種事到底什麼時候才能停止？一旦有亡靈魍魎存在，都會因為負闇之力而變異而強大，然後傷害她周遭的人，最終只有她得以保全？有時候她會希望自己乾脆也一起跟爸媽離世才對，這樣或許就能夠少點死傷了。

可是，生命是珍貴的，她選擇活下來，以正常人模式存活，去年在日本團員發生事故後，這一年來她小心翼翼，可是這一次竟踏上了死亡之島……島如其名，這兒沒有生機，也不會留有生機。

她想起勾嘴大夫、想起在聖馬可廣場上那個說她會帶來災厄的老人，她都聽進去了，然後在這寂靜的現在，很難不去想起她可能帶來的極度不幸……

季芮晨，現在的重點是盡全力保護所有剩下的團員，絕對不能再被任何人注意到。

末日說的興起，加上有人說這是上帝的責罰，許多奇特的宗教崛起，言論漸漸傾向於有惡魔促成世界的動盪；網路媒體的發達野火燎原，已經有幾個財團被迫捐出財產救助災民，也有人發起公開審判哪些商人不法圖利。

每個人都能批評、每個人都能論斷，利用網路號召，當年可以推翻獨裁政治，現在可以推倒一個企業，接下來不知道還會發生什麼事？

自由政治一不小心就會轉成暴民政治，上個月 Kacper 才看著電視說，這跟當年的世界的戰亂並無不同。

她趴在自己的膝上，眼皮越來越沉……越來越沉，她不該睡著，左右兩間的房裡都有亡靈在說話，足音在樓梯間上下，有人在商量什麼，她真的不該……

『妳根本不該出生的！為什麼我要生下妳！』

喝！季芮晨才睜眼，就看見渾身是血的女人一把掐住她的頸子！那女人的半邊被壓扁了，身體整個右邊都是扁裂的狀態，臉部的眼珠被擠出來，半邊頭骨成了薄片，僅存的那半邊也因擠壓而變形。

但這模樣她認得……她怎麼可能不會認得呢？是媽媽啊！幼時那場車禍，媽媽被夾扁了！

『應該一出生就掐死妳的，妳為什麼要活著！』女人用口齒不清的語調說著，緊緊掐著她。『妳既然知道會帶給大家不幸，妳怎麼能活下來呢？』

媽媽？季芮晨驚恐的看著女人，為什麼？為什麼要這樣說，做母親的不是希望孩子可以順利的活下來嗎？

『去死吧，求求妳……妳不該再害人了！』媽媽流下了淚，血跟淚和在了一塊兒。

『媽媽對不起妳，真的一開始就該殺了妳！』

頸間傳來緊窒感，季芮晨趕緊舉高手，試圖掰開冰冷……又殘缺不全的手骨指頭。

不要這樣！媽媽，這命不是我選的，但是我至少可以選擇活下去吧！我想活下去啊！

「Arthur！」吼聲從耳邊傳來，季芮晨再次睜開雙眼，眼前是一張繪有孔雀藍圖案的臉！

她張大著嘴試圖呼吸，眼前是一張完美的面具，上有金粉裝飾，那是、是小狐的面具，而一雙冰冷的手緊掐著她的頸子，旁邊有人正使勁扯著，還有人將來人往後拖。

不是……不是媽媽？

「放手，你做什麼！」扳開他手指的是Bruce，「Arthur！」

「呃啊——」有人低吼一聲，硬是將Arthur往後拖走，Bruce也扯掉他的指頭，空氣總算流進了季芮晨的肺部！

天哪！「咳咳……咳咳咳！」季芮晨轉身趴在地上，咳個不停！

「你瘋了嗎？」一旁傳來Bruce的聲音，「無緣無故攻擊小晨做什麼？」

「小晨，妳沒事吧！」陳馨心的聲音傳來，雙手慌亂的搭在她肩上。「嚇死我了！」

季芮晨擺擺手，她沒事，只是氣管不舒服了點，抬起頭，看見賴世杰一臉不解茫然的蹲在火邊，小林忿怒的想扯下Arthur的面具，卻怎麼也拔不下來！

「你這傢伙！」小林直接朝他的臉揮過去，Arthur卻俐落的向後閃躲。

季芮晨壓著自己喉頭，不適的輕咳著，冷不防的小林身後的拱門口忽然走進了一個人影，嚇得她緊張的警告小林！

「小心後面！」

小林防備性的向右看去，來人走近，卻一臉錯愕不明——「怎麼了？」

Arthur拿著相機，用很困惑的眼神望著大家，季芮晨詫異的看著在一點鐘方向的他，那、那……現在站在她正對面，那個穿著一模一樣的衣服，又戴著面具的人是誰？

「退開！」小林忽而大喝一聲，將Bruce狠狠往後推，遠離了面具人。

Arthur不明所以的再走近了一點，季芮晨無法分辨現在的狀況，身邊的陳馨心都呆了，因為有兩個Arthur？

「幾……幾點了？」季芮晨戰戰兢兢的問著。

幾點？才醒的賴世杰愣愣的舉起粗胖的手腕瞅著。「十……十一點？」

十一點！子夜？

『呀呀呀——』一陣淒厲的尖叫忽然響起，從四面八方而來，狂風驟雨忽地吹進屋裡，中間的火燄被吹得亂七八糟！

「咦？」所有人都驚恐的聽著那可怕的尖叫聲，聲音好近又好遠，好像由內到外都有人尖叫！

Arthur皺著眉往裡瞧，這才越過了小林，看到了那個與他擁有一樣帽子外套……甚至身高跟相機的人。

子夜！小林就近抓起Arthur推向季芮晨，Bruce早已錯愕的退到她的身邊聚集，對面的賴世杰也慌亂的衝過來，屋子裡的風大到不像話，簡直像是從屋裡刮起似的！

這夜果然不平靜，小林緊擰著眉，他不比小晨敏銳，不能掌握現在的狀況！

而那個「多出來」的人，依然八風吹不動的站在原地，然後對方伸手撫著面具下巴，開始咯咯的笑了起來。

『我不是Arthur嗎？』對方指向了大家，聲音從面具裡傳出來，『嘻嘻嘻，你們怎麼知道誰是Arthur？我戴著面具啊，哈哈哈哈——』

「看你這模樣就知道你不是了！」小林無奈的說著，正常人都會分吧？

『嘻嘻……嘿嘿……』面具人笑得花枝亂顫的，『想不想看我面具下是什麼呢？嘻……』

誰想啊！大家擠成一團慌亂，季芮晨全身都在發抖，她居然睡著了，而亡者堂而皇之的接近他們，甚至意圖致她於死！

來不及想著下一步，一陣詭異的風倏地吹至，尖笑聲跟著湧來，眼前的火堆瞬間熄滅到一絲星火不剩，陳馨心忍不住失聲尖叫！

一行人互拉互扣著彎下身子，誰也不敢睜開眼睛面對這駭人的黑暗！

季芮晨無法壓抑發抖的身子，但她還是抬起頭，看不見不代表就沒有事，這種黑暗才是最嚇人的！

『歡迎！』徹頭徹尾的黑暗中，傳來一種戲謔的語調。『歡迎大家！』

咦？季芮晨抬起頭，根本什麼都看不見，她伸手往口袋裡摸去，她的手電筒擺在唾手可得之處。

沙沙足音傳來，有人踏了進來，陳馨心驚恐的躲在季芮晨身後，賴世杰還躲在她身後，其他人都試圖摸黑尋找照明物之際，季芮晨啪的亮了燈！

『呀——』一樣的驚慌亂竄，季芮晨親眼看見有病患亡者飛也似的逃離。

但是，左方的門口走進的白袍男子絲毫沒有懼色，他劃滿著詭異陰森的微笑：是那個瘋狂醫生。『各位患者，恭喜你們，你們都有病！』

「咦？是那個醫生！」陳馨心完全錯愕，在教堂裡的假耶穌！

「我是史地醫生，你們的主治醫生！」史地伸出右手，「請多多指教。」

「走開！」小林聽不懂，但是看得清那動作，啪地揮掉他的手。

史地瞬間露出怒容，但沒有多餘的動作，只是狠狠的瞪著小林。「你知不知道你多沒禮貌？我是醫生耶，是這裡最高明最德高望重的醫生！」

季芮晨簡潔的翻譯著，聽不懂會讓團員們恐慌。

「什麼醫生？這是什麼地方啊！」賴世杰完全狀況外，還在鬼吼鬼叫。

「安靜！這裡是醫院！醫院，不許你們吵鬧！」史地大吼出聲，「我會治好你們的，你們放心好了！」

「我們沒有病，你有……很多人還沒醫治。」季芮晨加重「很多人」三個字，因為……在史地醫生的背後，還是步入了帶著防備面容的病患。

「哈哈哈哈！每個進來的都說自己沒病，事實上你們通通都有病！」史地狂喜的掃著他們每個人，「我看得見喔，每個人心裡的恐懼……嘻嘻嘻……」

他逕自笑了起來，縮起雙肩，咯咯的顫動身子，笑到眼睛都閉了上，好像聽了一個極為有趣的笑話似的。

「小晨？」陳馨心扯扯季芮晨的手，「這是怎麼回事？」

「他把我們視為病患，而且我們在精神病院裡。」

「只有我看得見嗎？」連Arthur聲線都緊繃了，「有好多……好多鬼啊！」

「那是當然。」小林擰著眉，握緊拳頭。「因為，這裡是鬼的精神病院啊！」

鬼的……精神病院？陳馨心不由得想起稍早Arthur跟Bruce提過，一個瘋狂的醫生，不打麻醉的前提下為病患開腦！天哪！她嚇得倒抽一口氣，人家不是說平時不做虧心事，夜半不怕鬼敲門嗎？

她也算幫助了不少病患，為什麼現在會遇上這種事！

『治療該開始了！』史地露出愉悅的笑容，『護士！護士！快點把病人帶上來，我在鐘樓等著你們啊！』

鐘樓？季芮晨打了個寒顫，是那個他專門將病患開腦的鐘樓嗎？開什麼玩笑！

史地笑著走了出去，而兩邊的門口湧進病患們，但是他們卻很明顯得貼在角落，並不敢上前，吊著眼珠戒慎恐懼的望著季芮晨。

怕她？季芮晨狐疑的看著手上的手電筒，還是怕這個？

她試著往前一步，手伸得更直，所有病患立刻緊張的齊步後退！

「他們這麼怕光啊！」小林也看出來了，賴世杰忙不迭地拿出手機跟著照明。

「先跑再說。」季芮晨做著深呼吸，又往前一步，讓病患亡靈們再度驚恐猶豫的後退。

「大家小心，我們等等往左邊跑。」

「為什麼？」賴世杰立刻發難，「這建築物往左是深處，往右才是出口吧！」

「隨便你。」季芮晨不想爭論，「我只是覺得他們不會那麼簡單讓我們離開而已。」

她一邊說，一邊從另一邊口袋拿出陳馨心撿到的那只錶，朝手腕戴上，她必須知道時間，做最好的安排。

最可怕的時刻在半夜的一點到三點間，這段時機將是非常時期，也是厲鬼能力極盛時。

Bruce 狐疑的看著季芮晨的手，她穩穩的扣好錶，伸直了手，開始後悔沒有先去探查隔壁的地勢。

「Arthur，你剛剛進去過了對吧？」季芮晨頭也不回的問著，「裡面的地形怎樣？」

「很寬，有好幾個門通往不同走廊，不過一穿過門，左手邊就有樓梯往上。」Arthur 僵硬的回應著，「樓梯沒有任何扶把，恐怕是腐朽了。」

「那我們一穿過門就左轉上樓。」這是最好的方式，比進去不知名的房間要好。

陳馨心咬著唇忍住淚水，賴世杰緊緊拉著她的衣服，小林小心翼翼的彎身趨前，拾起他剛剛擺放著的結界物品，大家都在做最好準備，與病患僵持著。

他們堵住了剛剛進來的入口，不趨前也不離開，與他們對峙。

「小晨。」Bruce的手機往她手邊照了過來，「妳為什麼會有汪永錫的錶？」

季芮晨一時沒聽清楚，但是她雙眼緩緩瞪大，終於將視線移開了亡靈身上，向左後看向Bruce。

「什麼？」

「那只錶，是汪老師的吧？」他指向她的右手腕。

第八章

汪老師的錶？這是陳馨心在碼頭邊撿到的，汪永錫並沒有上船，誰會帶著他的錶來？難道有人在船家過來接他們時，下了船嗎？

「什麼汪老師？要不要走啊我們！」賴世杰氣急敗壞的嚷著，「快走啊！」

「哎，你不要一直拉著我！這麼威你去開路啊！」陳馨心使勁的想揮掉賴世杰，這人怎麼一直拽著她的外套！

「妳這什麼態度，護士不是應該要慈悲嗎？」賴世杰還有臉說，幾個小時前才說護士什麼都不是。

「別吵了。」小林回首，這種狀況還吵得起來，他也挺佩服的。

「準備——走！」季芮晨突然拿著手電筒衝向了左邊。

『哇——』病患們果然立刻驚恐四散，不是往左間退去，就是往右間擠，硬是讓通往左邊的門空了下來。

小林一馬當先的往前衝，拿著他的手電筒佐以十字念珠，衝過了門，往左一瞧，果然看見斑駁的樓梯。

只是隔壁病患的數量未免太驚人，別說整間都是，連樓梯上都有在步行的亡靈！

『要逃了，有病患要逃了！』深處傳來大吼聲，『快點抓住他們！』殿後的季芮晨還拿著手電筒在威嚇這邊的亡靈，聽見吼聲，心裡又湧現不安，而再次正首時，聽見了穩當的步伐。

她眼前的亡靈們茫然的退開，從大廳的方向走來一個白衣女人，她頭戴南丁格爾帽，只是她的頭被扭了一百一十度，斷裂的頸骨還從頸項後方穿刺而出，整顆頭像是回首在張望什麼一樣，但身體依然筆直前行。

也因為如此，她看不到前方，就變成相當吃力的以歪嘴斜眼的模樣，試圖往前看個仔細，而短袖下的手臂是一塊又一塊的潰爛坑洞，右手緊握著針筒，針筒上有針。

「護士」對手電筒毫不畏懼，筆直走來。

『囂張的病患，讓我打一針鎮定劑吧！』護士說著，冷不防朝著季芮晨奔了過來。

「哇呀！」她嚇得立刻回身追上團員們，「走啊！上樓啊！」

她的尖叫讓徬徨不決的小林做了決定，他直接衝上樓，不管眼前擋著什麼，都先衝撞開來再說！

所有人一邊大喊著一邊跟著小林跑，這是黑暗中的逃亡，大家只能憑藉著自己手上的光源踏上根本不平坦的石階；護士很快的就來到季芮晨眼前，手電筒無效，她只好拉住頸間的護身符。

心誠則靈心誠則靈！她緊咬著唇，現在不是心誠就好的時候吧！

剎那間，護士冷不防的一把抓住季芮晨的手，高舉的粗大針筒就要刺下——季芮晨咬著牙伸手一揮，擋下了她的動作，再伸腳一踹，就著護士的肚子踹了下去。

護士被踹飛向後，季芮晨旋身跳上階梯。

『病患要逃了，把他們攔下來！』剛剛的大吼聲逼近，季芮晨拿著手電筒往那邊照，看見另一個白袍醫生步履蹣跚的追了上來。

但是他追不上的，季芮晨百分之百肯定，因為那醫生是瘸著的，褲管裡的右腳看起來使不上力，基本上他的左手看起來很瘦弱，可是右手卻拿著手術刀！

「Martarita！Kacper！」她大聲呼救，他們也該出來了吧！

一邊喊一邊往上跳著，下方的亡靈們伸長的手試圖抓住她的腳，未果。

白色的束縛袖此時卻咻地的竄上，二話不說捲住了她的腳，季芮晨整個人被往下拉扯，向右直接要摔了下去。

「小晨！」小林及時伸手抓住了她。

「哇——」季芮晨緊抓住小林的大手，可是她整個人已經翻出了樓梯外，懸在半空中了！

「另一隻手給我！」Bruce 的聲音傳來，從樓梯上下來。

「退後！不要下來！」季芮晨大喊著，「他們的袖子活動自如，會把你拖下去的！」

小林隻手抓住她，跟樓下拽著她的力道抗衡，可是他又怕，是否會因此將小晨撕成兩半？

『別碰她！』瘸腳醫生緊張的喊著，『不許碰她，放開！快點放開！』

咦？季芮晨在錯愕之際，腳踝的力道頓時鬆開，小林感受到下頭的力量消失，一口氣將她拉了上來！她抵著樓梯爬起，沒有時間往樓下看，就被小林半摟半抱著拖走。

醫生放她走了，為什麼？還說不許碰她？這些亡靈現在又知道她的負闇之力了？

「還好嗎？」小林擔憂的問著，緊摟著她。

「我沒事……厲鬼放過我了。」她嚥了口口水，「好像是因為知道我是力量的源頭。」

小林聞言，忍不住緊皺起眉，這根本不是好消息！如果厲鬼知道小晨的負闇之力導致他們擁有力量，好處是厲鬼不會傷害小晨，但壞處就是……他們是否打算「充分」發揮力量？

「以前有這麼理智的亡靈嗎？」

「沒有。」季芮晨搖了搖頭，緊拉住他。「所以我覺得不太對勁……」

他們跌跌撞撞的走上二樓，依然是廢墟一座，Arthur 他們在樓梯口附近等他們，誰也不敢輕舉妄動，二樓沒有亡靈，四周呈現一片靜寂，但是也漆黑得伸手不見五指。

在文明都市裡，就算一棟建築裡失去燈光，還可以靠著路燈或外面的光源照明，但是在這個 Poveglia 上，毫無人煙，沒有電力，外頭大雨傾盆烏雲密佈，甚至連一點星光都不會存在。

這種黑，就像閉著眼睛，什麼也看不見。

「大家靠攏一點……小心注意四周。」小林壓低聲音說著，「我接受過教育訓練，遇上亡靈厲鬼時，聚在一起絕對比落單有利。」

教、教育訓練？每個人都錯愕的望向小林，季芮晨也忍不住笑了起來。「這種事還有教育訓練咧！」

「當然有，我是說真的。」小林一臉嚴肅。

大家都太小看教育訓練的重要了，撞鬼有撞鬼守則，遇上厲鬼也有方式，道具法器咒語一應俱全，瞭解鬼的性質跟訴求，就有機會逃出生天。

只是現在在義大利，平常用的咒語有沒有用不清楚，不過至少他拿了很多天主教宗教的法器來擋擋，至於那些拉丁文的驅魔文他真的不行，要背完全部太艱辛了，很多咒語發音不準還沒效咧！

季芮晨拿著手電筒往前照，幾張椅子錯落倒著，地上到處是瓶子，還有可口可樂，似乎到這兒的探險者也不少？

樓梯上來後，右方是一大片正方形空間，跟樓下格局一樣，前方正中央有扇對開的木門在風中搖搖欲墜，應該是通往下一棟三層樓建築物的門；兩旁各有數間房間，看起來很像診療室，幾乎都已經沒有門了，徒留一個門框，當手電筒的燈掃過時，大家都會下意識的別開眼神，不希望光線照到「什麼」。

季芮晨再小心翼翼的往前一兩步，正前方那通往下一棟建築的門嘎咿作響，雨跟風都從縫隙裡打進。

Arthur拿起相機仔細的照著每一個角落，老實說季芮晨非常佩服他們的「敬業」跟勇氣；小林則再回過身子，留意到當大家上樓後沒有注意到的角落——在樓梯背後還有一間房，那門嘎吱作響，最讓人不快的是，那間房有燈。

「咦？」陳馨心跟著回首時也看到了，整個人嚇得僵硬身子。「那、那邊！」

大家不約而同的回首，Arthur跟Bruce詫異了兩秒後，再度舉起相機，這太驚人了！

雖然燈光非常黯淡且透著微紫，狀似極度疲憊的閃爍著，很像壞掉的燈管在做垂死掙扎，只是這壞得很徹底，每間隔三到五秒才閃爍一次；那間房還有扇半掩的門隨著風在輕晃，咿——歪——咿——歪——的響著，門軸看上去沒有損壞，因為整扇門是端正的，沒有任何傾斜。

光正閃爍著，其實比徹底的黑暗還要令人毛骨悚然，因為……這裡怎麼可能會有燈？

「那、那是什麼？」賴世杰又躲到陳馨心後面去了。

「不知道，別靠近就是了。」季芮晨深吸了一口氣，往後大退一步，大家跟著她退。

小林往樓梯下望，亡靈沒有追上來，這兒又是一片空蕩，不安感油然而生，惡鬼不追、這兒又不逼近，就留間一閃一閃的房間，這絕對是陷阱。

「我們趕緊走吧！」小林走回季芮晨身邊，「這太不對勁了，這麼愛開腦的醫生不可能放我們在這裡閒晃。」

「問題是，」陳馨心顫抖著聲音問，「要走去哪裡？」

欸？季芮晨及小林不由得面面相覷，是啊，能走去哪裡？其他房間都是診療室，唯一的出入口是剛剛逃上來的樓梯，還有眼前那對開木門接著的下一棟建築物。

換言之，他們越往高樓層的建築物走，也就是越接近鐘樓。

叩、叩、叩，突然間，那半掩的房裡傳來鞋跟的聲音，緊接著一抹影子閃過，在大家來不及倒抽一口氣之際，有隻手扳住了門緣，將門往外拉開，並且從裡面走了出來！

「哇啊啊……」陳馨心用碎碎唸的方式低叫著，步步驚退，賴世杰也退得很快，倒是Bruce抵住了他們，再退？就要退到一旁黑暗的診療室了！

走出來的，是個血跡斑斑的護士，她手裡還拿著病歷板，完整的頭顱上方只有一點不完滿，就是齊眉以上的頭蓋骨消失了，只能看見裡頭發黑的腦部組織，而那切口乾淨俐落，就像是鍋蓋被掀起般。

『下一個。』她對著季芮晨看著，『季……季芮晨？』

就算是極不標準的義大利腔發音，連小林都聽得出來那護士在喊誰！他瞠目結舌的望著她，再望向身邊的季芮晨，下意識扣著她肩頭往後。

「我們可沒掛號啊！」他們雙雙後退著，而護士卻筆直朝他們走來。

『輪到妳看病了，醫生在等著呢！』護士用義大利語流利的說著，『快進來吧！』

進去？季芮晨渾身發冷，再白痴也知道進不得啊！

只是眼看著護士直接走來，他們卻只有往後退的地步，唯一的出口，小林回首，只有那扇腐敗的木門了！

對開門推開後有什麼，他也不知道！

Arthur 毫不畏懼的對著鬼護士拍照，深怕沒有機會拍似的狂拍……也對！這種機會並不常有，可是他們快門聲不能調消音嗎？喀嚓喀嚓個不停，護士臉上的假笑都快消失了。

咿——拖曳音冷不防的自他們身後響起，所有人不約而同的打直背，冷汗狂冒，這聲未免太近了，Bruce 完全不敢回頭，根本就在他身後；護士也停下腳步，她殘破的臉色很難看，笑容消失的瞪著 Arthur 跟他的相機看。

陳馨心最先回身，她受不了背對著未知狀況，拿著自己的手機冷光勉強照明，看見的是一張椅子，一張立得好好的椅子。

可是剛剛大家上樓時，椅子是倒在地上的啊！

說時遲那時快，另外一張椅子瞬間離地，她倒抽一口氣的輕哀出聲，這逼得所有人不得不回身，眼睜睜看著一張椅子像是被人扶起一般，從倒地到被扶正，然後前條兩根椅腳高翹，後頭兩根椅腳往後拖曳——咿……就是這個聲音，那椅子拖到了定點，叩的著地，發出令人膽顫心驚的聲響。

小林視線沒有離開過護士，他插在口袋裡的右手，早握著準備好的刀器，隨時準備應變；而另一頭的椅子還沒完，剩下的最後一張單腳旋轉，從左邊轉到右邊，又是挑了個位置落地，這次的感覺像是有人甩掉這張椅子般的使勁大聲。

一邊是鬼護士，一邊是三張……自己會動的椅子，季芮晨等人就剛好被夾在中間，而椅子卻擋去了唯一的出口；的確，只是區區三張椅子，但他們怕的不是那椅子，而是在椅子背後的東西。

『季芮晨，輪到妳看病！』鬼護士忽然開了口，即使語言不通，但還是引起眾人一陣緊張恐懼。

「我沒有掛號，不需要看病。」季芮晨冷冷的回應著，「妳找錯人了。」

『是嗎？就是妳啊，妳有嚴重的恐懼症喔！』護士咯咯笑了起來，黑色的腦部組織像是硬化一樣，並不會隨之晃動。『看看，這是妳的病歷呢，妳現在不正在害怕嗎？』

「我？誰看到妳都會怕吧？」她嚥了口口水，見鬼要不怕，外掛得開很大。

『妳根本不是怕我。』護士笑得非常得意，『妳怕的是下一個死的人是誰。』

什麼？季芮晨頓時瞪圓雙眼，這、這些鬼他們知道！他們不但知道她是負闇之力的來源，而且還知道她在想什麼？

「別回應她！」小林猛然扯過季芮晨，他聽不懂，但是看得出來小晨的臉色變了！「鬼有時會蠱惑人心！」

他將她往懷裡揣，季芮晨埋進他懷裡，這不是蠱惑……他們知道，這裡的亡靈惡鬼們知道些什麼！

遲疑許久的Arthur最終決定拿起相機，對著那三張椅子，按下了錄影鈕——可就在同時，一張椅子突然間高高飛起，重重的砸向另一張椅子！

「哇呀——」Bruce 嚇得再退後，因為被砸爛的椅子斷木直接朝他這邊飛過來！

「……有人。」Arthur 望著自己的螢幕喊了出來，「有人拿著椅子，椅子旁都是人，大家小心！」

說時遲那時快，唯一的那把椅子再度騰空，這一次是朝著 Bruce 衝了過來！

「Bruce！」Arthur 大喝著，Bruce 立刻舉起他的十字架對著椅子，那椅子一秒之內急煞也瞬間轉向，直接衝向陳馨心。

咦咦咦？她驚愕的望著那椅子，背後的力量冷不防的把她往前一推，讓她迎向了那張椅子。

一個人影迅速衝至，一個漂亮的迴旋踢，直接把即將砸下的椅子踢了個粉碎！

「滾！」小林右手扣著一柄不小的十字架，直接朝前方可能有亡者的方向刺去。

左手順勢的拉起差點跌倒的陳馨心，穩住她的身子，再瞪著後面的賴世杰，然後氣忿的將地上的椅子碎片踢走。

哇塞！季芮晨看得是瞠目結舌，她知道小林有在練身體，但不知道身手會俐落到這麼誇張！Bruce 跟 Arthur 也都看傻了，撇開帥氣不說，那動作未免太紮實，不是皮毛功夫而已啊！

可是來不及讚嘆，地上的空瓶空罐連同剛剛碎掉的椅子碎片，突然間又全部騰空飛起，而兩旁漆黑的房間裡，也走出了一個個雙眸發亮的病患們！

糟糕！小林看著眼前懸浮一大片的東西，這要怎麼閃啊！

季芮晨不假思索的往前衝，而身後的護士卻飛快的撲上前，就要扣住她的身子，但不知哪來的白色長袖子啪地打向護士，阻礙了她的攫抓，讓季芮晨從她手裡溜走。

季芮晨一個箭步走到最前面，張開雙臂的擋在大家前方。

「小晨！」小林把陳馨心扔給 Bruce 後，趕忙上前。

「退後！他們不會傷我！」季芮晨對著空中大喊著，「你們不要太超過，放下！」

剎那間，所有的物體從季芮晨眼前掉落於地，彷彿真的聽從她的命令似的，Arthur 詫異至極，不過兩旁湧出的病患們卻沒有停下腳步，嘴裡喃喃唸著：『開刀，該開刀了。』

「走啊！」小林忽然動了起來，抓過季芮晨筆直往前狂奔。

走？小林緊抓著她衝向那扇對開門，往長廊那邊奔跑，一腳踹開了搖搖欲墜的對開門，抓過季芮晨手上的手電筒照著前方，這是一段大約五公尺長的走廊，的確接到下一棟建築物。

「哇啊！放開我放開我！」陳馨心被病患們拉住向後扯退，Bruce 緊抓著她的手，Arthur 立刻上前抓住她的身體。

賴世杰早就跑到季芮晨身後了，他沒有性命管別人的事啊！

季芮晨看著慌張，急欲往前幫忙，但卻看見有個人筆直的衝向陳馨心……身後的那位病患，直接把對方撞開，鬆開了陳馨心。

她被 Bruce 拉了就走，驚恐的回首，不明白發生什麼事。

「走啊！」對方抬頭大喊著，「快點往前跑！」

咦？Bruce 僵在原地，Arthur 張大了嘴，季芮晨簡直不敢相信自己親眼所見，小林趕緊拿著手電筒再直接往他這邊照過去，看見的是沒有左臂的男人，那血淋淋斷口駭人非常！

「汪永錫？」季芮晨失聲喊了出來。

「走啊！」汪永錫狂吼著，用身體一路衝撞著所有死靈。「小林，小心你旁邊，用手電筒嚇他們！」

賴世杰聞言立刻往旁邊看，看見額上有刀疤的病患朝他撲來，他嚇得拿手機照向對方，手機卻在瞬間被使勁掃掉，被抓住了手；小林滑步而至，病患一見到他手上的手電筒即刻驚恐鬆手後退。

又是這樣？他們到底怕光不怕光？怕光的話，賴先生的手機也會亮卻被掃掉了，但是卻畏懼他手上這支小小手電筒？

「快走！」汪永錫又衝至，把撲上前的病患亡靈給撞開。「找路離開這棟建築物，離開精神病院！」

季芮晨顫抖著，她望著汪永錫，眼淚忍不住盈眶，陳馨心看得直發抖，卻意圖往前，伸手向著他。

「汪老師，跟我們一起走，我先幫你止血！」陳馨心抓了空隙要往前，拉過汪永錫。

但是 Arthur 更快，他扯回了她。

「走了！」季芮晨抹去滑下的淚水，定定的看著汪永錫。「老師，請跟上。」

汪永錫抽著嘴角一笑，像是一種笑謔，又像是無奈，但是季芮晨別過頭去，伸出的手立刻被小林緊握，他歸還了那支手電筒，交到她的手上。

走廊很短，但這樣映照過去卻深且黑，後面嘔啞嘈雜的聲音響著，已經沒有時間再猶豫，汪老師不可能擋得了全部。

『開刀！病患得開刀啊！』

『你們每個人都有病，誰都別想逃！季芮晨！』鬼護士在後面咆哮著，『妳覺得下一個因妳而死的人會是誰啊！哈哈哈哈哈！』

小林使勁拉動了季芮晨，往走廊上奔去。

賴世杰緊跟在後，Bruce 與 Arthur 並肩而行，手上的十字架沒有離過手，戒慎恐懼的一邊往前跑一邊回身。

『混帳！不開刀怎麼行啊！你這新來的蠢蛋！』病患瘋狂的瞪著汪永錫，掐住他的頸子。

『把他頭拆下來，腦子重新攪過一次好了！』

『進來我們醫院的人，都希望可以被醫好啊，怎麼可以就這樣出去！』

『那邊有C棟的人會處理！』鬼護士一臉惋惜，『好可惜，我真想跟刀……』

病患們氣急敗壞的蜂擁而至，壓制了汪永錫，隨著季芮晨他們的遠去，光源消失，所以看不見漫天的血珠。

Arthur推著陳馨心往前，她還不懂，為什麼大家要阻止她幫汪老師止血？為什麼把她推離這兒？

因為她不知道，那個汪永錫，已經不是人了。

※　※　※

踏進走廊裡，兩旁失去窗子的孔洞吹進了大量的風雨，根本連閃躲都沒辦法，而外頭傳來可怕的慘叫聲，此時此刻且不絕於耳。

季芮晨拉住小林不讓他不顧一切的往前衝，而是謹慎的靠近窗邊，她不明白這叫聲是哪兒來的？Arthur適時遞上大型手電筒往下照，看見的是密密麻麻的萬頭攢動，無以計數的人包圍住整間醫院，狂吼著、咆哮著。

『放我進去！你們這些無良的醫生！』人們敲打著磚牆、一簇簇火燄突然燃起，又突然熄滅。

季芮晨蹙起眉，這醫院縫隙這麼多，外面這票死靈進不來嗎？

「他們在喊些什麼？」小林看見的是黑暗的大地中，有許多人在晃動、怒吼，而時有橘燄的火光閃爍又熄滅。

「放我進去。」季芮晨幽幽說著，「他們進不了這棟建築物，是醫生的關係嗎？」

「外面這樣慘烈，為什麼汪永錫要我們找路出去？」賴世杰對這點萬分不解，「還有，那個汪永錫沒有手你們有看見嗎？」

「是啊，他會流血過多的，為什麼……」陳馨心還在擔心，回身看著黑暗的彼端。「為什麼不救走他？」

季芮晨皺著眉不忍，小林倒是很乾脆的上前。「妳的心意他知道的，但是他已經死了。」

陳馨心瞪圓雙眸，腦袋一片空白，「死？可是他剛剛……」剛剛才衝出來幫他們啊！

「妳蠢啊，那些醫生護士不也都早就死多久了，也動來動去啊！」賴世杰打了個寒顫，「可是那個汪老師不是在威尼斯嗎？」

季芮晨深吸了一口氣，看著手上的錶，這果然是汪永錫的，唯一能過來的船班就是來接他們的那班！他來了，在大家抵達前可能因大雨而離開，直覺想找個屋子避雨，最直接的就是……進入了這棟精神病院。

一個平常人進來這厲鬼遍佈的醫院，又碰上自以為醫術高明的瘋狂醫生，季芮晨不敢想像汪永錫遭遇到了什麼，而且剛剛光線昏暗不明，她看不清楚，他額上有沒有傷口她不知道，但確定的是有隻手不見了。

為什麼？為什麼選擇砍下汪永錫的手？她希望是死後才傷害的，但按照那位瘋狂醫生的治療方式，只怕沒這麼容易。

「那個……汪老師死了？」陳馨心相當震驚，「他、他……」她根本說不上話，回身望著平靜的門內，汪老師是什麼時候來的？什麼時候出事？他們根本沒遇上他啊！

Arthur 靜靜的低垂著頭，Bruce 只是上來輕拍他的肩，他們兩個交換著眼神，有些複雜、看似有些隱情，這些小林都注意到了，但是一時也沒想太多。

「走了。」他催促著，「沒有人能保證那邊什麼時候會衝出誰！汪永錫的事，我們等會兒再想。」

「我在擔心不只他過來，會不會還有別人？」季芮晨憂心忡忡。

「擔心是沒有用的。」小林搖了搖頭，「我們現在都是泥菩薩過江了，什麼事都只能自求多福。」

事實上，如果可以的話，他會選擇只保護小晨一個人，而不是拖了這一大群……有只在乎自己生死又不想多出一份力的賴世杰，有一直挑戰厲鬼忍耐限度的記者、以及根本什麼都不會的護士。

多一個，都是累贅。

但是他明白這是季芮晨的工作責任感，到 Poveglia 原本就是為了讓團員平安，現在也只能這樣走下去。

大家往前戰戰兢兢的走著，平靜之後的步伐變得相當緩慢，果然後面有危機時大家才會漫無目的地亂衝；陳馨心拿著手機的手還在發抖，Arthur 不放棄的對著窗外下面的黑死病死靈拍了好幾張照，Bruce 當然負責照明。

「喂，你不要一直推我！」陳馨心回首瞪著賴世杰，他一直躲在她身後，死命抓著她的外套，走路時、逃命時都是。

還有，剛剛有厲鬼要攻擊她時，賴世杰居然把她推向前方，她知道的，背後那股力道不會錯。

「我哪有推妳？」身後的賴世杰還不悅的說著，「這裡很黑，我步伐會不穩啊！妳不知道我上了年紀了嗎？」

「知道啦！我手機的光不強，你走路小心一點。」陳馨心咬了唇，手機的手電筒是內建的，當機後根本不能用！「嫌暗的話拿你的手機啊！」

「我的……我的手機剛剛被打掉了！」賴世杰想起來又是一陣恐懼，「不是說他們怕光嗎？可是他們完全不怕我的光啊！」

咦？小林也聽見了，他剛剛也留意到了，Bruce 是拿著手電筒，但是亡靈怕的是他握在一起，那經過加持的十字架；因為他剛剛拿著超大手電筒，亡靈卻沒有像懼怕小晨那樣的退縮。

怪了，跟誰拿手電筒有關嗎？

「啊……」陳馨心從後凝視著季芮晨手上的手電筒，突然有所想法，該不會……來不及說下去，前方的門忽然砰的一聲朝兩旁大開，所有人都煞住了腳步。

一盞又一盞的燭光從裡頭出現，有身影搖搖晃晃的走出來了，又是白色的及地長袖，沒有咆哮沒有追趕，只是朝著他們搖搖晃晃的前進；季芮晨立刻回首，想著往回逃是不是一件明智的事。

『史地醫生在等你們看診。』病患口齒不清的說著。

人數不多，小林算著距離與空隙，回首瞥了Arthur一眼，Arthur狐疑的蹙眉，但旋即啊了一聲。

他一頷首，小林抓過季芮晨立刻往前奔，Arthur推了陳馨心一把大喊著跑，然後他們全部跟著小林身後狂奔；病患是分散狀的走來，所以小林鑽過他們身邊的縫隙，在他們轉身想要拉住小林時，Arthur則從另一邊鑽入，陳馨心被賴世杰扯得動作不流利，可是還是閃過了亡者。

每個亡者只是回首看著他們奔離，卻沒有任何追逐動作，季芮晨不解的回頭看著亡靈們，他們根本沒有動作——「停停停！不要跑了！」

她大喊著，但是他們已經進入了下一道門，那三層樓的建築。

青金色的光點如同黑夜中的點點星光，在室內微微晃動，遺憾的是那都是亡者們的雙眸，不是浪漫的星星，這裡塞滿了大量的病患，可是他們卻呈現ㄇ字形的站立，空出了中間的地方，正是小林他們跑進的地點。

亡靈們毫無動作，無神的眼不停的喃喃自語，幾個醫生跟護士拿著短殘的蠟燭，勉強照亮這依然昏暗不明的地方。

這裡至少有十坪大，正前方有張桌子，桌前坐著所謂醫術相當高明的史地。

要在這裡開刀嗎？小林左顧右盼，沒有看見一張像是手術床的東西啊！

『簡單的診療，來判定你們得了什麼樣的病跟怎麼治療！』史地堆滿笑容，『第一個。』

他現在沒有套著白袍，所以季芮晨可以看見他的右手肘全是歪七扭八的縫線痕跡，粗黑線將他的斷肢接起，季芮晨得意的一笑，那是被 Kacper 斬斷的手！

「哇——」幾個亡者冷不防從後把 Bruce 推向前，直接被扯到史地面前，小林同時壓住季芮晨。

「以靜制動啊！」他低聲說著，在厲鬼面前，多餘的動作只會帶來麻煩！「妳忍忍。」

「可是……」

『我看看……』史地繞出了桌子，Bruce 雙手被噁心的亡者架住，那兩個亡者連頭都不完整。『你有加害妄想症。』

「什麼？放開我！」他驚恐的用腳踹向史地，史地也只是向後撞到了桌子，然後勾勾指頭，兩個沒有雙腳的亡者爬過來，緊緊抱住了 Bruce 的雙膝。「啊啊——」

「他聽不懂你的語言。」季芮晨忽然一步上前，「我來翻譯……」

史地點了點頭，來回踱步，手上像是轉著筆，小林小心翼翼的觀察，他指間轉的可是手術刀啊！季芮晨向 Bruce 翻譯了鬼醫生說的話，同時間刻意問他那個有力量的十字架在哪裡？

Bruce 嚥了口口水，眼尾往後，剛剛被推撞抓住的瞬間，十字架掉了地；季芮晨裝作若無其事的往 Arthur 身邊看去，那兒的確有一塊空地，亡靈們未敢接近。

Arthur 居然沒注意到夥伴掉了東西，還在那兒吃驚的望著這一切。

『他因為這種病，加害於人，我看看……』史地邊說，那像木乃伊的手直接扣住 Bruce 的頭，他恐懼的大喊著。『嗯，果然，有很多犧牲者啊。』

「哇啊啊啊！」Bruce 歇斯底里的大喊著，這個鬼的手罩住他的頭了，好噁心好冰冷！

季芮晨咬著唇忽然揮掉史地的手，這個動作引來一片亡靈的詫異之聲，小林擰著眉趁機移動，他注意到小晨剛剛的眼神，落在 Arthur 身邊。

「他沒有害過誰！」

『妳又知道了？誰才是醫生？』史地很生氣，但是他卻也真的沒有對季芮晨動手。

『他……們，害了不少人呢！』

說到「們」時，史地指向 Arthur。

咦？季芮晨詫異的看向 Arthur，也注意到移動的小林。

『你們害了一位老師吧？』史地彈指，一個東西被扔了出來。

季芮晨嚇得摀住嘴巴向後大跳一步，那個東西差點砸到她，可是定神一瞧——是個人，他缺了一隻臂膀，而頭顱幾乎離開了脖子，只靠頸部一小段肌肉與骨頭撐著，搖來晃去。

「汪老師！」陳馨心一眼就認出來了，她驚慌的趨前，卻被賴世杰一把往後拉。「你幹嘛！」

「這是我要問妳的，妳幹嘛送死啊！」賴世杰緊抓著她。

她只是……陳馨心看向汪永錫，季芮晨正吃力的將他扶起，他看起來很痛苦，她小心翼翼用發顫的手扶住他的頭，這個角度，可以看見骨頭、肌肉，跟鮮血淋漓的血管……她難受的別過頭，反胃感湧上。

「我來。」陳馨心還是掙開了賴世杰，大膽的以蹲姿溜到了季芮晨身邊，接手汪永錫的頭。

撕裂斷口，剛剛還好好的人是被撕扯，陳馨心一邊觀察著肩上的斷口，她不明白為什麼鬼會呈現死亡時的樣子，但是這保存了所有的傷口……汪永錫的手臂不是手術刀的傑作，那是小齒狀的鋸痕，連骨頭上都有紋路，好像是被鋸下的。

鋸下？天哪，汪老師進入這裡，被鬼鋸下手嗎？

『這個就是可憐的犧牲者，加害妄想症的病患傷害了他。』史地說得理所當然，對著 Bruce。『針對你的攻擊行為，證明你有病。』

季芮晨逐字口譯後，不解的看著汪永錫。「汪老師？這是怎麼回事？」

Bruce的掙扎也停了，他蒼白著臉色、微微發顫，俯視著坐在地上不發一語的汪永錫，相當的僵硬。

「不會吧？」季芮晨緩緩站了起來，並且轉過身看著Arthur。「你們跟汪老師認識？」

「我們……」Bruce支吾其詞，他已經明白史地所言，全身抖個不停。

『不認識。』汪永錫搖了搖頭，『我其實並不認識他們。』

『對！都不認識，卻可以下這麼重的毒手！嘻哈哈！』史地舉高了雙臂，『你們說，他是不是有病！』

『對！有病！有病——』亡者們高聲齊呼著，提到別人有病時，他們雙眼都會迸出一種興奮狀態。『治療！治療！』

「汪老師？」這究竟怎麼回事？

陳馨心大膽的扶著汪永錫起來，即使知道他是鬼，看著他模樣嚇人，可是她卻意外的不怕他……或許，因為這曾是認識的人吧？

『但他們真的害了我……』他用被抓爛的臉望著Bruce，帶著無奈與絕望。『誣衊我並毀掉我的人生。』

Arthur跟Bruce在瞬間刷白了臉色，他們既驚又懼的望向汪永錫，眼神閃爍徬徨。

汪永錫低下頭，選擇轉身離開。

「為什麼會知道……」Bruce喉頭緊窒，「你什麼時候發現的？」

汪永錫幽幽回首，他的臉逐漸的復原，苦笑著。『死了之後……』

四周圍的亡者高喊著治療治療，不知道在心急些什麼，小林則是將四周圍都掃過一遍，除了剛剛進來的門之外，他們只剩下右前方一點鐘方向的一道窄門。

那真的很小，恐怕只能容納一人經過，看起來他可能還得彎腰才得通行。

在這之前，當然得閃過這票病患，他們會怕 Bruce 的十字架、他的匕首、小晨的手電筒，還有小晨本人。

才在觀察，身邊忽然掠過一名護士，他防備的閃開，那護士瞥了他一眼，老實說她雖然是側面，卻彷彿正面瞧她一樣，因為她的臉鼻樑中間被切開，並掰到兩邊，因此幾乎與小林對上眼神。

她巧妙的繞過了地上的十字架，手裡捧著一個覆蓋著髒汙白布的托盤往前。

「放——放開！」Bruce 驚恐的扭動身子，一注意到護士逼近，連季芮晨都警戒起來，她想要扳開制住 Bruce 的亡者，卻無能為力！

「汪老師！」季芮晨朝著汪永錫喊著，「能幫忙嗎？」

汪永錫停下腳步，幽幽的回首。『不知道……但他們毀了我的生活。』

「不……不是刻意的！」Bruce 緊張的解釋，「我們只是……為了維持新聞熱度而已！」

「所以就把事實隱藏了？」汪永錫瞪著他，「刻意隱瞞母親當年是怎麼對我們的，卻指責我如何不孝……」

「這是新聞必要，我們的確是過火了，可是……」Arthur緊張的趨前，「這是大眾期待的新聞話題，我們沒有造假，我們只是避重就輕……」

『但是這卻害死我了！』汪永錫痛苦的蹙起眉，『你們這些新聞從業人員從來沒有考慮過你們寫出來的東西，會傷害到人嗎？毀掉一個人的未來很快樂嗎？很得意嗎？』

『嘻哈哈哈哈！所以他們有病！』史地忽然尖笑出聲，一把掀開托盤上那沾滿血跡的白布。『偉大的醫生來治療你了！』

布掀了開，在季芮晨面前的，是一整盤的兇器，除了手術刀外，她看見的是短鋸子、螺絲起子跟鐵鎚，這是一般手術會用到的嗎？

「出口在前面——」小林忽然暴吼一聲，拾起地上Bruce的十字架，朝著身邊的死靈而去，亡者們驚恐的閃躲，造成了騷動！

Arthur見狀直接衝上前，將護士推開，那被剖開臉的護士直接撞上前面的桌子，托盤飛了起來，裡面的東西瞬間四散！

季芮晨見機果斷的拿出自己的手電筒，那詭異的、唯一讓亡者病患們恐懼的光源，照向Bruce的身邊，果不其然，病患們立刻發出慘叫，雙手掩面嚇得步步後退、踉蹌倒地。

剛剛被推倒的護士咆哮著，正面看她的臉實在很可怕，除了一團血肉模糊之外真的什麼都沒有！

「借過！」陳馨心一把推開那個張牙舞爪的護士，右手拿著剛剛在地上撿起的手術刀，直接插進她的裂口處。「小晨，走了！」

季芮晨跟著往前，遺憾的是手電筒只對病患有用，對醫生護士毫無作用，那些奇形怪狀的醫生們紛紛湧上，盡全力的抓住他們！

在慌亂中，小林把圍巾留給他們了，季芮晨扔了外套，幾乎是鬼抓到什麼，他們就扔下什麼，不能浪費時間在搶東西！

『你們未免太不尊重醫生了！』史地跳上桌子在後面狂笑著，『嘻——嘻嘻哈哈哈——』

就在這瞬間，原本跑在季芮晨左方的 Bruce 忽然咻地消失，眨眼間被往後拖去。

「Bruce！」季芮晨左手往後卻沒拉住！

患者用約束衣上的袖子層層捲住 Bruce 的雙腿跟身子，直接往後拖去，季芮晨回過身子，看見的是在桌上又叫又笑又跳的史地，他披上了滿是鮮血痕跡的白色袍子，手裡高舉著鋸子在揮舞！

『我會讓你們刮目相看的！我會治好你的加害精神病！』史地狂妄的大笑，『以後你就不會再害人了！』

「Bruce……」季芮晨回身尋找小林，搶下他手上的十字架。「十字念珠會有用嗎？聖經……」

「別去！」小林趁機扣住她的身子，「現在去也來不及的！」

「來——」季芮晨掙扎著，可是小林緊扣著她的腰際不讓她走。

原本追著他們的醫生、護士或是病患們此時都聚集到史地周邊去，他們像是興奮於這一場手術般，興奮的拍手、歡呼著，嘴裡不停的喊著：『治療吧！治療……』

『這位先生，被診斷出有精神病了！』史地高舉著鋸子，『現在我們就來治好他！』

『有病！有病……他一定有病！』下面的人喊著。

「不——放開我！放開我！」Bruce狂亂的掙扎著，「我不是精神病！我沒有！汪永錫！幫幫我！」

在人群中的汪永錫只是看著。

喊吧，叫吧，就算聲嘶力竭的想證明自己沒病，也不會有人相信。

就跟他一樣，不管如何的想證明自己跟母親之間的問題，也沒有人相信。

每個人都認定他是個不孝順的兒子，卻沒有人知道母親從小就拋棄他們，為了吸毒無所不用其極，他們打工的錢都來不及供應她的毒品，該是正常的人生因此被犧牲……當他毅然決然決定脫離這樣的家庭後，憑藉著努力擁有正常的人生時，母親卻跑來找他要錢，她要買毒，並羞辱了他的髮妻。

所以他塞給她三十萬，恐懼於她介入他的生活，她的狠毒、她的失控與她的毒品；然後，在他一帆風順之際，母親卻再度出現，控訴了他的棄養。

不會有人去探討背後的原因，也沒有人願意瞭解他們的童年，母親從未養育他們，為什麼記者能責備他不反哺呢？究竟該要反哺什麼呢？

他經歷過多少沒有飯吃的日子，他五歲時就曾被餵食毒品而差點喪命，他沒有錯，他能當上老師付出了多少心力，擁有現在的人生是經過拚命的努力的。

他的人生裡，真的沒有母親啊！

因為繼承爺爺的一塊地，母親再度出現，她病入膏肓，還想著毒品，但是沒有任何一個記者去報導這塊，他寄去的詳細自白書，也沒有刊登出來。

雜誌上的報導長達十頁，洋洋灑灑的批判他。

他不該有錯，但是世人不相信；他們沒有病，但是惡鬼們說他們有，他們就應該有。

史地開始哼起歌來，跳著舞般，手持短鋸衝向了 Bruce，毫不猶豫的一刀就鋸了下去。

「哇啊——哇啊——」Bruce 慘叫聲傳來，更多的亡靈壓住他的身子，而史地則是使勁的，用力的，具節奏般的持續鋸著他的頭蓋骨。

病患們一起笑著，歡呼著，他們簇擁而上，遮去了季芮晨等人的視線。

「不不……他才沒病！」Arthur 心痛的高喊著，「怎麼可以這樣！」

一道白袖飄過，那是幾個行動緩慢……或者是對前頭屠殺毫無感覺的病患們，他們發光的眸子裡帶著幾許理智，雙手拍著沒有誠意的掌聲，冷冷的看著 Arthur。

『當初，我們也這樣喊過。』他們幽幽側身，往前頭那飛濺著紅色血珠的地方走去。『沒有人信……不會有人信的。』

小林詫異的看著那些亡靈，他們是留有理智，卻沒有超生的靈魂嗎？正是當初被陷害入院的正常人們，可是並沒有懷抱著不甘與怨恨？

「為什麼你們不離開？」小林突然問了，「如果沒有執念，不該會留在這裡。」

最後頭的一位老者搖了搖頭，『走不了……有醫生在，誰都走不了……』

老者額上有著三道刀痕，小林看過那種手術方式，一柄似鐵鎚的物品，只是鎚子的部分改成刀片，在額上固定的位置敲三下，利刃穿過頭骨、破壞額葉，是早期的一種額葉切除術，這裡有許多亡者有這樣的三個刀痕，可能是史地還算正常時做的。

「被束縛住了，又因為一個瘋子……」季芮晨緊握著拳，看著微弱燭光被鮮血染紅。

「哇啊啊——啊啊啊——啊啊啊啊——」Bruce 的淒厲叫聲間歇性的傳來，在沒有任何麻醉的情況下被開腦，史地看似瘋狂，卻有效率且精準的沿著 Bruce 的頭蓋骨切了一圈。

『看！這是最先進的治療！』史地大喝一聲，圍著的病患宛如摩西過紅海般的朝兩旁讓開，刻意給季芮晨看清楚的機會。

臉部正中央還插著手術刀的護士，狀似愉悅的從地上拾起扁平鑽子跟鐵鎚，遞給了史地，這可能是前面那棟護士惋惜的「跟刀」。

史地刻意用優雅曼妙的姿勢，將扁平鑽插進鋸開的頭骨縫隙裡，用鐵鎚使勁一敲，頭蓋骨啵的撬起時，Bruce 的身子癱軟了。

史地靈巧的以雙手拿起圓蓋骨頭，那就像剛剛看見的護士一樣，血紅的腦子就在下方，軟嫩綿密，血管佈滿腦部組織，正噗通噗通的起伏跳著；他戲謔的握著頭蓋骨朝季芮晨他們敬禮，彷彿他手裡真的拿著頂帽子。

史地再換了把手術刀，指向了額葉的部分。『這裡切掉就好了，大家都會恢復正常……你們也是。』

我們？季芮晨瞠目結舌看著這一切，眼睜睜看著刀子刺進了 Bruce 的大腦裡，那瞬間椎心刺骨的痛楚讓 Bruce 瞬間睜眼，跳動了身子！

「哇啊——」這突如其來的掙扎讓史地失了準頭，手術刀啪地從 Bruce 的 腦子中央剖了過去！

Bruce 瞪大了血紅的雙眼，就這麼瞪著史地，史地的刀子剛把 Bruce 的腦切成兩半，惱羞成怒的咆哮大吼。

『居然敢破壞我的手術！』史地發狂般的拿著手術刀，攪爛 Bruce 的腦子。『神精錯亂、你精神病！』

「哇呀——」陳馨心失聲尖叫，那個鬼醫生在幹什麼！他把 Bruce 的腦子給搗爛了啊！

小林發現自己的手在顫抖，指尖發冷。「別、別再看了，等他幫 Bruce 開完刀，接下來就是我們了！」

剛剛史地才說過，「他們」也得恢復正常！

「對！走了！」季芮晨回過神來，拉過陳馨心。「Arthur！」

Arthur 不知何時，發顫的手拿著相機，正錄著 Bruce 死前的一切，聽聞叫喚後，還將模式從錄影調回拍攝，硬是喀嚓的拍了好幾張！

「夠了！」小林忍無可忍的衝過來，撥掉他的相機。「不要再拍了！拍著同伴的死狀刊出來，你很得意嗎？」

Arthur 蒼白的臉色望著小林，這麼近，小林才發現他掛著淚痕。「Bruce 會……他會希望我拍下這一切的。」

這是他們的錯，Bruce 承受了這一切，他已經不認為自己可以逃過這一劫，如果下一個是他，他坦然接受，但至少要留下紀錄，此行的目的。

小林不再說話，只是扳動他的身子，往後面推去。

Bruce 的聲音消失了，只剩下史地的忿怒咆哮聲、雨聲、風聲，以及外面黑死病亡者偶爾的尖叫聲與怒吼。

季芮晨殿後，看著大家通過窄門，望了前頭那群死靈，騰騰殺氣湧現，從汪永錫開始見血，就讓這群鬼步向瘋狂；汪永錫默默的站在病患群裡，無喜無悲，彷彿也知道有人在注視著他一般，轉過頭來，凝視著她。

然後，他下巴往前一比，像是在說：快走吧！

小林回頭喚著季芮晨，她抹去難過的淚水往窄門而去，汪永錫目送著他們離去的同時，啪嘰聲響，他的臉開始龜裂，從眼角到嘴角全數裂開，成了數塊物體掉落了地。

那是張面具，汪永錫重新昂起頭，其實面具下還是他的臉，不一樣的是，他的額頭上有三個刀痕。

他已去過鐘樓，他們也該去了。

第九章

通過窄門後，連接的是更小的方間，恐怕只有兩坪大小，只是進入下一個房間通道，因為很擠，所以來不及仔細觀察，最前頭的陳馨心已經因為慌張就先穿過下一道門。

大家幾乎小跑步的持續往前，但很快地就發現居然走在細窄的廊道中，兩旁都是石牆，寬度僅供一人通過的狹窄，簡直像是密道的一種。

「醫院怎麼會有這種地方？」小林往上瞧，這也太不對勁了！

地上還有不少垃圾廢棄物，走路時得非常小心才不會絆到腳，陳馨心手機冷光有限，也只能勉強照明自己前方三十公分的區域而已，手撫著石牆，是以防中間有任何出口而錯失。

「我看不到終點！」陳馨心不安的緩下腳步，「我們應該要再走下去嗎？」

她身後依然是賴世杰，驚恐的回首看著 Arthur。「沒有路，回頭回頭！」

Arthur 身後的季芮晨點頭，他們必須走回去，小林立刻回身，只是連踏出第一步都沒有，就聽見了鞋跟的足音，噠噠前往，後面襯著熟悉的沙沙拖曳聲……

『下一個！』女人的聲音尖笑著，『下一個患者準備診療！』

窄道裡每個人都屏氣凝神，聽著腳步聲進入了窄道，連一聲號令都不必，陳馨心馬上放棄回頭的打算，直接往前奔跑！

季芮晨也飛快的再轉回去，大家不顧一切的拔腿狂奔，手上的手電筒晃來晃去，人影在牆上拉得又細又長。

足音越來越近，小林知道他身後跟了一堆人，走在最前面的是護士跟醫生，他們不疾不徐，只是穩步跟上，彷彿知道他們個個都是甕中之鱉。

『下一位！不該讓醫生久等喔！患者還有好多呢！嘻嘻……』森幽的聲音喊著，在密閉的廊道中迴盪。

「跑快一點！」小林大喊著，他回首，可以清楚的看見最前面那個頭骨自中間剖開的護士，血紅的缺口裡還插著陳馨心剛剛奉送的手術刀。

最前頭的陳馨心腿都軟了，又驚又懼加歇斯底里的自言自語，幾乎是語無倫次的嚷著為什麼會有這種事？這一定是惡夢等等的話語，一直到她的手臂掠過了絕對稱不上平坦的牆面。

咦？她不敢看，因為她覺得手臂剛剛好像是碰到人的鼻尖似的！

嗚……她才不要停下來，說不定牆壁上會冒出什麼，會……啪！陳馨心趨前的身子被猛然向後扯拉，她整個人煞住又被往後扯，撞上了緊跟在後的賴世杰！

「哇啊！」賴世杰嚇得大叫，身後的 Arthur 趕緊伸手抵住牆，擋下絕對會因煞車不及而撞上的季芮晨。

她果然撞上，撫著鼻子。「唔……怎麼了！」

怎麼了？小林驚愕的看著前方的石牆上，曾幾何時竄出一隻手，正緊緊握著陳馨心的手腕！

而且……小林眼尾往旁邊瞧著，立刻打掉Arthur撫著牆面的手，難道大家不會往旁邊看一下嗎？

滿滿的牆上，彷彿鑲滿了面具，一張又一張活靈活現的面具，它們有著五官，有會動的眼睛，還有會笑的嘴。

『去哪裡啊？嘻嘻……病患就要接受治療的！』牆上的人紛紛往他們這兒看來，『只要進了這裡，每個人都是有病的！』

『沒有人可以逃得出去，不允許……醫生不會讓任何人離開的！』尖銳的笑聲在廊道裡產生刺耳回音，小林不得不摀住耳朵。

陳馨心身後的賴世杰立刻鬆開總是緊抓的手，驚恐的原地轉了三百六十度，看著滿牆的人臉，急著想往Arthur這邊奔來，可是……另一面牆上倏地竄出另一隻手，扯住了他的外套。

『想去哪裡啊？』牆上又浮出另一張人臉，『親愛的？』

親、親愛的？賴世杰驚異的側首望了過去，牆上浮出的一張臉雖然與石牆融為一體、但是他認得的、他該認得的！

「阿玉？」

什麼？季芮晨以為自己聽錯了，但下一秒兩隻手忽然使勁把陳馨心跟賴世杰都往旁邊推了過去，Arthur原本以為他們會撞上石牆……大家都這麼認為，如果那石牆沒有打開的話。

石牆藏有暗門，陳馨心被甩上撞擊後直接消失，下一個是賴世杰，也這麼撞了進去！

「哇呀——」陳馨心的尖叫聲漸而消失，取而代之的是不止的笑聲。

『醫生在等你們了。』牆上的人臉們狂笑著，嘔啞嘈雜，此起彼落！

「走啊！」季芮晨使勁推了Arthur的背，「手不要碰到牆上，拿著這個！」

她把Bruce的十字架塞給Arthur，他強忍著崩潰的心，邁開步伐的穿過一張又一張的臉，筆直的往前跑；季芮晨奔到陳馨心消失的那面牆時，大膽的用手推了幾下，那裡的確有扇門，但是現在無論如何都推不開了……他們怎麼可能會讓她推開呢？

小林頻頻回首望著越來越近，那些面目全非又拿著針筒的護士，一邊試著搜索包包裡的東西，既然這麼窄，一定有辦法阻止他們前進。

手裡抓到他一直仰賴的佛像，他如果虔誠，即使在異域，他也該相信神佛的力量！心隨意動，他抓出佛像，大膽的停下腳步，轉身將小佛像給擱上地，盯著正走來的邪惡護士，他開始唸出他早背得滾瓜爛熟的基本咒語。

「小林？小林！」季芮晨感覺到身後沒了腳步聲，慌張的回身。「你在幹嘛！走啊！」

「試試……」他熟稔的打著結印，緩緩站起身。

不管有沒有效，總是要試試，但他沒有站在這邊等結果的勇氣，立刻旋身追上季芮晨，繼續在不見終點的密道中逃命。

『嘎——』

後方傳來慘叫，沒有人知道發生什麼事，沒有人有空回首，但是季芮晨卻可以發現笑聲消失了，小林注意到足音漸歇，然後……然後正前方，冷不防的站了一個人影。

「Arthur！站住！」季芮晨伸手拽住Arthur的衣服。

Arthur差點往後摔成四腳朝天，但還是勉強的穩住重心，卻不解為什麼被拽住，直到看到遠處那瘦小的人影，對方穿著約束衣，雙手自然垂下。

小林這時才有空探視後方，黑暗的窄道中，牆上沒有面具，老實說，護士的足音跟那些沙沙聲響都不見了……是佛像的緣故嗎？可是如果真有用，那現在擋住他們去向的又是什麼？

『穿過我。』那模糊不清的身影說著，『不穿過我，你們永遠出不去。』

「咦？」季芮晨完全呆愣，是那個一直幫助他們的少年！

『不會害妳的，快點穿過我！』對方焦急的喊著，『牆是騙人的，你們直接穿過就是了！』

「他說什麼？」Arthur問著，因為那個亡者動作很激動。

「他要我們穿過他，否則會一直在這條密道中跑不出去。」季芮晨緊皺著眉，「我不知道他是誰？我也不能確定真假……」

「鬼打牆嗎？」小林狐疑的環顧著，「這裡長得都一樣，窄道、石牆，說不定我們根本在繞圓。

「穿過去？」Arthur 指著前方，因為那亡者站在微向右彎的彎道上，他後方的確是牆。

「這又不是在演哈利波特！」

「我打頭陣。」季芮晨往前鑽了，「跟我保持距離，萬一我沒穿過才不會撞在一起。」

「我跑前面吧！」小林連忙又要阻止。

「小林。」她口吻有點嚴肅，不高興的瞪了他一眼。

唉，是是是，反正有什麼事她是 Lucky Girl，死不了嘛？問題自從子夜過後，她身邊跟著那一大群亡靈都沒有出現啊！

『快點！穿過我就是了！』對方慌亂的說著。

「我以為在這裡的病患都被洗腦了。」季芮晨深吸一口氣，問著亡者。

亡者沉默了幾秒，用一種悲傷的聲調回應著。『我沒有被治療過……』

咦？季芮晨舉高手電筒，試圖想看看那亡者的頭顱，是否有什麼切割開的傷痕，但是她看不清楚，她只看見那亡者下意識的別開了頭，像是在閃躲她的探視似的。

她跨出了第一步，開始奔跑，專心的只想看到那亡者究竟是誰，他已經幫了他們好幾次，至少讓她知道他是誰啊！

牆就在眼前，季芮晨睜大了眼，正要看清楚亡靈——亡者忽然伸出手，助她一臂之力，將之推向了牆。

季芮晨真的穿過了石牆，踉踉蹌蹌的往前撲倒在地，還滑行撞上擱在旁的椅子，後面陸陸續續撞出 Arthur 跟小林，這讓季芮晨趕緊爬起身離開，避免三個人撞成一團。

她往撞出來的地方看去，居然根本是個無門板的門框？果真是鬼打牆！

但是，剛剛在亡者推她出來時，她還是看見了！那個少年額上沒有任何傷口，可是……他沒有眼睛。

兩個黑色的窟窿又大又深的看著她，眼窩兩旁有著殘餘的刀痕，像是被利刃刻劃過似的。

「真……真的出來了？」小林站了起來，「還是會有正常的亡者啊！」

「陳馨心他們呢？」Arthur 環顧四周，依然只有他們三個。

季芮晨搖了搖頭，他們誰也不知道陳馨心跟賴世杰到哪兒去了，他們被拋進了另一扇門，或是另一個出口，而且恐怕沒有理智的亡靈出手相助。

季芮晨忽然看見前方的通道，一層一層的階梯蜿蜒向上，驚慌的往上看去，再思索著來時路——「糟了！」

「這裡是鐘樓。」小林接口，「我們到鐘樓了。」

鐘樓，精神病院一切的開端，傳說中瘋狂的醫生就是在這鐘樓上，為一個又一個的病患「治療」，執行額葉切除術，一直到自己瘋狂躍下，被亡者反撲為止。

Arthur 用一種渴望的眼神望著樓梯，撫著古老的牆，居然往前而行，踏上了階梯！

「Arthur！」小林一個箭步上前抓住了他，這傢伙在想什麼？

「我得去，Poveglia 上的鐘樓，是我們的目標……我跟 Bruce 的。」Arthur 嚴肅的望著小林，「你們快走吧，我上去就好！」

「Arthur，你上去只怕是有去無回，那這篇報導有什麼用？」季芮晨上前勸著，因為他們的後方就有一扇小矮門，那就是離開醫院的出口啊！

先不管外面的黑死病亡者，至少先離開瘋狂醫生！

「我不能就這樣放棄，這是我們的目標……Bruce 都死了，我更不能這樣結束！」Arthur 搖著頭，「我們要做一篇絕妙的報導，然後就可以堂而皇之的轉換跑道，再也不必報社會新聞了！」

「這是什麼爛理由啊，你們不想報、就換一家公司啊！」小林完全無法接受。

「呵……你不懂！每個行業都有身不由己的難處！」Arthur 難受的搖頭，「自從報了汪永錫的新聞後，大家就要我們用那樣的模式炒作，就算我們想去別的雜誌社都不可能了，他們希望看到第二個甚至第三個汪永錫！」

所以，所以如果不是絕妙的探險報導，展現出無可取代的專業，新單位是不會收他們的！

小林還是無法理解，但是 Arthur 動手甩開了他，三步併作兩步的就往上走去，他必須要完成他們的任務，他現在打定主意一定要活下來，為了 Bruce ，更為了汪永錫……很多話想對汪老師說，只是沒想到，再多的歉意都來不及了。

聽著足音往上而去，小林錯愕的看著季芮晨，真有人這麼不要命？

外頭怒吼聲依舊，聲聲咒著精神病院裡的醫生護士或是病患，並不是他們有多大的仇恨，只怕是當初許多根本沒得到黑死病的人們，都在誤診或是刻意誤診下被送到 Poveglia 活活燒死。

這是各有各的立場，一旦疑似黑死病患者，萬一判斷不及錯放了一個，恐怕就造成大規模的傳染，對醫生而言，自然寧可誤判也不能放過；但對明明沒得病，或是尚未病發的人來說，他們只知道自己沒病卻被送來，面臨處死的命運，誰能忍受？

大火中的悲鳴，延續了幾百年，未曾止息。

「走？還是上樓？」小林看著季芮晨，彷彿知道她的答案。

「走出去，我不知道能搬什麼救兵……」她痛苦的握著拳，「可是上去……根本是明知山有虎，偏向虎山行！」

「Arthur 不是說了，醫生本來就在上面開刀，上頭的血腥不知有多重……」小林仰首望著樓頂，連想像都覺得殘忍，彷彿聽見了病患的叫聲。

「Arthur 想要拍頂樓？還是拍那些慘叫的患者？」季芮晨難受的閉上眼，「怕只怕……」

等等，季芮晨忽然再度睜眼，有病患可以讓史地開刀嗎？除了他們兩個、上樓的 Arthur 之外——陳馨心跟賴世杰呢？

「怎麼了？」小林看著她鐵青的臉色就知道她想到不祥之事。

「你覺得樓上有沒有手術在進行？」她咬著唇，「陳馨心他們……人呢？」

小林顫了一下身子，立刻瞪圓雙眼，兩個人幾乎沒有再多餘的討論，同時交換眼神後，立即往樓梯上跑去！

真是天殺的，為什麼出口就在眼前了，還得往死裡去？

第十章

鐘樓並不矮，狹窄的螺旋式階梯製作得難以步行，梯面大小不均，而且相當窄小，像小林這種男生腳的尺寸，都得踮著腳尖走；後無追兵，前無厲鬼，這樣的平靜其實是最麻煩的，季芮晨一邊走一邊試著呼喚 Martarita 他們，都沒有得到回應。

樓梯間又暗又窄，只聽得見他們的呼吸聲，Arthur 的步伐何時不見了也不知道，季芮晨只知道逐漸聽到了刀具互碰的聲音，還有一種森寒之氣逐漸傳來……緊接著是血腥味，越來越濃厚。

「有人在看著我們。」小林低聲說著，「我不知道在哪裡，但就是……感覺到有視線。」

「嗯……」季芮晨聞言，技巧性的往牆面上看，是否又有似面具的人臉浮出，小林本來就不是敏感體質，也沒有她的負闇之力，自然沒那麼容易瞧見。

但直覺倒是挺敏銳的，事實上在之前他就感覺到視線扎人了。

牆面上只訴說著年代的逝去，沒有什麼臉或是眼睛或手，身後只有黑暗，可是視線刺人得很，他們的手緊緊牽握，那感覺越來越明顯，根本像有人在瞪著他們。

「沒有嗎？」小林又問，他討厭被人盯著。

「沒有，我都看過了，連樓梯上都沒有什麼東西！」她咕噥著，「前後左右都很安靜啊！」

「但是……」小林忽然哽住了話語，前後左右都瞧過了？「上面呢？」

誰走樓梯時，會仰望天花板上有些什麼？

季芮晨停下了腳步，正上方？她做了兩個深呼吸後，又嚥了口口水，冷不防的抽回手電筒往天花板上一照——密密麻麻的人頭鑲在天花板上，用一種怨恨的眼神瞅著他們！

每一個人不是額上有手術傷口；就是根本沒有腦殼，也有面目全非的，天花板根本一片血肉模糊，卻又萬頭攢動！

『該你們去死了！嚐嚐被切開頭的滋味！』

『啊啊……我沒有瘋！我沒有瘋啊！』

『救命呀——啊呀——我是無辜的！』

每個頭開始訴說自己的心情，有被害的、有忿忿不平、有期待著血腥的，小林看著天花板這些噁心的頭顱只是覺得反胃，想著他們臉上的血、腦漿或是黑膿等一下滴下來，未免也太噁爛了！

不讓季芮晨再遲疑，他加快腳步帶著她跑上樓！

『不要走——救我出去！救我出去！』還有人依然在求救。

季芮晨順著樓梯繞圈子，一圈又一圈，大概是腎上腺素分泌過多的關係，一點都不覺得瘦，沒幾分鐘就衝到頂樓，連緩衝休息的時間都沒有，平台上就站著穿著血衣的護士！

措手不及，護士一把抓過季芮晨的手，手上的針筒立刻刺向靜脈。

「滾開！」小林情急之下拉過護士的手，直接往樓梯下扯去。

『呀——』護士被拋了下去，滾落時季芮晨還可以聽見骨頭撞裂的聲音。

她有些瞠目結舌，喉頭一緊。「你、你動作好快。」

「我練過的，倒是妳，要小心點，誰知道針筒裡面是什麼，拿著就亂戳！」小林推著她往前，回首照著已經滾不見的護士。

剛跑上來，哪有那個時間反應啊！季芮晨咬了咬唇，現在想來，小林的反應跟動作真的都很快。

『患者來了？』又一個醫生從前方的門探出頭來，『快進來吧！』

季芮晨遲疑著，喚著Arthur。「Arthur！你聽到了嗎？回答我！」

『Arthur？嘻嘻……Arthur？』裡面傳來嘻笑聲，『你叫Arthur嗎？』

咦？小林一步上前抽出口袋裡的十字架就往擋路的醫生刺去，十字架尖端是利刃匕首，那醫生幾乎在瞬間成了灰燼，四周的亡靈在尖叫中逃竄！

他們倆衝到了裡頭，看見的是史地，還有捧著托盤的護士。

中間有張鐵椅，Arthur就坐在那張椅子上，椅子有許多束縛機關，鐵環扣住他的雙腳、雙手、身子、頸子……還有額頭，讓Arthur完全無法動彈。

「放開我！」Arthur在椅子上掙扎喊著，「小晨！相機！我的相機！」

相機？季芮晨立刻往旁邊望去，在搖晃的小木桌上，放著Arthur的相機……他的意思是，要她拍攝嗎？

「我不會幫你拍的！」她斷然拒絕。

「不！如果我真的出事，妳一定要——」Arthur還在喊著。

『病患都到齊了，等等就輪到你們了，別急。』史地正用喜悅的眼神在挑著開刀的工具，身後的亡者忽然湧上，堵住了他們剛剛進來的門。

小林正在沉吟著，他手上的十字匕首絕對有影響力，但是能不能救下Arthur？能不能保小晨周全？

季芮晨也在思考，即使小林手上有法器，但厲鬼也不笨，他們在樓下時能撞飛Bruce的十字架，在這裡也能想辦法，最多就是犧牲幾個患者亡靈，一樣能制住小林……史地的目的只有開刀，他這輩子都在為開刀「奮鬥」。

『呀呀呀呀呀——』外頭突然傳來超響亮的嘶吼聲，讓史地差點滑掉手裡的手術刀。

一些病患亡靈露出一種恐懼感，下意識的遠離了窗邊。

『叫那些黑死病的閉嘴！他們是土裡的，誰也不許進我的醫院！』史地忿怒的吼叫著，『不知死活的黑死病混帳，黑死病會傳染的！精神病可不會啊！我怎可能讓他們進來呢！』

季芮晨不可思議的皺眉，這哪門子論調？基本上他們都是亡靈，根本沒有傳不傳染一說，但是她卻可以更加確定，Poveglia 上的死靈們，不但不是同一掛，甚至從史地的神情看來，還是敵對？

敵對啊……季芮晨瞇起眼，為什麼她想到了詭異的事情？

『Arthur 是吧？像你這種人，也是加害妄想症之一，害人是不好的喔！』史地咯咯笑著，轉動著手術刀。『是不是應該先把罪惡之源解決？』

什麼什麼？在季芮晨尚未反應之際，史地冷不防的挑起 Arthur 的手指頭，一刀刺了下去——

「哇啊——」鮮血四濺，Arthur 慘叫出聲，史地的手術刀插進他的無名指裡，護士遞上鎚子，他愉悅的哼起歌來，腳還跳著舞步，開始一鎚一鎚的敲斷他的手骨。「不——」

季芮晨才想趨前，身後卻有束縛袖捲上她的身子，小林立刻回身拿著十字匕首恫嚇，可好幾個亡者湧上，束縛袖捲住他的手，硬是把手上的十字匕首打飛出去。

銀色的十字架落地，木板地上竟湧出鮮血，染紅了十字匕首。

同時，在慘叫聲中，Arthur 的無名指前兩截落了地，柔軟具彈性的指腹在地上滾了幾圈，來到了季芮晨的腳前。

『就是有工具，才會害人，腦子不好，寫出來的東西也不好，對吧？』史地側首，看著在一旁成群病患中的一名。

小林在與束縛袖掙扎搏鬥，只是被越綑越緊而已，根本無心注意，但季芮晨卻沒有掙扎，不動如山的觀察著……看著從病患當中走出的汪永錫，他額上三個切口讓她訝異，稍早之前並沒有啊。

『他們只是始作俑者，但是推手……是社會。』汪永錫幽幽的說著，忽然握住史地的手。『請您住手。』

被架在椅上的Arthur臉色死白，他痛得咬緊唇，淚流滿面的看著眼前的汪永錫。「……對、對不起……」

『那我會幫你把社會解決掉的。』史地泛起邪惡的笑容，『人類本來就不該活著，你知道嗎？』

季芮晨有些詫異，汪老師是用英文說的，但是史地其實聽得懂！

『我不恨他了，請住手。』汪永錫重複著這句話。

『人類都是自私的！只要無礙於自己，陷害別人，傷害別人都無所謂！看看這裡──有多少人是被刻意送進來的！』史地像是在笑著怒吼，『看看我，我又是自願進來的嗎？』

『他如果腦子有問題，就治療腦吧，不要動他的手。』汪永錫淡淡的瞥了他一眼。

Arthur哭了起來，他知道汪永錫是為了不讓他飽受折磨，開腦已經是椎心刺骨，在開腦前不該再受酷刑。

『放心好了，人類會滅亡的！到時候大家都跟我們一樣了──不！我們會更好！』史地仰著首，用充滿希望歡愉的眼神望著鐘樓唯一的窗口。『我們是自由自在的靈魂，他們都該下地獄！』

這是哪門子的論調？季芮晨眼神瞟向地板上的十字匕首，好近，她說不定一彎身就可以拿到……身上束縛帶力道不大，因為她沒有與之對抗，蓄積力量用兩秒的時間，或許可以拾起。

才在想著，卻突然感受到詭異的視線，抬起頭，看見的是回首的史地，用一種詭異的笑容望著她。『我說得對吧？季芮晨？』

咦？他說得……對吧？那個論調怎麼會對？為什麼問她！

『妳可以毀掉世界吧？』史地渴望著，問著她。

「我……我怎麼做得到那種事？你也做不到！」季芮晨緊皺著眉，突然慶幸他問她時使用了義大利語。「但我會毀掉你，我可以的！」

『是嗎？』史地冷笑一聲，哼的轉過頭去，開始打量 Arthur 的頭。

是的，她可以的。

在這之前，她也曾讓很多厲鬼沉入地獄，她救過自己救過小林也救過許多人……那時她是怎麼做的？為什麼她既可以讓厲鬼得到力量，又可以毀掉他們？

負闇之力幫助陰邪的事物，史地陰邪，黑死病靈陰邪，瘟疫的病患亦然，那為什麼精神病院的最強？

是啊……為什麼？季芮晨忽然瞪圓了眼，恍然大悟！

「唔——」坐在鐵椅上的 Arthur 在死命扭動，妄想掙開那些扣緊的鐵環，但遺憾的是經過幾百年的鏽蝕，扣環卻依然堅固。

史地欣喜若狂的高舉起手術刀，望著 Arthur 恐懼的眼神，就要進行開腦手術——

「你為什麼會從這裡跳下去？」

季芮晨平靜的出聲發問，幾個字止住了史地的刀勢。

史地瞪著滿佈血絲的雙眼，停下了動作，與直到最後一刻仍不肯闔眼的 Arthur 對望，但事實上 Arthur 感覺得到……這鬼醫生並不是在看他。

「受不了自己的瘋狂嗎？還是因為你害死了這麼多人卻沒辦法治好精神病？」季芮晨一字一句緩緩的說，「這裡有多少病患是被你害死的？」

史地緩緩轉了過來，同時，季芮晨跟小林身上的束縛帶漸鬆；小林聽不懂，但是他感覺得到情況正在改變，他放棄掙扎，平靜的站著……也在測量與匕首的距離。

「誰是坐在那上頭，被史地折磨開腦而死的？你們真的是精神病嗎？就算是，他為什麼可以這樣殺人？」不等史地說話，季芮晨揚聲喊著。

季芮晨闔上了雙眼，在心中開始默禱。

為什麼只有精神病院裡的厲鬼強大？為什麼又只聽史地一個人的話？為什麼擁有理智的亡者無法升天？史地絕對扮演了關鍵的角色，但如果她有負闇之力的話——就不該再助長史地一人！

Poveglia 遍地的黑死病靈啊，你們被火焚燒的痛楚我知道，你們無病卻被燒死的恨我也明白，現在這裡就有個瘋狂的醫生，說不定一如當初誤判你們病情的醫生一樣。

他躲在堡壘裡，佔走了你們的土地，建築物下壓住了多少不甘心的死者，讓你們在外面風吹日曬雨淋，他們卻在這裡囂張放縱，不讓你們進入。

『住手！妳在做什麼！住手——』史地雙眼忽然充血發紅，拿著手術刀衝了過來。

『阻止她！』

亡者沒有動彈，現下屋內的病患亡靈們，用著忿恨的眼神瞪著他。

就是現在！解開束縛的小林往前腳一蹬，十字匕首立刻飛向了衝來的史地，他驚恐的啊啊向後跳離，而小林無畏懼的趨前再拾起十字匕首，順勢直接朝著史地拋扔了過去。

匕首不偏不倚，刺進了史地的眉宇之間。

『哇啊啊——哇——』他的臉龜裂開來，開始泛黑，小林不假思索的助跑向前，帥氣的將他踹飛出去。

後方就是當年史地躍下的地方，或許他很懷念自由落體的日子。

史地的身子拋了出去，季芮晨立刻趨前為 Arthur 解開束縛，遠遠的傳來響亮的吼叫聲，破門而入的聲音此起彼落，黑死病的亡者進來了。

病患們移動了腳步，季芮晨原本要防備的，小林的十字匕首隨著史地消失，他也只能扯下護身符死馬當活馬醫。

但是，病患們卻走向醫生跟護士們。

『兇手……幫兇啊！』病患們恨意滿身的瞪著那幾個護士醫生，『你們為什麼不阻止他！』

『為了醫學的研究，就這樣殘殺我們！』

『我們也被殺了啊！』一個護士驚恐的搖著頭，『不要這樣——』

某個病患手持著手術盤上的鎚子，直接朝護士額上敲了下去；醫生狂喊著逃離，病患們追了出去，這是沒有終點的殺戮，大家都是亡者，殺到世界末日也不會有結果。

但是會痛、靈體會受傷，他們恐懼的是這點。

「能走嗎？」季芮晨拿下 Arthur 的圍巾，壓住他的斷指。

「可以……」他咬著牙，不行也得行啊。

Arthur 踉踉蹌蹌的到一旁拿過相機，到這時，他還是沒忘記工作；小林趨前攙扶他時，眼尾瞥到了還站在裡頭的人，Arthur 戰戰兢兢的看向亡者，又是淚如雨下。

「我會……再寫篇報導，澄清一切。」Arthur 哽咽的說著，「雖然已經來不及……」

『沒有什麼是來不及的，願不願與為不為罷了。』汪永錫搖了搖頭，『離天亮還有兩個小時，你們要千萬注意，黑死病的亡者比史地殘酷多了！』

「汪永錫，要跟著我走嗎？」季芮晨主動提出了邀約，「我是能讓靈體跟著的體質。」

『我知道，死後我就看清了。』汪永錫平靜的說著，『但是我現在還沒辦法跟妳走，有史地在，大家都走不了。』

「史地已經毀了，那是浸過聖水的十字匕首。」小林擰著眉，「你現在自由了。」

汪永錫一怔，看著自己的身體，面露驚恐。『不……我自己知道，我還沒自由啊！』

咦？不可能啊，季芮晨詫異的張大嘴，如果史地的靈體被淨化的話，汪老師就不該還被束縛於此，除非——

『想我嗎？哇哈哈哈哈哈——』

一陣巨響伴隨著大笑聲自耳邊傳來，原本攙扶著Arthur的小林瞬間往前飛去，他騰飛在半空中撞上了牆，落上了頹敗的桌椅，順勢壓毀了它們。

Arthur驚訝的向後踉蹌，看著不該出現在這裡的人！

『你以為這樣就能殺死我嗎？哈哈，我是被詛咒的人，用這個？』史地手上居然抓著小林的十字匕首，只是匕首已發黑。

小林！季芮晨慌亂的上前要拉起小林，卻在他肩背摸到一片濕濡……鮮紅的血汩汩流出，她顫抖的壓上傷口，只感受到鮮血不停的湧出！

惡夢成真了！季芮晨惱怒的回首看向史地，他手裡抓著的匕首上，染滿了小林的血！

「不——你做了什麼！」她二話不說扯下頸上的圍巾，就往小林背上的傷口壓住。

『我要吃了你們的腦子，你們要睜大眼睛看著我怎麼吃掉你們！』史地大笑著，手裡的匕首立刻往 Arthur 戳了過去。

但汪永錫更快，他飛也似的衝撞史地，直接把他再從那個窗口撞去。

『快走——』餘音未落，汪永錫連同史地一起摔了出去。

不不不——季芮晨驚恐萬分，汪老師掉下去的話，遇上黑死病靈。只怕會出事的！

「小晨！不要發呆！」Arthur 踉蹌的跑了過來，一手拉起小林。「我們要趕快離開這裡，史地會再回來的！」

「唔……」小林還有意識，他撐著身子站起，背後一個窟窿在噴血，他痛得直不起背。

「快走……」

有辦法的，一直都有辦法的，她可以讓病患去圍攻史地……對，負闇之力給病患力量，你們的仇人在這兒，死不了的史地，束縛你們的醫生。

Arthur 將小林的手繞過頸子，半攙半抬的往樓梯下走去，季芮晨回頭撿起自己的手電筒照明，卻看見一群患者湧上，她有種欣慰的感覺，她……好像知道怎麼使用負闇之力了。

她可以選擇支持誰。

「Arthur，下樓後正對面的門就是出口，先出去再說。」跑到一半，季芮晨忽然把身上的護身符往 Arthur 身上掛。「小林包包裡有佛像，一到地點就擺出來，繞著你們兩個擺成圓圈。」

Arthur 不可思議的望著她，「小晨？」

小林意識在消失中，他皺著眉回首，她、她想幹嘛？

「走！快走！」季芮晨向後退上一步台階，「快走啊！」

「季、季芮晨！」小林拚命喊著。

「我不會有事的，你不要忘了！我是Lucky Girl！」季芮晨向Arthur頷了首，「小林就拜託你了！」

「不……不行……」小林想要推開Arthur，卻連站都站不穩。

Arthur緊抿著唇，他點了點頭，他不明白小晨要做什麼，但是她把小林託付給他了！

重新拉過小林的手，這一次Arthur直接把小林扛上背，把身上的手電筒往樓梯間扔去，隨著手電筒的滾動照明，他邁開步伐往下衝去。

同時，季芮晨回過了身。

「Kacper、Tony！」她高喊著，回身往頂樓去。「該出來了吧！」

『不是不出來，是史地力量太大了。』Kacper愉悅的現身，『妳總算發現了方法。』

「為什麼他不怕十字架？被詛咒的人是什麼意思？他被詛咒了嗎？」

『妳說呢？』輕幽的聲音傳來，又是只聞其聲不見其人，Tony。『他怎麼被詛咒的？』

「我怎麼知道？他當初一躍而下，被怨恨的死靈殺死，然後就……」季芮晨怔了住，「然後他怎麼了？」

『好討厭的人喔！』小櫻出現在上方一點，『小晨，他要下來找妳了喔！』

「他屍體在哪裡？」季芮晨慌張的喊著，「你們看得到嗎？史地當年的屍體怎麼處理的？」

傳說中，沒有那個醫生的後續啊！

『在鐘樓下。』身後傳來嗚咽的聲音，季芮晨回身，是紅髮的 Martarita。

「Martarita？妳怎麼了？」她往前去，「妳為什麼這麼悲傷？」

火紅的卷髮，一直很熱情的 Martarita，季芮晨從小到大沒看她哭過。

『是我……是我放出了他！』Martarita 哭得泣不成聲，『如果不是我去把磚塊挖開的話……』

什麼？Martarita 在說什麼？「妳不是西班牙人嗎？」

美豔的鬼魂抬起頭，淒楚一笑。『我是商人之女啊，威尼斯，一直都是最大的通商港口啊！』

放出史地鬼魂的人……是當年的 Martarita？

『他來了！』Kacper 拔出軍刀，『這裡畢竟是他的地盤，我們能擋住他，但無法毀掉他。』

「知道了！」季芮晨往下奔去，「就麻煩你們了！Martarita，跟我走，我需要妳指引方向。」

『不不……我不想看到他！』Martarita 居然呈現恐懼的搖頭，『對不起對不起！』

下一瞬間，Martarita 消失了，季芮晨簡直瞠目結舌，那個可以徒手把死靈的頭抓下來的帥氣女人，現在居然哭著說她怕那個瘋狂醫生！

當年到底發生了什麼事！

季芮晨不顧一切的往樓下奔，挖出史地的屍體後該怎麼做？毀掉他？還是淨化……燒掉嗎？外面雨這麼大，是要怎麼才能起火啦！生火前，史地是否就殺過來了？

詛咒到底是什麼意思？又是誰對史地下了咒？

還在思索，左前方的牆倏地打開，季芮晨嚇得尖叫，他沒想到塔內樓梯中也有門，只是手電筒來不及照明，一隻手忽地竄出，立刻把她扯了進去。

「哇呀——」

被拉進去的季芮晨瞬間踩不到底，她筆直的墜落，緊閉起雙眼，直到砰的落地！

落地不疼，著地前身子明顯的緩了緩，她彷彿躺在一堆乾草堆上，腦子裡一片混亂……鐘樓中有房間？吃力的撐起身子，舉起手上因緊張而未鬆開的手電筒，發現自己在一處圓筒形的密閉空間裡……誰？她狐疑的移動照明，直到一張沒有眼珠的臉瞬間出現在她面前！

「呀——」她嚇得差點鬆手，兩個腐敗深黑的眼窟窿倏而逼近了她！

是他？那個一直幫助他們的少年！

她因突然驚嚇而向後退，卻撞上了石牆，沒有眼珠的臉、沒有穿約束衣的亡者，在這精神病院裡不多，除了汪老師外，就是這個幫手了！第一次這麼清楚的看見這位亡者，從身高看來果然是少年！

「是……是你！」她用義大利語說著。「就是你提供柴火、還有幫助我們離開鬼打牆的對吧？」

『是的。』對方開口，緩緩舉高雙手，卻用西班牙文回著。『但是我不是要幫助妳。』

咦？西班牙文？

亡者那雙蝕血見骨的手倏地掐住季芮晨的頸子，她及時抬起左手硬隔出一道空隙，可是對方骨感的指頭還是壓迫了她的氣管——這感覺……等等，這手勁，這種壓迫感，跟在火堆旁時一樣！

這傢伙也是當時戴著面具、偽裝成 Arthur 的人！

『我是要殺了妳！』

※　※　※

昏暗漆黑、似圓柱形的小屋內，季芮晨背靠著冰冷的石牆，滾落在地的手電筒是唯一照明，頸子間有一雙手勒去她所有呼吸，她縮在頸邊的左手幾乎沒有作用，因為勒住她的人，是一個沒有眼珠的亡靈。

不……她張大了嘴試圖呼吸，左手抵著對方的力道，但亡者僅僅用一隻手就已足夠，她的右手扳著亡靈的指頭，無動於衷。

事實上，厲鬼若要摘下她的頭、扭斷她的頸子是輕而易舉，但這個亡靈不是厲鬼，只是個靈體……力道當然不小，可是他、他沒有盡全力。

拚著最後的力量，她顫抖著手扯出頸間的護身符，小林給她的什麼本命護身符，現在一心求生，求這護身符能夠給予最後的守護！她沒有氣力拿著護身符往那眼洞裡塞，只能勉強的將護符熨貼在他的手背上。

『啊啊——』少年亡靈發出痛苦的叫聲，右手力量稍歇，但是沒有鬆手。

「住……」她可是負闇之力的來源，一般亡者不可能動她的啊！這個人，跟她又有什麼過節呢？

這是針對她的行動！先是幫助他們離開鬼打牆的甬道、再刻意把她從鐘樓間拉下去，是等待她落單的時刻嗎？

『我不恨妳，但是妳必須死……』少年亡靈嗚咽的說著，他居然在哭泣？『對不起對不起……』

她的氣管！季芮晨瞪大了雙眼，一口氣也吸不到了，她不該會死在亡者手中，因為她是Lucky Girl、她是負闇之力的命格，她、她有Martarita、Kacper……小林……小林！

『住——手——』尖叫聲從外傳來，進而入內，季芮晨殘餘的意識聽得見那是Martarita的聲音。『為什麼！Mario！』

啊啊……Martarita認得這個死靈？他們在用西班牙語對話，她喊著少年亡靈的名字，喊著Mario……季芮晨闔上雙眼，停止了掙扎。

緊接著砰磅巨響，破敗腐朽的門被一腳踹破，衝進來的是狼狽踉蹌的小林！

他連站都站不穩當，就著光看見了Mario，二話不說就撲上前去，用手上染血的十字念珠套住了他的頸子。

「主、聖靈之子……」他把唯一會背的聖經拿出來用了。

『呀——不不——』Mario終於鬆手，他驚恐的向後彈去，撞上後頭的石壁，這兒實在不大，嚴格說起來是鐘樓下的一個儲藏室罷了。

念珠散發著金色微光，正銷融著他的頸部，死靈慌亂的用手想把念珠拉下，指尖卻跟著幻化成灰。

『Mario！』Martarita衝上前，卻也不敢觸碰。『不要這樣！小林！放過他放過他！』

小林根本沒理，他彎下身子扶起季芮晨，她倒抽一口氣後睜開雙眼，正拚命的咳嗽，一句話也說不出！她緊抓著小林的手臂。大口大口的呼吸，但是沒有錯過Martarita的哭喊跟亡者的慘叫。

「拿下……拿下念珠……」她用嘴型說著，聲帶一時無法恢復。

小林皺著眉，老大不願意的瞪著脖子快被蝕斷的亡者，終於還是將季芮晨放下，上前把念珠給取了下來。

Martarita 哭著攙住倒下的亡者，拚命喊著 Mario。

「小晨……妳還好嗎？」小林憂心忡忡的望著撐起身子，靠在石牆上的她。

季芮晨只是難受的撫著頸子，凝視著小林。「你……呢？」

「我沒事。」小林用毫無血色的唇說著謊話。

事實上他都不知道自己為什麼還有力氣踹開那扇門了，他視線不清，重心不穩，整個人昏昏沉沉的，被 Arthur 攙出去後有一陣子根本無法思考，一直到冰冷大雨凍住了他背上的痛楚為止。

然後他發現季芮晨沒有在身後，Arthur 才說她往回去找史地了，可是就在他想要衝回鐘樓裡時，卻聽見了尖叫聲來自於附近。

離他們非常的近，他不顧 Arthur 阻止的循聲找人，直到 Martarita 的大喊聲劃破了一切。

他立刻確定了近在咫尺的矮門，這門矮到只怕連季芮晨都得彎腰進入，一腳踹開，以為是牆面的裡頭真的有空間。

『Mario……』Martarita 抱著倒下的亡者，一直搖頭。『你果然還在這裡……』

『不……不該救她……』他指著小林的方向，『為什麼你要一再的救她？幾百年前錯了一次，為什麼要一錯再錯！』

「我應該讓你徹底淨化才對！」小林咬著牙，萬分不悅的緊握著手上的念珠。「這一次我會祈禱得更徹底！」

Martarita 瞪著小林，眼神凌厲的警告他不要亂來。

「妳瞪我做什麼？他要殺死小晨耶！」小林吼了起來，「妳一路上不出手，也是為了要小晨送死嗎？」

『不是。』Martarita 冷冷的否認。

季芮晨伸手扯扯小林，現在不是逼問 Martarita 的時候，她的頸子還很痛，但橫豎是撿回一命。

「為什麼……要殺我？」她用氣音問著，哪有人執著於殺人，還一邊哭著道歉？

『妳必須死！妳一定得死啊！』沒有眼珠的窟窿居然流下了淚水，『我以為他受傷了無法再救妳……你究竟知不知道你救了什麼？』

「我喜歡的人。」小林不想再聽下去了，他吃力的想站起，卻旋即癱軟下去。

後頭趕來的 Arthur 立刻攙住他，這傢伙都已經傷成這樣了，還在逞強？季芮晨也扶著牆站起身，她小心翼翼的趨前，想要拾起手電筒，卻又懼於 Mario，不知道他會不會再衝過來致她於死？

『為什麼……學不乖？』虛弱的 Mario 抓住 Martarita，『妳為什麼也不動手？為什麼要守護這種人？』

見著他在跟 Martarita 說話，季芮晨一步上前撿起手電筒，注意到她趨前，Mario 立刻作勢要起身，但是兩道身影迅速的擋住了她。

Kacper跟小櫻將季芮晨往後擋去，Kacper甚至拔出了軍刀。『Martarita，妳認識的？』

『別動他！』Martarita不悅的喊著。

小櫻回身，示意季芮晨離開。『走吧，史地剛被Kacper切成十幾塊，但是他會重組，只剩一點點時間。』

對……還有史地！季芮晨難受的閉上眼睛點點頭。「史地屍體在哪裡？Martarita！」

Martarita遲疑的望著她，懷裡的Mario露出一抹苦笑。『她說牆裡的屍體嗎？呵呵……的確，或許只有她挖得了！』

季芮晨並不喜歡Mario的口吻，但是她沒有久留，趕緊往外走了出去；一走出儲藏室，右邊就是門，外頭依然是昏黑無星月伴隨滂沱大雨，她拿著手電筒走出，Arthur已在不遠處就地打起傘，擺放著小林包包裡的佛像。

「他醒著嗎？」季芮晨大喊。

Arthur擰著眉搖了搖頭，小林業已靠在他肩上，失去意識。

「別讓他再泡水，我怕會失血過多！」她才說著，卻看見Arthur背後樹藤靈活的漫舞著，直接往Arthur伸了過去！

住手——黑死病的亡者！季芮晨立刻蹲下身，雙手插進土裡，在心裡大喊著，我是給予力量的人，不要逼我支持醫生！

靈活的樹藤們停了下來，季芮晨已經知道了自己雖然不能決定命格，但卻可以選擇支持誰……她想鼓舞誰，哪一方就會得到龐大的力量。

她沒入土裡的手感覺到波動，全身濕透又發抖著的她，只能藉地上手電筒的光，看見土壤如海般波動，緊接著一顆顆頭冒了出來，然後刷拉的是一整尊屍體從土裡站了起來。

季芮晨不躲不逃，她累了，也不想動了，如果她可以選擇負闇之力的歸屬，或許再熟練些，也就不必擔心這些鬼的追殺？

Arthur聽話的把佛像擺好，撐著傘護住昏迷的小林，他望著前方那巨大的鬼影，嚇得連換氣都不敢；從這裡望過去，小晨的身邊站了好幾個最少超過兩百公分高的亡者，他們雙腳與土壤一體，正睨著她。

『我的病患！妳怎麼可以跑出去！』上方，忽然傳來史地的叫聲。『妳居然讓這些骯髒的傳染病人進來！』

『吼——』黑死病靈立即抬首，用盈滿恨意的眼神瞪向在窗邊叫囂的史地，季芮晨抽回手站了起身，迎視著身邊的病靈們。

他們瞪著她，然後又瞪向另一個方向，她隨之回首，看見的是鐘樓下方一處密密麻麻的草叢；拖著身子走過去，大雨不停的遮去她的視線，她得一直抹去臉上的水才能看清眼前的東西。

手電筒映照著磚牆，這裡除了樹根與土之外，殘餘的就是一股令人膽寒的氣息，她只是觸及磚牆就能感覺到，那種令人頭皮發麻的恐懼。

如果，把力量都給了黑死病靈，他們能解決掉史地嗎？

「毀掉屍體！」Arthur 突然大喊著，「小林說把屍體毀掉，毀屍就能毀掉被詛咒的靈體！」

毀屍？季芮晨回首望向 Arthur 的方向，雨勢太大一切都成朦朧，但這是小林交代的嗎？問題是她要怎麼毀掉屍體啊？除了火燒之外，還能怎麼做？

問題是一來現在大雨滂沱，二來她哪來的火？

一陣火光忽然閃爍的照映在牆上，季芮晨訝異的回首，看見的是一個從土裡崛起的亡者全身著火，成灰落地……遠遠的可以看見這樣的火星處處，被燒死的十六萬人，一直在重複自己的死亡。

火！她雙眼一亮，立即瞪向那有些凹凸不平的磚牆！

用死靈之火燒掉死靈，這應該行得通吧？現在行不通也沒辦法了！季芮晨徒手往磚縫去，她不需要挖出史地的屍體，只需要一個小縫！

指尖才深入隙縫，忽然爬上了一堆蛆蟲，她尖叫著收回手，蛆與蟑螂從裡頭爬出，甚至還爬上了她的手！她慌亂的甩掉，這才意識到史地哪有那麼容易讓她得逞！

『妳擁有的是負面的力量，能理解嗎？』耳邊傳來了沉穩理智的聲音，『妳做什麼事、想什麼，都只會往壞的方向走，越來越壞、越來越糟，抵達地獄都輕而易舉。』

Tony。季芮晨看著聲音的方向，Tony 依然不現身，但是卻在關鍵時刻幫助著他。

除了她本人之外，凡事都只會往壞處走……所以，季芮晨在四周翻找著工具，只要能撬開磚牆就可以了。

『妳不許碰我的身體——妳這有病的女人！』史地的叫嚷聲傳來，他不敢出來，因為黑死病靈不會放過他。

抓到了樹枝，季芮晨再度往磚牆上挖，如果她可以讓事情變得更壞的話，那這堵牆就該立刻垮下來！

劈啪聲響，她扳下了一塊磚，緊接著一大堆磚塊都落了下來。

拿著手電筒往裡照，她依然不敢往前，可是裡頭飄散出來的腐臭味令人作嘔反胃，光源照到了一張臉，正是裡面那喜歡狂笑與跳舞的史地，史地像是被直立的埋進牆裡的，站得直挺挺的，而且，屍身毫無腐朽，就像百年前一樣，宛若沉睡而已。

第十一章

屍變嗎？季芮晨看著毫無腐爛的屍身，似乎觸碰他的肌膚還像有彈性似的。不知著了什麼魔，她伸長了手真的想試試，但裡面那闔眼的屍身，忽然張開了眼皮！

『呀——妳這個瘋子！』伴隨著大吼，史地一雙手朝她伸了過來。

天哪！季芮晨驚恐的向後倒去，不顧一切的抓過身邊的濕土，直接往那磚洞裡扔了進去！

燒！現在就燒起來吧！她在泥地上手腳並用向後拖著身子，一直把土往裡頭扔，既然每一吋土壤都有骨灰，那至少發揮一點作用吧！

『妳做什麼！妳這害死全世界的瘋女人！』史地在磚牆裡慌張的擋著泥土，『住手住手——』

說時遲那時快，一道火光從磚牆裡燒了起來，季芮晨嚇得趕緊爬起身再往後退，因為那火越燒越旺，從她剛挖出的洞口竄了出來！

『該死的醫生！』火裡出現了許多焦黑的手，他們就黏在史地屍體身上，像是拆解著他。『殺人兇手！你們都是殺人兇手！』

『滾開，傳染病的髒鬼啊！』史地在裡面掙扎著，瘋子醫生與黑死病靈……季芮晨像是想到了什麼似的，轉身往剛剛的儲藏室去。

她用跑的進入，Martarita 及 Mario 已經不見了，她撿拾了裡面的乾枝，保持乾爽的奔回磚洞前，回來時有無數的黑死病靈已湧向了那磚洞，他們再度上演火焚消逝又重生的循環。

她將樹枝引火，引黑死病靈的怨怒之火，如果她做的事只會往壞處走，那這把火……就是地獄之火了。

季芮晨冒著灼熱的火燄，把手上的樹枝拋了出去。

『不不——』史地驚恐的慘叫聲傳來，『瘋女人！妳知不知道自己做了什麼！瘋子！』

知道。她步步後退，看著土裡竄出的死靈不時的往那兒湧去，悲鳴與慘叫聲不絕於耳，手電筒往遠方照，可以看見每個出口都有病患亡靈狼狽的逃出，然後土裡的黑死病靈將之攫獲。

屠殺、火焚，驚恐的叫聲此起彼落，她不懂 Poveglia 數百年來的恩怨，她只知道好累……回身蹣跚的朝 Arthur 走去，意外的看見第三個人。

陳馨心正在幫小林止血，她眼尾瞧見有人逼近，原本嚇得顫了一下身子，直到看見是小晨時，才鬆一口氣繼續手邊的工作；打著傘的 Arthur 斷指也已經被處理過了，季芮晨看著她，她全身也都是傷口，雖然血被雨水沖刷，但還是可以看得見紅腫的傷口。

手、臉、身體，無一倖免，小腿處包了一層厚厚的衣服，紅血滲了出來被雨水沖刷成淡粉色。

「賴世杰呢？」季芮晨全身發冷，顫抖著問。

陳馨心抬起頭，悲傷的看著她，搖了搖頭，眼淚從眼眶裡滑了出來。「賴太太她……」

「行了。」她抬起無力的手，不必說她已明白。「待在佛像圈圈裡，不要亂跑，一寸一角都別露出來。」

說著，她旋身往建築物裡走去。

「小晨！妳要去哪裡！進來啊！」Arthur正在把佛像往外移，擴大範圍，小林的包包裡有好幾個，甚至還有兩個十字架，他就插在外圍當警衛。

季芮晨只是瞥了他們一眼，淺淺笑著，然後往精神病院裡走去。

這只是暫時的寧靜，她比誰都清楚，黑死病患與醫院裡的亡者是衝突的，他們現在忙於廝殺，不管誰勝誰負，最後還是不會放過他們！

對於厲鬼而言，殺戮與復仇就是一切，沒有什麼事比屠殺更能一解心裡的怨；對於黑死病患來說，當初把他們送上島上的都是人，說不定有親人有愛人；對於被陷害進入精神病院的人來說，說不定都是親人。

她必須在失控前結束這一切，Poveglia不是沒有人，是不能有人，所以它才會有死亡之島的封號啊！

季芮晨重新進入了建築物，依然深黑處處，她的手電筒正發揮著作用。

『小晨，妳想做什麼？』小櫻與她肩並著肩走著。

「埋葬一切，跟之前一樣。」她走到了中間的建築物站定，四周都是悲鳴哭號。「讓這裡的死靈都下地獄去。」

既然她沒有讓他們上天堂的能力，他們也只有下地獄了！為了小林，為了還活著的人，死靈們只有一個去處。

『不！小晨！』Martarita 終於現身，『妳不能這樣做，這樣的話，他會、會一起……』

季芮晨定定的凝視著 Martarita，「妳欠我一個解釋。」

『小晨！』Martarita 吼著，居然呈現了殺意。

軍官迅速的現身，擋住了 Martarita，他搖著頭，愚蠢如她，怎麼敢挑戰小晨？『妳也想下地獄嗎？』

一年前在日本，江戶大火的亡靈們意圖侵佔她身體以求復活，最終被她送進了地獄，當時她不太清楚是怎麼發生的，她只記得自己有想保護的人，有巴不得毀掉的厲鬼。

現在，她知道怎麼做了……只要想起再次為她奄奄一息的小林，她就有足夠的動力跟理由這麼做！

不管這些島上的亡者們有多大的委屈、不管他們是如何的被冤枉，每個人背後都有故事，但就是不該傷人！如果化身成鬼，一得到力量就想變異的話，這種東西就不該存在於世上！

嘰——劈啪劈啪……磚牆的龜裂聲傳來，醫院的牆壁開始出現裂縫，一道接著一道，從裂縫中閃出紅金色的光芒，讓整間醫院亮了起來！裂痕從這棟建築物開始四處蔓延，蔓延到最前面的大廳、也蔓延到後面的三層樓建築，每一處牆上都綻放著紅金光芒。

原本在廝殺的亡者們都停下了手裡的動作，吼叫聲與悲鳴同時停止，唯一僅存的是遠遠的，來自於史地的慘叫聲，那淒厲慘烈，可以想像他靈魂被恨怨怒燒灼的痛。

其實他也不會痛苦太久，挫骨揚灰後他連靈魂都不復存在。

『住手啊！妳在做什麼！』闔著眼的季芮晨，聽見的是Mario的聲音。『Martarita！阻止她！阻止她！』

『不要靠過去！』Martarita喊著，『我失去了你一次，不會再犯同樣的錯誤！』

『不行——不能讓她這麼做啊！』Mario絕望的悲鳴，『你們明明知道這樣做的後果，為什麼要姑息她！』

季芮晨聽不懂的吶喊，對她而言，現在最重要的事是要把死靈埋葬！她不管那傢伙跟Martarita是什麼關係，難道要她放過這群厲鬼嗎？留著這群惡鬼再來傷害小林他們？離天亮還有一個鐘頭，她不可能冒這個險讓小林再受一絲一毫的傷害！

『嗚嗚嗚——』地鳴聲隆隆，三棟連成的精神病院猛烈震顫，碎石從天花板開始崩落。

季芮晨不動如山，她聽見驚慌失措的奔跑音，聽見一種不明所以的長嘯，聽見黑死病靈們在用義大利文咆哮著，也聽見病患們悲苦的低泣；雨聲停了，取而代之的是狂風，風聲穿過精神病院的每一個孔洞，發出類似高分貝的尖叫，與厲鬼的吼叫聲相應和。

精神病院開始崩塌，但是狂風以季芮晨為中心，開始形成一股風旋，將靠近醫院外的死靈全數往醫院裡捲入；Arthur 護著小林，陳馨心抱著他的手臂，他們看著焦黑的屍體、殘敗的屍塊騰空飛起，像被什麼強大力量吸入一般，無所遁逃。

而狂風掠過埋在鐘樓磚牆裡的史地，完整無缺的屍首成了灰燼，一寸完整的屍體都不復存在。

陳馨心緊閉上雙眼，她不敢聽不敢看，埋首於 Arthur 臂膀上，Arthur 非常非常想要拍下這一幕幕，但是他最後選擇張開雙臂，緊抱住發抖的陳馨心跟暈厥的小林。

巨大的石塊落了下來，三層樓高的建築開始崩毀，天花板連同牆面一起成了碎石，煙塵四起，轉眼間成了廢墟，而且一路往前傾倒，壓倒了中間的兩層建築，最終連最前頭的大廳都夷為平地。

曾經如此氣派的精神病院，在漫天的黑塵當中，只剩下一堆石塊。

站在廢墟裡的女孩，一如 Lucky Girl 的稱號，石塊避開了她方圓五公尺的範圍，她四周站著一直守護的亡靈們，毫髮無傷。

慘叫聲平息了，崩落聲也停止，季芮晨終於睜開眼睛，重新舉起手上的手電筒，映照著四周。

嗚——嗚——嗚——遠遠的，傳來汽笛聲響，她狐疑的往遠方望去，看見該是海的那個方向，居然有著燈火！

船？有船？

「Arthur！Arthur——」季芮晨扯開了嗓子，但叫不太出來，她得先去看看！

跨過了石塊，她跌跌撞撞的走著，但石塊不平穩，她走了又摔，摔了再走，一路往碼頭邊奔去；而在十公尺外的佛像區裡，Arthur也驚訝的抬起頭，他聽見了什麼？

「船！那是船的鳴笛聲！」他推了推陳馨心，「陳小姐，妳快去看看！」

「咦？」陳馨心茫然的抬首，也聽見了嗚嗚聲響。「不，我沒辦法走！」

Arthur趕緊把大手電筒抓起來往陳馨心的腳照過去，「腳麻了嗎？我腳也是……」

他話到一半愣住了，因為下意識尋找季芮晨，手電筒卻照到不復存在的精神病院……倒了？他驚愕的望著眼前的景物，三棟相連包含鐘樓的精神病院——居然全部倒了！

他們的確是聽見崩毀聲，但沒有想到是全毀！

「小晨……季芮晨！」他大喊著，她剛剛進去了啊！

「你去看吧！我來照顧小林！」陳馨心推著，「我腳骨折了，跑不動！」

「骨折？」Arthur相當詫異，因為剛剛在大雨時，陳馨心是從前面的路……一跛一跛走過來的。

「穿刺傷，我的小腿骨斷掉，穿出我的小腿外了。」她哽咽的指著小腿上那一大包，「為了求生跑過來還行，現在我跑不動了！」

Arthur 看著那滲血的包紮，沒有想到陳馨心受這麼重的傷……相較之下，他區區一根斷指算什麼？他用力點頭，伸直腳先讓血液順暢，再小心翼翼的把小林交給陳馨心。

陳馨心盡可能用身上有的衣物為小林保暖，失血後，最怕的是失溫。

「拿著，不要離開這個圈圈。」Arthur 把特大手電筒塞給她。

「不必，我還有！」陳馨心從口袋裡摸出一個細小的手電筒，長得很像季芮晨那支。「你快去！有好消息記得回來……一定會有好消息的！」

Arthur 用力點頭，不顧腳痲，跛著腳往碼頭的方向去。

他看見燈了，有船願意夜航而至嗎？Arthur 狼狽的奔到了碼頭邊，甚至連尋找季芮晨的心情都沒有。

抵達碼頭時，他看見了希望。

一大群從船上走下來的人，有強大的照明設備，幾個醫護人員正把擔架輪子放下，季芮晨就站在一旁瑟瑟顫抖，膝上都是剛剛走出石塊堆摔出的傷，正指著小林的方向，要他們快點去救人。

「小晨！」Arthur 欣喜若狂的衝向季芮晨，在她回頭之前一把抱住了她！

「……你們沒事？真是太好了！」季芮晨感受到溫暖，大家都很冷，但這樣的擁抱能讓她感受到心跳。

「我們都沒事！」Arthur 驚異的看著眼前的船隻，正在架設的照明。「怎麼會有船過來接我們，漁民不是說不會有人在夜晚接近這片海域嗎？」

季芮晨臉色並不好看，只可惜正慶幸劫後餘生的 Arthur 看不出來。

「因為他們不是漁民。」她幽幽的回應。

從船上走下了一個裝扮奇特的人，Arthur 瞇起眼看著那似斗篷的服裝在暗夜裡因風飛揚，對方有著奇怪的五官，長長的鼻子……啊啊，Arthur 虛弱的劃上微笑，一時以為自己身在威尼斯嘉年華裡。

那是勾嘴大夫。

※　※　※

「哇啊！啊啊啊——哇啊啊！呀——」歇斯底里的慘叫聲從小小的身軀裡炸開，陳馨心緊緊抱著腳，痛徹心腑的大叫著。

她跟賴世杰在甬道裡跑得好好的，卻突然被一隻手拋進了暗門裡，一切是那麼的措手不及，她卻只知道自己踩不到底的往下墜落，什麼都看不清，就筆直往下掉。

沒有太遠距離，砰磅一聲落地，她筆直著地，劇痛霎時揪心！

完全忘記恐懼，也忘記看自己身在哪裡，她彈坐而起，雙手發顫的往自己的小腿邊輕觸，好痛，天哪！痛死了！她淚流不止緊咬著牙，輕輕的往劇痛處一摸——天！天哪！她的骨頭穿刺出來了！

「噢……好痛！痛、痛死了！」她哽咽的說著，語不成聲。

四周沒有燈光，她的手機不知道掉到哪裡去了，如果跟她一起摔落，一定粉身碎骨了，那又不是號稱不會壞的3310。

「唔……」身後突然傳來聲音，陳馨心嚇了一跳，她驚恐的試圖移動身子，這才想起自己是處在惡鬼的世界中。「好痛……」

咦？這聲音是？「賴先生？」

「啊啊……」賴世杰虛弱的回應著，聽起來很痛苦。

「我、我現在不能動，賴先生你還好嗎？可以告訴我你哪裡痛嗎？」她強忍著崩潰的情緒，想著賴世杰會不會摔下來也受了傷。

「好痛……」賴世杰只是這樣喊著。

「痛……燈……我的手機不知道哪裡去了！」陳馨心忽然想起背上的背包，集小狐與鄭亞薇之大成，趕緊抱到身前找。

一邊翻找，一邊嘴裡喃喃自語唸著阿彌陀佛，拜託厲鬼不要過來，他們無冤無仇的，殺他們也活不過來……而且不是進入醫院的就是精神病，拜託不要這樣亂診斷好嗎？

壓抑著鼻酸，淚如潰堤，可是陳馨心還是力持鎮靜，她有腳傷要包紮，賴先生也可能受傷了，一定要找到任何可以當光源的東西……啪！燈光忽然亮了起來，陳馨心詫異的回首。靠在牆邊的賴世杰虛弱的晃晃手上的手電筒，還不小支，燈光強度一百分。

「賴先生？」

他一直都有這麼大支的手電筒嗎？什麼時候帶在身上的？就那個小背包嗎？那為什麼一直要她拿手機照明？

賴世杰右手邊不過兩步路就是個門口，她仔細打量著這地方，不像是醫院，反而很像是今天在路邊看到的房子。

「痛死了！這是怎麼回事！妳快過來幫我看看！」賴世杰難受的嚷著，揮動著手電筒。

「等等，我腳斷了。」她咬著牙讓自己轉了一百八十度，好面向賴世杰。「我先包紮一下。」

就著光，賴世杰也看見了她穿出小腿的斷骨，鮮紅欲滴，一塊肉被刺穿掀開，擠壓成一團在傷口旁，陳馨心把背包裡能用的布都拿出來，這時只能慶幸大家是護士，基本藥品都有隨身攜帶的習慣。

望著手上一小瓶碘酒，她知道這倒下去會是如何的撕心裂肺。

「賴先生，你傷在哪裡？」在動手前，她還是要先知道賴世杰的傷勢。

「我痛到不能動了，手跟腳都受傷了！」他伸長了手，陳馨心可以看見上面的擦傷。「妳消毒要留給我啊，不能都用掉！」

「放心好了，有三瓶。」她把圍巾揉成一團塞進嘴裡，把碘酒往斷骨處倒了下去！

「唔——」

痛！媽的！痛死了，她一口氣差點上不來，她真的真心敬佩發明麻醉劑的人了。

賴世杰看著臉色泛白的她，他也很痛啊，幹嘛一副生不如死的樣子。

「喂，妳好了沒？快點過來幫我看看！我頭也很痛！」賴世杰嚷著，「身為護士怎麼可以任病人在這邊叫喊！」

陳馨心又痛又氣，聽見賴世杰的叫喚更是怒不可遏。

「你要我說幾次？護士是一份工作，不是天職，馬的也不是什麼義務，你說話客氣一點，少把我們的工作視為理所當然！」她趁機把稍早的怒火一起宣洩，「我大不了可以不做這份工作的，不要以為醫生護士就應該要救人！」

「不救人妳幹什麼吃的？當醫生護士就是要救人啊，妳也不要以為多了不起，妳不好好幫我包紮，我回去一定告到妳這輩子別想再當護士！」

陳馨心簡直怒極攻心了，但是她動彈不得，咬牙拿出小狐她們的小外套，迅速撕成條狀後，開始固定包紮自己的傷口與斷骨，可惡……聽著賴世杰在那邊叫囂她就一肚子火，就是有這麼多人如此輕賤醫護人員，才會搞得現在根本沒人敢當醫生或是護士。

被喝令著，工作超時還不被當人看，絲毫沒有尊嚴可言，太多賴世杰這樣的人了，把她當初那種想要幫人的心都消磨殆盡！

就算鄭亞薇要孤立她、那樣造遙，只要看見病人痊癒或是舒服的笑容，再多的苦都能夠忍……可是賴世杰的心態與嘴臉，她卻萬萬不能接受！

『親……愛……的……』一陣陰森的聲音忽然響起，讓正在打結的陳馨心顫了一下身子。

咦？賴世杰立刻驚恐的左顧右盼，這是、這是賴太太的聲音啊！「阿玉？」

「誰？你是說被你間接害死的老婆？」陳馨心還真是哪壺不開提哪壺。

「閉嘴！我沒、沒有害死她，我原本想去救她的，但是一時踉蹌……」賴世杰結巴的辯解著，陳馨心瞪圓著眼，陰風陣陣，從她後方傳來。

緩緩回首，她看見一個女人站在角落，用蒼白的臉與無神的眼瞪著他們。

「哇啊——」陳馨心尖叫的向賴世杰身邊退，在口袋裡找著Arthur之前分給她的十字架。

「不要過來喔！不要……」

等等！賴太太是台灣人，信天主教嗎？沒關係，她還有佛珠、還有廟裡求的平安符！她手忙腳亂的想要找平安符，她忘記塞在包包哪個內袋裡了。

「快走！快帶我走！」賴世杰看到她一過來，立刻伸手抓住她，想要撐著她站起來。

陳馨心一咬牙，她腳斷了耶，賴世杰還把身體的力量壓在她身上嗎？她轉過頭想開罵，卻突然看見牆上有一道殷紅的痕跡，由上而下。

咦？她看向賴世杰的後腦，伸手去探，摸到溫熱濕潤的黏液。

「賴先生……你落地時撞到頭嗎？」陳馨心緊張的把他扶正，一邊看著站在那裡，卻一動也不動的賴太太。

「我不知道……就貼著牆滑下來的……」賴世杰虛弱的說著，這才伸手往後腦勺一摸。「落地前就撞到了，然後……哇！血！我流血了！」

「你不要亂動，我得先看看傷口。」陳馨心伸手要拿過他的手電筒，賴世杰卻一把抱著。「妳不要碰我的手電筒！這是我的！妳想幹什麼！」賴世杰驀地大吼，「妳想要搶走對不對！」

陳馨心不可思議的望著賴世杰，「我要看看你的傷口……」

「不許碰！這樣也能看著，妳少來！」賴世杰揮掉她的手，「快點幫我止血，快點帶我出去，妳這天殺的護士，動啊！」

賴世杰低垂著頭往她斷腿的膝上靠，陳馨心低吼出聲，斷骨處立刻滲出血來，同時，賴太太揚起了笑容，往前了一步！

咦咦！陳馨心注意到那個女鬼動了，是因為血腥味嗎？不不，她顫抖著，真的有仇是她跟賴世杰之間的事，她不要當犧牲者！

逃難時一直躲在她身後，明明有手電筒卻不拿出來幫忙，在她差點被攻擊時還推她出去，有事又往她身後躲……把她當成奴隸使喚，把護士這份工作視為理所當然，為什麼……為什麼她要因為這種人而死！

『這是……我跟他之間的事。』賴太太越走越近，陳馨心也才能看見，她的死狀。

賴太太的頭頂插了兩把扁鑽，不知道那是不是史地的另一種開刀方式，但是血都凝固在臉上，像河流分支一樣相當嚇人；她眼睛瞪得相當大，上下眼瞼一片通紅，分別被割掉了一大段。

「唔……不要過來，我真的不是故意的！」賴世杰看著妻子逼近，居然往門邊爬去，而且不客氣的將陳馨心再往前推。

她疼得喊不出聲了，意識到的時候，賴世杰的雙腳已經在眼前要踏出屋外，她驚恐的抬首，賴太太正睥睨著她。

「不……不要這樣。」她嗚咽著說著，「妳認得我嗎？在車上時，妳很喜歡我帶來的蜜餞……」

「救命！救命啊！」外頭傳來叫聲，陳馨心以手帶腳，用屁股往門外滑。

賴世杰人在庭院裡，他才爬出去，就被滿地的藤曼樹根給緊緊綑住了，陳馨心悄悄向上看去，這片庭院的上空被樹木的氣根掩蓋，氣根交錯得非常有趣，呈現出一格又一格的方格。

可是，現在那些方格裡都塞滿了人臉，每個人都用死魚眼向下盯著被束縛在地上的賴世杰！

沙沙沙……連思考怎麼跑都來不及，病患的長袖拖曳音又出現了。

「護士，救我！快救我！」賴世杰喊著，朝她伸出手。

陳馨心看著賴世杰後腦勺的傷口，血一直大量流出，他的頭骨一定裂開了……加上這樣激烈的動作，只是造成失血加快而已，如果不快點止血的話，他……他會死的。

『這……不關妳的事。』賴太太的聲音再度在她背後響起，嚇得陳馨心背部挺直，渾身起雞皮疙瘩。

「救人啊，護士！妳不是護士嗎？發什麼呆，難道妳想要棄我於不顧嗎？」賴世杰驚恐的喊著，因為陳馨心沒有動靜。「妳敢的話我回去就告訴媒體，我要讓大家看看，妳這護士對我見死不救！」

陳馨心回首看著賴太太，她沒有攻擊，只是用沒有上下眼瞼的眼睛，像是怒目瞪視著賴先生。

屋裡的天花板上，爬下了違抗地心引力的病患亡靈，陳馨心撐著石門框掙扎站起，她已經明白賴太太的意思了，賴太太不想傷她，但不代表其他亡靈不會這麼做。

『狂妄患者在這裡，要怎麼治療呢？』

『先挖掉他的眼睛，再割掉他舌頭吧？』

病患亡靈們正在討論，朝著賴世杰聚集而來，陳馨心緊抓著鄭亞薇的背包，裡面還有一支小小的手電筒，她拿起打開，往裡頭照去。

『哇——』病患死靈們嚇得往後退卻，還有人迅速爬回天花板

但是這對賴太太沒有用。

「護士小姐！」賴世杰眼見似乎有救，喜出望外的朝陳馨心伸出手，要她拉他一把。

陳馨心用左腳行進著，扶著牆跳出屋外，樹根沒有捲上她，她一步步往庭院外頭跳出去。

咦？賴世杰看著她掠過的身影，驚愕的傻在原地。

這是他們夫妻的事，她介入，賴太太不會放她甘休，她不介入，賴世杰沒有活路。

但就算現在幫他止血，他也躲不過死靈那關。

「陳馨心！陳馨心！妳去哪裡！」賴世杰大吼著，「妳這黑心護士！不許妳扔下我！」

她回首，看著賴世杰手上那刺眼的燈光正照著她。「我不是天生慈悲，我說過了，護士只是我的職業。」

「妳不能這樣！妳要救我！妳應該要救我的！」賴世杰驚恐的吼著，看著從屋裡又爬出來的病患亡靈，益加慌張。

「那個誰說過……大家都是戴著面具在過活的。」陳馨心望著賴世杰，輕蔑一笑。「你怎麼知道我護士的面具之下，是怎麼樣的人呢？」

至少，不是那種不分是非的人，不是被推著送死，還反過來大方救人的人。

陳馨心旋過了身，拿著迷你手電筒往前一拐一拐的走著，大雨淋濕了她全身，斷骨處正在抽痛。

身後是賴世杰的大吼聲，他還在吼……她想，他現在應該拿著那大支的手電筒，自以為能擋下那群病患亡靈或是賴太太吧？

事實上，不管多大的手電筒都沒有用的，那些病患怕的不是光，而是手電筒本身。因為他們曾是病患，醫生通常都用這種小型手電筒查看眼部，那些精神病患如果都曾被綁住，就有極大的可能被如此照射眼部，更別說如果對象是瘋狂醫生的話，這種光的刺激只會加深他們的恐懼。

小晨用的就是那種手電筒，所以病患才會害怕。

而賴太太根本不是在精神病院的患者，所以原本就不怕手電筒或是光……遺憾的是亡靈也不會畏懼賴先生手上的任何東西了。

「走開！阿玉，妳不要這樣，我說真的，我不是故意的……我真的……哇哇啊——啊啊啊——」

賴世杰的慘叫聲夾雜在雨聲裡，既淒厲又讓人膽顫心驚，陳馨心不想去猜賴太太是怎麼跟老公算帳的，她只知道往前走，能走多遠是多遠，然後如果她能活下來，她還是要以護士為終生職業。

她真的喜歡救人，喜歡看病患恢復健康的模樣，只是這是她的熱情，不是她的天職；如果有人問起賴世杰的事，她會老實說，賴太太跟老公有事要談，所以她走了，她沒有救他的義務，現在未來都沒有。

如果沒有活下來的機會，陳馨心緊抿著唇哭得泣不成聲，如果她等一下會被土裡竄出來的厲鬼抓住，火焚全身，她也不後悔，絕對不後悔。

『陳馨心，下一個路口往左。』熟悉的聲音從耳邊響起，她陡然一僵，止住了步伐。

『妳會看到手電筒的燈光。』

鄭亞薇？陳馨心沒有照過去，她只感受到身邊的確有東西掠過，風中殘留一股燒焦的氣味。

咬著牙，她忍著劇痛，小跑步的往前，她要活下去！說什麼她都想活下去——左邊！

「Arthur！」

尾聲

天矇矇亮的時候，季芮晨睜開了眼睛，濃霧籠罩了 Poveglia，有別於昨日的傾盆大雨，今天只怕是萬里無雲的好日子。

昨夜來接他的船是勾嘴大夫所有，他是梵諦岡的驅魔師，而且具有絕對的地位，他帶來的人為他們提供了乾淨的衣物、食物及醫療，他們被接到船艙中接受治療，而勾嘴大夫則帶了一批驅魔師下去，在那片廢墟中進行儀式淨化。

拉丁文的驅魔咒語有力的迴盪著，聽在耳裡，心裡平靜很多。

陳馨心開放性骨折的腳重新做了妥善的消毒與處理，還輸了一袋血，然後她沒有休息的幫忙照料大家；Arthur 身上只有一些小傷口及斷指，也經由聖水淨化後做了縫合，沒有什麼大礙。

至於季芮晨，全身上下大傷小傷都有，最嚴重的反而是從廢墟衝往港口時的摔傷與撕裂傷，經陳馨心細心消毒後，也交由醫生縫合處理。

最嚴重的小林，現在正趴在病床上，背後的傷口早已縫合，一共縫了二十針，輸了一千多ＣＣ的血，但是醫生說他生命力極強，所以並無大礙；季芮晨很想徹夜守候在小林身邊，但是她怕負闇之力反而讓小林步向病危，所以選擇回到自己的艙房。

而且，她跟身邊的亡者們還有話要講。

Martarita 沒有現身，小櫻又跑回威尼斯玩了，所以由 Kacper 來找她，他們說多年前 Martarita 在這個島上曾經待過，Mario 是她的少年僕人，因為她的嬌縱，讓 Mario 進入了精神病院，甚至還親眼見到他被挖出雙眼而亡。

這事情結束後 Martarita 發了高燒，高燒退後卻因為驚嚇過度而忘卻這件事，直到她死亡之後，她才想起自己曾對不起一個人，但她沒有勇氣面對，也不敢想像 Mario 待在 Poveglia 後的生活，所以死後儘管遊歷世界，卻從來不敢踏上 Poveglia。

季芮晨至此便明白，Martarita 當初反對她上船到 Poveglia 的原因了。Martarita 不是擔心她，是擔心 Mario，是害怕面對自己的恐懼。

現在，她還待在島上跟 Mario 在一起，季芮晨的確是把大部分的死靈都送走，但是她那時是針對為惡之輩，巧妙的保留了汪永錫跟其他未曾傷人的亡靈，他們正在接受驅魔師的淨化儀式，以求能夠升天。

而控制精神病院的史地老實說也是身不由己，因為他的瘋狂導致他的死亡，而他遭受的詛咒並不是什麼厲害的人下咒，而是單純的源自於被他傷害的精神病患。

換言之，病患亡靈們的怨氣詛咒了史地，而史地卻又束縛了所有患者，這說到底可謂作繭自縛。

「那 Mario 怪小林救我是為什麼？我想要把史地的屍體毀掉，卻好像我在做十惡不赦的事般。」季芮晨平靜的問，「無風不起浪，那個 Mario 是有理智的，什麼原因你們知道嗎？」

Kacper 望著她，淺淺笑說。『不清楚。』

季芮晨挑了眉，「說謊。」

『我不想回答。』Kacper 聳了聳肩，『啊，小林快醒了，妳不去看看嗎？』

咦？一提到小林，季芮晨緊張的就站起，這才想到被岔開心神，怒而回眸，Kacper 已經不見蹤影。

「可惡！」她低咒著，卻還是邁開步伐往外走去。

『妳很會利用自己的命格了啊！』才出艙門，房裡卻突然又傳來聲音。

她趕緊回身，看見一個約莫三十餘歲的男人，一臉成熟睿智，手裡永遠拿著一本書在閱讀。「Tony！」

『Mario 擔心的就是妳懂得利用自己的命格。』Tony 微笑著。

「我是懂了，但還不熟悉。」她站在門口，蹙著眉。「但我不懂他的想法，我是要救人，要釋放被史地困住的亡者，這有什麼錯？」

『原因我跟妳提過了，妳得自己融會貫通。』Tony 又是話不說破。

「所以，Mario 不喜歡我懂得使用負闇之力的命格嗎？」季芮晨瞇起眼，夾帶著慍怒。

『沒有人會喜歡的。』Tony 身形漸而消失，『妳很快就會知道的……小林真的醒了，快去吧！』

「喂，Tony！Tony——」她看著他消失，她身邊個個是奇葩，不懂的特愛提意見，知道最多的特愛打啞謎！「呿！」

她咕噥著回身，一拐一拐的往小林的房間去，現在對她而言，這些其實都不重要，的確只有小林最重要！

還沒到病房，就聽見裡面的笑語串串，她吃力的踏進去，Arthur立刻過來攙扶她；她望著坐在床上，臉色蒼白的男人，陽光般的笑臉依然浮現，小林的笑永遠都能融化她的心。

她坐上床緣，小林立刻擁抱著她，下一秒就是牽動背部傷口的哀哀叫。

「幸好妳沒事。」不顧現場多少人在場，小林額頭貼著她的。

「喂，我可是Lucky Girl耶！」她無奈的說著，「我暫時都送他們回老家了！」

「Arthur大致跟我說了，但我想再聽妳說『詳細』一點。」小林加重了語氣，季芮晨明白有些事只有他們兩個能私下講。

「回去的路上有的是機會。」她赧紅了臉，小林可以放手了沒？很多人耶！

「我想去看看外面，可以嗎？」他想要看看，那已成廢墟的精神病院，那承載著十數萬亡靈的死亡之島Poveglia。

季芮晨問著醫生，醫生勉為其難的點頭，只要小林走得動就行；於是Arthur幫忙攙扶，小林倒是覺得小題大作，他不但能走，而且走得好好的，只不過虛了點。

一行人走上甲板，太陽已經露出臉來，天際蔚藍一片，萬里無雲，金色陽光灑在身上，暖烘烘的。

小林看著一堆石塊廢墟，有些詫異，佔地如此廣大的建築，竟然真的眨眼間就倒塌了！正在感嘆之際，卻看見厭惡又熟悉的人影，朝著船上走來——勾嘴大夫？

「梵諦岡的驅魔師。」季芮晨立刻壓低了聲音，「他應該是感應到我身邊的 Martarita 他們。」

『哼，想淨化我們可沒這麼容易呢。』Kacper 低低的笑著。

勾嘴大夫走了上來，看見病人們有些訝異，醫生上前解釋了每個人的狀況，表示暫時的行動是允許的。

看了就不舒服，小林擋在季芮晨面前，彷彿勾嘴大夫會對她不利似的。

「別這樣，他們剛淨化完所有亡者，而且昨天是他們才有辦法派船過來。」她拉拉他，別這麼劍拔弩張。

小林嘆了口氣，勉強的點點頭。「謝謝。」

「不必，我們本來就在找你們，沒料到你們到這裡來了。」勾嘴大夫對著季芮晨說著，「也唯有妳敢這樣貿然的前往死亡之島。」

「我不是來探險的，我是來找團員的。」季芮晨簡單的說著，「我還得回去威尼斯島，我有幾個團員在那兒，一定很擔心大家。」

擔心……是嗎？季芮晨想起逃難的許醫生跟小狐，他們不知道會不會擔心同伴？可是她還是慶幸他們逃回威尼斯，才不必歷經這駭人的一夜。

「只怕妳不能回去了。」勾嘴大夫冷冷的說。

「咦？什麼意思？」季芮晨愣了住，小林緊張的摟著她。「他說我不能回威尼斯！」

「你們的團員我們有人負責接應了，有醫生夫妻、一對醫生情侶，還有護士對吧？會按照原訂計劃，有人下午送他們離開威尼斯。」勾嘴大夫準確的說出留在島上的團員，「至於這兩位，我們也會有所安排。」

季芮晨皺起眉圓睜雙眼，她很不安，感覺到非常不對勁——這個勾嘴大夫，還在針對她！

Arthur 不解的詢問發生什麼事，不懂義大利文的他們顯得困惑，季芮晨解釋了勾嘴大夫的安排，這引來小林極度不滿。

「為什麼？可是我行李都還在旅館裡啊！」陳馨心嚷了起來。

「送我們離開後呢？那小晨怎麼辦？」Arthur 覺得不對勁，以他記者的敏銳度，這艘船半夜到 Poveglia 就已經不正常了。

「兩位會送你們回島上跟團員會合，取過行李後離開。」勾嘴大夫從容的回答著，「也有專人會帶你們繼續行程。」

「什麼意思？那是小晨的團，她是領隊自然得回去！你們憑什麼安排我們做什麼事？」

小林氣急敗壞的用英文質問著。

「林先生，你不必擔心，你會跟她在一起。」勾嘴大夫冷笑出聲。「季芮晨必須跟我們去一個地方。」

綁架？這是季芮晨腦海中第一個閃過的名詞，他們要綁架她？

「綁架我拿不到贖金的，我沒有家人沒有親戚……」因為都已經死光了。

勾嘴大夫面具下的雙眸凝視著他，冰冷而毫無情感，他不予回答，只是掠過了他們，通知船員準備開船。

「這是怎麼回事？小晨妳要去哪裡嗎？」陳馨心嚷著，「他們要把我們送回去，那妳呢？」

「不知道，不過……你們照他說的做吧。」季芮晨冷靜的交代著，「你們的安全第一，回到威尼斯後到旅館取回行李，跟著梵諦岡的人，他們做事很精準的。」

「我不懂……這是針對妳嗎？」Arthur 是記者，總是敏銳。「昨天駕船過來不是為了救人，是為了妳？」

季芮晨苦笑一抹，答案似是而非。「別探討了，你這次拍的照片夠讓你寫一篇專題了。」

她別過頭去，偎向了小林，小林朝著他們兩個使了眼色，意思是別再追問。

他身體靠著船緣支撐，摟著有些脆弱的季芮晨，聽著汽笛鳴起，船緩緩的移動，即將離開這死亡之島。

「勾嘴大夫剛剛說我們的團員中，有一對是醫生情侶。」她悄聲的說著，向上看著小林。

「情侶……」小林瞪大眼睛，「許醫生跟小狐？我就知道……」

「怎麼不猜吳婉鈴或洪資婷？」

「氛圍，一路上許醫生跟小狐沒有交集，那是因為許太太在，所以刻意避開；可是許太太被拖走後，他就幾乎護著小狐，鄭亞薇被黑死病靈拉下去時，許醫生也是拉著小狐逃的。」

小林拉起季芮晨的手，十指交扣。「像這樣的握法。」

她望著被十指緊扣的手，忍不住緋紅了臉。

小林沒有鬆手的意思，季芮晨帶著羞顏低下了頭，這種迷你的浪漫還是能讓她怦然心動。

她從口袋裡拿出個玩意兒，朝小林的腕上戴上，他怔了幾秒後，雙眼一亮。「這是……」

「慶祝你……劫後餘生。」她紅著臉說，別開了羞赧的眼神。

小林欣喜若狂的捧起她的臉，不管甲板上多少人，硬是在她的額上臉上落下激動的吻。

她怕羞，很快的埋進他胸膛裡不讓他一直亂親，也可以遮掉四周看熱鬧的視線，討厭啦！小林怎麼都這麼大方！

Arthur 偷偷拍了幾張，陳馨心跟著竊笑，但是笑容很僵，畢竟他們還不明白，那個勾嘴大夫要帶小晨去哪兒？

「你說……他們想帶我去哪裡？」季芮晨盤算著，有沒有逃離的機會。

「上威尼斯島後要逃嗎？」身負重傷的傢伙還在異想天開。

「別鬧！」她不悅的說著，「我倒是也想知道究竟有什麼事……是因為 Martarita 他們，還是負闇之力？」

『不會是我們。』Martarita 的聲音總算出現，『小晨，對不起。』

「對不起？」季芮晨又用別的語言在自言自語，小林習慣了，不知道她身邊哪個死靈又在說話。

『是我懦弱的沒有勇氣面對 Mario，但是我還是站在妳這邊的。』

「Martarita，妳說得沒頭沒尾，我聽不懂。」季芮晨托著腮，佯裝自然的觀往遠處的威尼斯。

『我是為了他，選擇站在妳這邊的。』Martarita 的聲音異常堅定，『不管發生什麼事，我都會選擇妳——』

「哇啊！」陳馨心突然叫了起來，「你們看！威尼斯——」

咦？所有人紛紛往威尼斯島看去，遠處繁華熱鬧的威尼斯島忽然傾斜了一邊，有一角的島沉進海裡，濺出了一大片浪花。

船家們喊著停止運行，甚至開始往後移動。

甲板上的人都呆愣著看著不可思議的景象，威尼斯島竟開始陸陸續續的沉沒，水花大到遮去了島嶼，海水倒灌入島，這不是一寸寸的沉沒，而是大面積的往海裡沉去！

因為島嶼沉沒的大浪傳遞過來，他們的船隻也跟著晃動！

「哇！」所有人抓著船緣或固定的東西，以應付這搖晃的船身。

季芮晨趕緊撐住小林，他的身體不能再受傷。

她緊抱著他，將他圈在自己與船緣中間，雙眼仍瞬也不瞬的看著正迅速下沉的威尼斯島……這麼遠，他們看見色彩繽紛的點狀物在奔跑、落海，想是穿戴著華服與面具的人們。

Arthur還是拿起相機，記錄著歷史的一刻，沉入海裡的威尼斯。

面海的百年旅館與建築物消失在海平面上，最後只剩下高聳的聖馬可鐘樓。

大浪依然打著，鐘樓緩緩的沉落，這震盪敲響了鐘，噹——噹——

彷彿是威尼斯敲響了自己的喪鐘。

『末日快到了，我已經準備好！請再給他們兩天時間，就讓威尼斯在奢華中迎接末日，這才像威尼斯啊！』

老人家的聲音，在腦海裡響起，衣衫襤褸、溫柔的笑容，老人家說他一直都準備好了，然後恭敬的朝她跪拜。

——是她？——季芮晨倒抽一口氣，威尼斯島的沉沒，是因為她嗎？

「威尼斯島沉了嗎？還是慢了一步。」在大家瞠目結舌之際，有人從容的步上甲板，就站在季芮晨身後。

她認得這個聲音！季芮晨瞪大了雙眼，那是女人的聲音，是一個看起來歷經滄桑、擁有強大的靈力，能見鬼也能降鬼驅魔，是真正具有力量的人。

她兩年前帶希臘團時偶然認識的，她帶的那團有一個女孩是死神的女人，一個俊美的男子是跟死神搶女人的勇者，那驚人的體驗她至今難以忘懷，因為她瞧見了所謂死神、還有金碧輝煌的雅典娜神殿。

轉過身，女人穿著黑色大衣，圍著白色皮毛，依然是清秀的臉龐，超乎實際年紀的雙眸，還有一臉的滄桑與悲傷。

「令小姐？」季芮晨嚥了口口水，她沒料到會在這裡、這艘船上再次遇到她，令葑蓮。

「好久不見了。」令葑蓮微微一笑，「果然還是只有妳平安呢！」

令葑蓮勾著嘴角，遙望著聖馬可鐘樓的尖塔，塔端正閃入了海平面，鐘聲做著垂死的掙扎，噹噹……噹噗嚕嚕……

季芮晨不解的皺眉，令葑蓮說的話是什麼意思？什麼叫果然還是只有她平安？！她回過身去，威尼斯島已經不見蹤影，從海平面上消失了——是因為她？因為她的 Lucky ？除了她之外，周遭的人都會出事！

這一次，她在這裡盡力守護了更多人……而遙遠的威尼斯島卻沉了？是這樣嗎？

這就是 Mario 阻止她的原因！天哪……季芮晨禁不住的摀住臉，淚水瞬間崩落，是因為負闇之力——保自己平安，他人就會遭罪啊！

「是我……又是我！」季芮晨淚眼汪汪的抬首，望著小林。「這次又是……」

小林卻沒有看她，他正用瞠目結舌的神情，望著黑衣的令葑蓮。

「也好久不見了，祐珊。」

咦？季芮晨看著眼前一雙男女，他們……認識？

「表姊？」

番外．鬼面具

每年的威尼斯面具節，就是場華麗盛宴！遊客眾多，人山人海，所有人都會穿著歐洲古時的宮廷服飾，或是斑斕奪目的自製誇張服飾，再戴上各式各樣華麗的面具，在威尼斯裡狂歡。

女人一身輕便，正逛過一攤又一攤，就想要挑一個最能襯得上禮服的面具。

「悠悠，妳挑到了嗎？」身後熱切的聲音喚著。

元辛悠回首，是朋友張靜敏。「還沒呢，總覺得少了點什麼。」

「其實不戴也可以啦，我覺得這裡面具爆貴的！」張靜敏手上拎著袋子，看來已經買好了。「我隨便挑的，主打一個有戴有算數。」

元辛悠拉開她的袋子瞄了眼，還真的隨便挑耶！毫無特色而且作工粗糙。

「反正也只用一天而已，太貴不划算！」一旁的月月也回應，「悠悠，妳夠美了，我覺得挑個簡單的，能露出妳的臉就好。」

她美嗎？元辛悠微微一笑，她當然美啊，她一向知道。

精緻的五官，白皙的皮膚，帶著一股脫俗的美，光是從旅館走到這裡，一路上滿是欣賞的視線，她向來很享受這樣的目光，因為她知道，自己很美。

「我還是想精緻點，好不容易來到這裡，又是難得的節慶！」元辛悠說著心裡話，「別忘了，我們花了多久時間才到這裡的！」

是啊，五年前共同訂下的目標，一起努力、一起存錢，就是希望能飛到威尼斯參加華麗的盛宴！

「是啊……」月月難掩失落的神色，「好不容易大家存到錢了，假也排好了，但是……」卻偏偏少了一個人。

「冰來了！」一票男生跑了過來，手裡各拿了兩支冰淇淋！

「排隊排死了，我都沒想到吃支冰會這麼辛苦！」男孩們抱怨著，但還是趕緊把美味的義大利冰淇淋遞給女孩們。

他們是大學同學，大學時就非常要好，這份感情一路延續到畢業、甚至就職後，大家有空就相聚，從不會因為有了情人而放掉朋友，也不會硬把情人塞進朋友群中。

大學同學就是大學同學，他們不需要外人摻合，逼他們聽不懂的過往，也不必照顧情人的情緒，所以每次相聚，都是最純粹的快樂。

五年前是沈芊儀提出她的人生願望：到威尼斯參加面具節！其他人或許不懂，但朋友說想去，大家就想著一起去創造美好的回憶——於是大家開始長期規劃、計畫存錢，再做著旅遊功課！終於，五年後，他們都在威尼斯了。

幾乎。

「悠悠，我幫妳買開心果跟檸檬口味的！」熊富體貼的遞上冰淇淋，「我跟妳說，開心果口味真的無敵好吃。」

「謝謝。」元辛悠嫣然一笑，說真的，她笑起來真的太迷人。

只是，元辛悠笑容略微僵硬，喜歡檸檬口味的從不是她。

欸。月月用手肘撞了一下張靜敏：搞什麼啊？悠悠不是最怕酸嗎？熊富是不是搞錯了！愛吃檸檬的，一直都是芊儀啊！

「咦？悠悠不是怕酸嗎？」直男邱一成立即出聲了，「你買什麼檸檬啊，白痴！」

啊？熊富一怔，旋即倒抽一口氣。「對不起對不起！我忘了！我——」

「你只是記成沈芊儀的喜好了。」元辛悠淺淺笑著，「沒關係，我把開心果吃完，檸檬的讓靜敏她們幫我吃就好了。」

「哎呀！抱歉啦！」熊富尷尬極了。

要換冰也很難，因為他們全買一樣的口味，每支都有檸檬。

元辛悠微笑著搖頭，她知道的，沈芊儀的分量，在這個群體裡永遠是最重的。

男生們交換著眼神，責怪熊富蠢，他也不知道該怎麼辦，目光看向群體裡最帥的羅立維，他倒是無所謂的聳聳肩。

就一支冰而已，沒必要認真吧！不想吃大家都能分掉。

「欸～所以挑到了嗎？」邱一成趕緊岔開話題。

「我們挑到了，悠悠還沒看到適合的。」月月晃了晃手裡的袋子。

「既然來了，我想要很認真的去裝扮自己，好好享受這嘉年華會——」元辛悠眼神泛著迷離，「連芊儀的份一起。」

沈芊儀，是最最想來這裡的人吧！

但卻在出發前說自己有事來不了，而且誰都問不出為什麼，她不接電話不回訊息，甚至連去她家都會被趕走，門都進不去。

他們都不知道沈芊儀身上發生了什麼事，她不說，誰也無法知道為什麼。

「那妳繼續逛，我們直接回飯店，手機聯絡？」羅立維三兩口的吃完冰，他想睡覺了。

元辛悠有點失落，「你不幫我看看喔？」

羅立維失聲而笑，「我哪會看啦！要我說，妳這張臉就根本不必面具！」

「就是！」朋友們異口同聲。

元辛悠難掩開心得意的笑容，轉身繼續去挑面具。

剩下的六個人，則決定先回飯店，好好休息，畢竟在機上幾乎都沒睡啊。

熊富一步三回頭的看向已經隱入人群中的身影，不由得嘆了口氣。「我到現在還是不明白，沈芊儀到底出什麼事了？」

「我都不敢猜！我覺得事情一定很嚴重！」張靜敏提到這件事就揪心，「我只能想到她生病了！」

「但她越不講大家越擔心啊！」邱一成看向身邊的羅立維，「喂，你們感情最好，她沒跟你說嗎？」

羅立維微怔，一下接受到五雙眼睛的目光。

「大家感情是一樣好的，沒有什麼特別……」

「最好啦，誰都看得出來你們不一般。」月月倒是沒客氣，「沈芊儀跟你平時都會私聊啊！」

「雖然我很不想承認，但你就是長得帥，沒辦法。」熊富攤手。

羅立維長得真的非常好看，完全的明星臉，而且隨著年紀增長，男人的魅力更加明顯！大家以前都以為沈芊儀會跟他走在一起，尤其他們默契之好，幾乎黏在一起，結果似乎仍舊是朋友。

「感情一樣好，那是月月妳們不找我聊，否則我也可以陪你們聊幾小時沒問題。」羅立維淡淡的帶過，「別問我了，我真不知道發生了什麼事——而且，最熟的是元辛悠吧！」

如果身為閨密的元辛悠都不知道沈芊儀出了什麼事，其他人怎麼會知道呢？

元辛悠是屬於清麗脫俗的美人，沈芊儀則是豔麗性感的尤物，從身材到容貌，無不散發誘人的魅惑力，眼神裡媚波流轉，誰被看一眼都會暈眩的類型。

她們是群體裡的兩大美女，加上羅立維那張明星臉喔……有時邱一成都覺得，這是他們這群不會散的主因之一。

養眼啊！哪能散啊是吧！

加上沒人越界去談戀愛，八個人始終維持朋友關係，所以一切才能如此平和。

張靜敏倒是若有所思，「我總覺得悠悠是知道的，只是她也不說。」

沉默在眾人間漫開，其實靜敏說的有理……元辛悠的確應該是最清楚事情的人，但是——

※　※　※

她知道。

她當然知道沈芊儀發生了什麼事。

元辛悠拿起面具往自己臉上比劃著，鏡子裡映出她漂亮的容顏。

雖然大家都說她美，可是她卻永遠比不上帶著媚眼的沈芊儀，雖然他們只是一個八人的小群體，雖然誰都沒有跟誰談戀愛……但，她就是過不了心裡那道檻。

她不喜歡是那個「第二個」被看到的人。

她該是人人第一眼就驚豔的人。

她知道沈芊儀愛美心切，所以她「聽說」有個醫美醫生私下接案，便宜又厲害，沈芊儀聽了果然起心動念，想在威尼斯面具節驚豔四方，想打點音波、加點玻尿酸……

她去了，然後就消失了。

其實那位醫生根本沒執照，她會聽說，正是「聽說」各種失敗且淒慘的例子，她只是想看看沈芊儀的運氣有多好罷了。

攤販吱吱喳喳的跟她介紹著面具，拚命的誇她漂亮，她不以為意，這裡還是沒有一眼就讓她心動的面具。

對啊，要心動，要像看見羅立維那樣。

大家都沒有跨過那條線，但是日子久了誰知道？她暗戀他很久了，沈芊儀也是，現在大家都已經到了一個年紀，而羅立維至今還是沒有女友，所以她想試試看！

跨出那一步前，沈芊儀便不能存在，因為不只是羅立維，每個人都向著沈芊儀，因為她不僅美，還是這個群體裡的女王。

一抬眼，在熙攘的人群裡，突然出現了一張扭曲的臉，倒映在鏡子中。

喝！元辛悠倏地回首，匆匆扔下面具就回身追去——那張臉她不認得，可是那件多彩衣服是她送沈芊儀的生日禮物！

她來了嗎？她居然敢來嗎？

聖馬可廣場上的人真的太多了，她根本追不上，好不容易彎進巷子裡，四通八達的巷弄輕易讓她失去了來人的身影。

站在小橋上，元辛悠不由得有點後怕，剛剛雖然在鏡中、離她又有段距離，可是還是好可怕的一張臉啊……那像是注射失敗的臉，一塊一塊的浮腫。

「看錯了吧？」她兀自站在橋上喃喃，像沈芊儀那樣心高氣傲的人，如果毀了容，是斷不可能出現在這裡的！

只是……看著身邊走過的人們，已經有很多人戴上了整面的Volto面具，一旦戴上這些面具，她又怎麼能知道面具下的人是誰呢？

突然間，有個面具塞進了她手裡。

「咦？」

尚未反應過來，一個看上去只有七、八歲的孩子邊往前跑，邊衝著她揮手！

「等等，這不是我的！我——」她緊張的左顧右盼，深怕等等就有人要上前訛她！

低首看著手裡那純白色的羽毛面具，面具的邊緣鑲著細緻的金絲，明明該是優雅的面具，卻因為雙眼處框上了紅黑線條而增添一絲詭異。

附近依舊是來往的人群，不過竟沒有一人上前向她索取費用。

元辛悠不安的翻轉面具，發現面具裡貼了張黑色的便利貼，上面寫著看不懂的義大利文。看不懂啊！她拿起手機想要翻譯，此時一票喧鬧的青少年絲毫沒在意橋邊的她，直接就撞了過來！

她被撞得踉蹌，學生也是趕緊扶穩她並致歉，元辛悠不安的拿著面具匆匆離開現場，她不明白這個面具所為何來？那個孩子為什麼要送她這個面具？但是……她卻一眼就移不開這個面具。

心動，她對這副面具心動了。

※　※　※

「哇——」

驚嘆聲四起，透過面具的雙眼孔洞，元辛悠看見了眼前朋友們驚訝的眼神，以及那豔羨的光茫。

「也太好看了吧！悠悠！」張靜敏忍不住讚美，「妳找多久啊？這個面具太太太適合妳了！」

「而且好精緻啊，」月月也湊了上前，「有種……魅惑人心的感覺。」

熊富端詳了半晌，連連點頭。「說的對耶，明明應該是高雅感，可是框著眼窩的眼線卻讓人移不開視線……魅惑！這詞用得真好！」

「而且很配悠悠的衣服啊！妳衣服剛好是雪白服裝綴金線……」邱一成從上到下打量了一遍。

如此脫俗的裝扮，唯一黑色的地方就是框起的眼線，更加奪人心魄了！

她也這麼覺得！元辛悠滿足的看向羅立維，她最期待得到他的讚美。

「很美！」他簡單的微笑著，「我看妳今天可能會成為焦點，會有一堆人跟妳合照了！」

「那多好！」張靜敏可驕傲了，「我們家悠悠就是大正妹！」

「才不會！」元辛悠謙虛的說著，與大家一起離開旅館，準備加入狂歡的嘉年華。

今天的威尼斯真的五彩繽紛。廣場上擠滿了戴著面具的舞者、街頭藝人，有穿著十七世紀宮廷服飾的貴族，也有陰黑色裝束的鳥嘴醫生，更有具個人特色的奇裝異服，每個人或戴面具、或濃妝豔抹，總之，爭奇鬥豔。

只要具特色的人，都會被請求拍照，元辛悠今天租的衣服也是煞費苦心，她不介意的露出好身材，雖然在國外穿著性感的人很多，但或許是因為昨天得到的這副面具，讓元辛悠極為受到歡迎！

正如羅立維預料，太多人包圍住元辛悠，紛紛找她拍照，以至於她根本無法好好的在威尼斯裡玩，朋友們最終只能自己先去玩耍拍照了。

「妳發限動了喔？」熊富滑手機時注意到張靜敏先發照片，還有好幾張元辛悠的獨照特寫。

「對啊，剛發的，正吧！」

熊富不由得皺眉，「我看沈芊儀都沒回應耶，她看到會不會很難受？」

正在吃冰的張靜敏愣了一下，「啊……可是……」

「別想太多啊，難道要因為她不能來，我們就不能發照片嗎？」羅立維即刻出聲，「這太過了，照顧朋友情緒是自然，但也不該影響到我們的玩樂跟心情吧？」

月月悄悄做了深呼吸，羅立維果然正經時特別嚴肅，也不太輕易被情勒或被帶風向哩！

「你剛有點帥！」她由衷的說，「像我也不太敢發，就怕刺激到她。」

「啊？對不起，我都沒想那麼多！」這下反而張靜敏慌了。

「本來就不需要顧慮那麼多，真要顧慮周到，那大家不如一開始就都不要來！」羅立維從容的戴上黑色面具，「如何，我帥嗎？」

他彎身，湊到了張靜敏跟前問。

張靜敏嘖了一聲，粗暴的推了他一掌。「煩耶你！」

「好啦！拍照拍照！」邱一成拿出自拍棒，大家準備拍團體照。

他們穿著自己的禮服，也戴著面具在威尼斯各處留下紀念照。而身在聖馬可廣場的元辛悠卻笑到嘴都僵了，央求拍照的人絡繹不絕，她不好意思也不想拒絕，只是越來越疲憊。

而且，臉怎麼有點痛？

『妳就一直戴著虛假的面具好了！』

喝！聽見標準的中文傳來，元辛悠立即尋找聲音的來源，那聲音……像沈芊儀的啊！

「沈芊儀？」她喊著，原本要上前的男士愣了一下。

男人戴著象徵醫生的鳥嘴面具，說實在的，這面具真的給人一種詭異感。

元辛悠很快的恢復笑容，與男士合照。

「妳真是太美了！這副面具與妳非常搭配！」鳥嘴醫生行了個禮，「相信面具下的妳一定比這面具更美。」

「謝謝！」

元辛悠回答得有點心虛，她終於舉起了手，表示她現在需要休息一會兒，匆匆拎起裙子鑽出人潮，她好渴好餓！

張靜敏呢？羅立維他們怎麼都不見了？

好不容易找到一個角落，她拿起手機傳訊息，但一旁一直有人圍上，逼得她拚命往巷子裡跑，她想要找個地方喘息，不要再有人要求拍照，不要再有人吵她了。

拿起手機準備要找人，卻發現剛剛手機畫面還停在相機處，她點開相簿滿足的看著自拍照，連她都有被自己美到的感覺。

真美。

「妳就一直戴著虛假的面具好了！」

這句話突然再度自腦海中響起，她手指忍不住發顫，點開了翻譯軟體，昨晚她把面具上的便條紙拍了一下，用翻譯機翻了一次，那句話是：Vedere i veri colori di qualcuno。

面具呈現真實。

剛剛人群裡的說話聲太像沈芊儀了，而且她戴著面具，為什麼會知道她是臺灣人？

不安的情緒湧上，她想摘下面具，這樣不但可以阻止想拍照的人，也能給自己點喘息空間。

伸手要摘下面具時，卻突然感覺到皮膚繃緊。

咦？她試著想再拉下面具，整張臉皮卻隨著面具往前拉扯——怎麼回事？她的皮膚跟面具黏在一起了？昨晚試戴時都沒感覺面具裡有黏膠啊！

元辛悠慌張的伸手想從面具裡撥開皮膚與面具，卻發現幾乎沒有縫隙讓她下手！整張面具緊緊貼著她的臉！

這太扯了！她咬牙，想一股作氣的把面具給扯——啊！好痛！

她耐不住痛而住手，這面具黏得也太牢了吧！

怎麼辦？她該怎麼辦！

※　※　※

午夜的鐘聲響起時，元辛悠依舊在寒冷的威尼斯街頭徘徊。

她回過飯店，對著鏡子努力了一下午，面具卻越黏越緊，幾乎要成為她臉部的一部分了！

她不明白這是怎麼回事，她不敢告訴朋友們，所以趁大家沒回來時再度奔出，她想找到送她面具的孩子……或是那個在她背後出聲的女孩！

這面具就是個陷阱！

「沈芊儀！我知道妳在這裡的！出來！」元辛悠在暗巷中低喃著，她聲調哽咽，因為她的臉好痛！

不知道是不是下午嘗試拔除太多次的原因，整張臉越來越痛！

淚水滑落，再再刺激著已經疼痛的臉，她咬著牙全身顫抖，好怕面具永遠取不下來！

在窄小的巷子裡穿行，一個右轉後，在滿是霧氣的巷子末尾，瞧見了矗立在不遠處的人影。

她踉踉蹌蹌的走去，巷尾又是另一個小廣場，廣場中也有口井，井前站了一個穿著黑色斗篷的人……越走近，氛圍越詭異，元辛悠終於也看清了那個男人的面容。

男人戴著鳥嘴面具，那身斗篷讓她想起了白天曾合照過的男人。

「很痛嗎？」男人用英語問著，聲調低沉。

咦？元辛悠瞪圓雙眼，忙不迭的奔上前去，二話不說抓住了對方的斗篷。

「救我……請幫我，我無法拿下面具！」她哽咽的哭了出聲，「好痛！我的臉真的好痛！」

「這張面具這麼美，妳不喜歡嗎？我以為妳喜歡美麗的自己。」

「面具很美，但這不是我的臉啊！我沒有想一輩子都戴著面具！」元辛悠哭喊著，「求你幫我，把面具拿下來！」

「但拿下來，面具下就會是妳真實的臉，妳能接受嗎？」

在說什麼廢話啊，難道有人會把這種面具當成自己的臉嗎？

「我當然可以，沒有人會戴著面具過生活的！」她伸手摳著自己的臉頰，「我不明白這是怎麼回事，請幫我把面具拿掉！」

一陣腳步聲從左後方傳來，喀嚓喀嚓的在石板地上發出清脆的聲響。

「妳不是一直都戴著虛偽的面具嗎？我親愛的悠悠？妳捨得拿下來？」

標準的中文傳進耳裡，低首哭泣的元辛悠頓時圓睜雙眼——沈芊儀！

她立即回頭，看著站在她左後方的女人，女人穿著一襲極為張揚的紅色紗裙，臉上亦戴著鮮紅的面具，面具上處處綴以金線與鑽石，這就是沈芊儀啊，一如既往的妖冶。

元辛悠吃力的站了起身，低溫讓穿著暴露的她發顫，連牙齒都在打架。

「妳……妳真的來了？」她往前走了幾步。

「別忘了，是我提議要來面具節的，這是我夢寐以求的地方。」

元辛悠勉強擠出笑容，「那為什麼不跟我們說？不跟我們一起來？不……」

「妳、明、知、道、為、什、麼！」

沈芊儀用低沉且帶著恨意的口吻說著，字字咬牙切齒。

元辛悠一顫，慌亂的避開了視線。「我不知道妳在說什麼，妳……都沒跟我們一起玩……」

「妳猜我面具下的臉是什麼模樣？」沈芊儀伸手撫上面具，「妳還沒看過，對吧？」元辛悠絞著手指，笑容漸趨僵硬，她的確是不知道，她只是「預料」沈芊儀手術會失敗而已。

沈芊儀的手扣著面具，緩緩將面具取下。

元辛悠難以形容內心的感受，她很害怕也很緊張，她一邊不希望看到可怕扭曲的臉龐，一邊卻又希望她手術失敗……

啪！電光石火間，路燈居然暗去！

喝！元辛悠嚇得一顫身子，但立即聽見那腳步聲朝著她走來，噠噠——來人的雙手啪的箝住她的雙肩！

「哇呀！」

她嚇得失聲尖叫，裸著的肩頭感受到對方冰冷的雙手，以及——

藉由身後的餘光，她才能看清的那張臉。

那是張滿臉刀痕、割得皮開肉綻，堪稱血肉模糊的臉！

喀啦喀啦，美工刀的聲音旋即響起，眼前的沈芊儀緩緩舉起了刀子，朝著她咧開了嘴。

「這張臉我修過了……有沒有比較好看？有沒有——」

「哇啊——哇啊——」元辛悠驚恐的推開了眼前的女人。她連滾帶爬的轉向身後的鳥嘴醫生！

她直接撞進了紋風不動的鳥嘴醫生懷裡。

「幫我！幫幫我——」

鳥嘴醫生不再說話，只是以大手罩住了她臉上的面具。

他的手很大，輕易的包覆住她整張臉。

他的手，也是冰冷的。

「元辛悠，妳知道！妳早知道的對吧！」帶著哽咽與忿恨的聲音由後響起。

聽著足音傳來，元辛悠不敢多待，她驚恐的逃離鳥嘴醫生身邊，狂亂的衝進任何一條小巷中。

她滿腦子裡都是那張血肉模糊的臉！

沈芊儀的臉是怎麼回事？全部都是刀傷，難道她……她用刀子去割開自己的臉嗎？

就因為整容失敗了？

頂著那張臉，她又是怎麼來到義大利的！

啊！

某個瞬間，一陣冰涼從面具裡傳來，從上到下，空氣與冷風突然一口氣灌了進來！

下一秒，面具鬆開了。

喀。

鎮日炙熱而疼痛的臉突然迎向了冰涼的晚風，元辛悠登時一怔，呆站在路中央。

那雪白的面具落地的瞬間便碎成兩半，正在她的腳尖前輕輕晃著。

「啊啊啊啊……」淚水撲簌簌的滴落在她手上，面具終於掉下來了！終於摘下了！

儘管淚水模糊了她的視線，但她還是邁開步伐往前奔跑，她從面具的束縛中解脫了，她要回去！她現在就要回去！

離開威尼斯！

※　※　※

張靜敏焦心的拿著手機走來走去，「不行！我出去找她！」

「靜敏！」月月跳了起來，「我陪妳去！」

羅立維即刻站起，拉住了月月。「妳待在這裡，萬一元辛悠突然回來，才有人能照顧她，我陪她去！」

他抓起張靜敏的外套，跟著離開房間。

熊富跟邱一成已經出去找了，他們一整天沒有元辛悠的消息！打電話不接、傳訊息不回，大家都擔心死了！原本說好輪流出去找，但心急的張靜敏就是坐不住！

「妳等……等一下！」羅立維在走廊上拉住了張靜敏，「別急啊！威尼斯這麼大，妳要去哪裡找人？」

「總比在這裡呆坐強啊！先問問熊富他們在哪裡，我們不要重複找同一區就好！」張靜敏不停的唸著，「我們就不該把她一個人留在廣場上的！」

唉，羅立維輕嘆一口氣，突然捧起她的臉頰，朝唇上就啾了一口。

唔唔唔——張靜敏嚇得雙手摀住他的嘴。「幹什麼……大家都還不知道！」

「有什麼好瞞的？我們在一起又不是什麼見不得人的事。」羅立維不情願的碎唸，「好啦！只是讓妳冷靜——元辛悠是自己樂意待在廣場上接受大家的讚美跟目光的，跟我們沒有絲毫關係！妳又不是不知道她跟沈芊儀兩個就愛比……」

或許感情真的算不錯，但永遠不能小看女人的嫉妒與攀比心，那兩個每次出來的爭妍比美，當他們是傻子才不知道。

「別這樣說，她們就真的漂亮。」張靜敏嘆了口氣，「芊儀已經出事，悠悠不能再出事。」

在大家心急如焚尋不到元辛悠之際，又跨海傳來噩耗——沈芊儀自殺了！

原因不明，但是這消息讓他們所有人都逼近崩潰……說真的，要不是因為元辛悠失蹤，他們可能早就崩潰了。

大家都知道沈芊儀有狀況，才會臨時變故不來威尼斯，但究竟什麼事嚴重到她選擇自我了結？

叮，電梯停在了他們所在的二樓，張靜敏聞聲急急忙忙的要往電梯去，別拖，他們要快點去找人。

沙……沾著汙漬的白色紗裙在地板上拖曳著，跑到腳疼的女孩一瘸一拐的轉進了走廊上，一下就看見了站在狹窄走廊上的同學，瞬間喜極而泣。

「嗚……張靜敏……」女孩眼淚奪眶而出，嗚的大哭起來。

張靜敏卻愣在當場，身後的羅立維瞪圓雙眼，一骨碌把女友向身後拉去，擋在了她的身前。

「悠悠回來了嗎？」房間裡的月月聽見了聲響，趕緊拉開門大喊。「悠……悠？」

越過前面兩個同學，她瞠目結舌的看向了走廊上的女孩。

那熟悉的白色紗裙，精緻裝扮、華麗的飾品她都認識，可是……可是……

樓梯下同時傳來了奔跑聲，熊富跟邱一成按照時間回來輪班，在樓下就聽見了呼喚聲。

「悠悠回來了嗎？」熊富衝上二樓，恰見女孩婀娜的背影。「悠悠！妳去哪裡了？真的讓我們擔心死！」

元辛悠回首，啜泣不已。「對不起……」

熊富呆住了，邱一成張大了嘴巴，這是誰？

眼前的女子，有一張五官錯位且扭曲的臉龐，她的臉像一團麵團般，扭成了麻花狀，五官全部不在原來的位置上，更可怕的是——她整張臉，是正在腐爛的青紫色。

下一秒，一塊皮肉啪噠落了下來，掉在深紅色的地毯上。

「哇啊啊——怪物！」邱一成爆吼一聲，嚇得轉身衝下了樓！

他不忘伸手拽了熊富，兩個人還因為恐懼太過，踩空階梯直接滾了下去！

這動靜觸發了大家的緊繃開關，月月率先發出尖叫聲。

「呀——哇呀！」她尖喊著，轉身衝進了身後的房間。

羅立維沒有遲疑，拉著張靜敏也衝了進去，砰的把門反鎖！

「拿椅子！椅子拿過來抵住！」咆哮聲從屋內傳來，走廊的女孩愣在當場。

她低頭看著落在地毯上的……肉塊，顫抖的試圖蹲下，想要查看自己臉上掉下什麼。

但隨她低首的動作，她臉上腐爛的皮膚開始一塊……一塊的……滑落下來。

「啊吧啊……」元辛悠指尖捏起那爛掉的腐肉，「我的臉……我——」

面具下的臉，才是妳真實的臉。

「不是——這不是我的臉！這不是——」

不是！

※　※　※

翌日清晨，熱鬧非凡的嘉年華終於結束，威尼斯陷入了與前一日截然相反的靜寂。

廣場上重新恢復了寧靜，只有一地被遺棄的各式垃圾、彩帶與破碎的面具。

如果有人仔細的低首，或許還能瞧見，有些濕濡的碎肉，也混雜其中，一路黏黏答答，通往威尼斯不知名的深處。

身著黑色斗篷的鳥嘴醫生大步流星在霧裡穿梭，手把玩著一只精緻的面具，面具有著精緻且脫俗的五官，那曾屬於某個女孩。

後記

2013

親愛的，如果你還沒看完這本書，就快點翻回去，後記可是有雷的喔！

剛交稿沒多久，新聞就播出威尼斯大水的消息，威尼斯島早晚會沉沒的，主要是那兒根本是不適宜成為一個居住島嶼的地方，但是它還是繁華了，還是重要的觀光景點與歷史定位，所以還沒去的人，掌握機會就快去吧！

死亡之島是之前一個網路上流出的故事，後來發現新聞也有報導過，曾去過威尼斯的我說不定也有搭船經過，只是沒留意蕭瑟的精神病院遺跡；在網路上搜集了一些資料，也有不少人上島探險，拍攝廢墟，那果然是已經荒廢的島嶼，也沒有什麼人居住。

因為是探險，所以也有許多影片，都是像靈異節目般的效果，半夜拎著手電筒跟攝影機去，森黑一片，藉著微光前進，鏡頭搖搖晃晃，一有風吹草動就是尖叫聲四起的逃竄……好吧，我覺得這種鏡頭比坐車還容易暈，可怕的是暈眩。

也有一片純文字的日記，寫著他花了多少錢才請船夫載他到死亡之島，然後船夫扔下他後，表示不會再回來，隔天早上再過來接他；而這位「探險者」最後卻一人在甲板上不敢往前一步，完全就在甲板上恐懼的度過一夜。

當然也有很多人質疑，既然都到了島上為什麼不往前，也有人說一張照片都沒有，毫無說服力……啊想想當初我去威尼斯前如果知道有這個 Poveglia 島呢？很好，我當然不會去啊，無緣無故幹嘛去找麻煩對吧？XD

威尼斯在每年春季都會舉辦舉世聞名的嘉年華會，機位一票難求，如果是冬天想要參與盛會的人，一定要很早很早訂票喔，要不然根本沒有旅館可住！

Poveglia 的歷史相當驚人，所謂「驚人」是那一層又一層的土，根本是骨灰鋪成的吧？不敢想像從羅馬時代就有多少生命葬送在那兒，才是真正的隔離島，有病就往這兒送、瀕死也往這兒送，疑似傳染也扔過來，上了這個島，就只有死路一條。

這麼多條命，連威尼斯當地的漁夫都不在其附近海域捕魚，因為魚網撒下，撈起來的只怕是屍骨比魚還多，所以那是個連當地人都有所懼的地方……所以這是個絕佳的景點，超級適合小晨啦！

話說小晨的旅途已經要到終點了，從《妖火》開始就有了很大的轉折，小晨擁有的命格是天生的、也或許該說是註定的，而這份註定將如何決定她的今生，或是她擁有什麼「責任」，都會在旅途的最後一站揭曉。

人生很短，但有種說法：每個人生在世上，一定有件事是只有他能做的，也就是他生在這世上的責任，或大或小，或許微不足道到無人注意，但卻影響甚大；也可能是個顯而易見的成就，不論如何，卻沒有人能代替。

什麼是小晨非得做的事呢？最後一站，敬請期待。

另外，我要鄭重的向大家道謝，去年博客來因為大家的眷顧得以進入 2012 華文暢銷小說 TOP8，2013 還會有新的挑戰，我依然需要大家的守護，請繼續支持我喔！

Love You All ～新年快樂！

苓菁　稽首再拜

後記

2025

二〇二五年，《異遊鬼簿》第三部換上新裝，再版出發。

依舊在這行的我感謝所有的一切，感謝支持我的廣大天使們——你們。

話說我二〇二四剛巧又去了一趟威尼斯，與我當年去時已有些許不同，但水都、面具與聖馬可廣場依舊是威尼斯的標配！而現在的我，已經有能力與時間，得以悠哉的坐在廣場上的弗洛里安咖啡館，品嚐一杯咖啡、聆聽現場演奏，享受恣意的時光了。

最後，由衷感謝購買這本書的您們，購書才是對作者最實質且直接的支持，沒有您們的購書，作者便無法繼續書寫下去，謝謝！

異遊鬼簿III

血島獵殺

等菁作品54

國家圖書館出版品預行編目資料

異遊鬼簿III：血島獵殺 / 等菁作. --二版. --臺北市：春天出版國際, 2025.05
面； 公分
ISBN 978-957-741-976-7 (平裝)

863.57　　113016382

ISBN 978-957-741-976-7
Printed in Taiwan

作者　等菁
封面繪圖　Moon
美術設計　三石設計
總編輯　莊宜勳
主編　鍾靈
編輯　黃郁潔

出版者　春天出版國際文化有限公司
地址　台北市忠孝東路四段303號4樓之1
電話　02-7733-4070
傳真　02-7733-4069
E-mail　frank.spring@msa.hinet.net
網址　http://www.bookspring.com.tw
部落格　http://blog.pixnet.net/bookspring
郵政帳號　19705538
戶名　春天出版國際文化有限公司
法律顧問　蕭顯忠律師事務所
出版日期　二〇二五年五月二版
定價　350元

總經銷　楨德圖書事業有限公司
地址　新北市新店區中興路二段196號8樓
電話　02-8919-3186
傳真　02-8914-5524

苓菁作品

苓菁作品